dtv
premium

W0032464

Rita Falk

Guglhupf-
geschwader

Ein Provinzkrimi

dtv

Von Rita Falk
sind bei dtv außerdem erschienen:

Provinzkrimis
Winterkartoffelknödel (21330, 21902)
Dampfnudelblues (21373)
Schweinskopf al dente (24892, 21425)
Grießnockerlaffäre (21498, 8655)
Sauerkrautkoma (24987, 21561)
Zwetschgendatschikomplott (26044, 21635)
Leberkäsjunkie (26085, 21662)
Weißwurstconnection (26127, 21702)
Kaiserschmarrndrama (26192, 21802)

Romane
Hannes (21463, 71612, 25375)
Funkenflieger (26019, 21613)

Erzählungen
Eberhofer, zefix! (28991)

Originalausgabe 2019

Umschlaggestaltung: Katharina Netolitzky nach einem Entwurf
von Lisa Höfner / dtv unter Verwendung eines Fotos von Getty Images
Satz: Greiner & Reichel, Köln
Gesetzt aus der Garamond 10,25/13,7
Druck und Bindung: CPI books GmbH, Leck
Gedruckt auf säurefreiem, chlorfrei gebleichtem Papier
Printed in Germany · ISBN 978-3-423-26231-6

Dieses ganz besondere Buch
möchte ich ganz besonderen Menschen widmen.
Nämlich meiner Familie.
Ihr seid die Basis von allem.

Kapitel 1

»Ausgerechnet der Eberhofer! Ha, unser Dorfsheriff«, kann ich unseren Bürgermeister schon brüllen hören, da hab ich noch nicht mal den Motor abgestellt. Und ich vermute mal, dass es meine Wenigkeit ist, wegen der er hier so brüllt. »Den soll doch bitteschön der Blitz beim Scheißen treffen«, fährt er fort, und auch das klingt keinesfalls besser.

Was ist denn da schon wieder los?

Unser Rathaus, das steht mitten im Dorf, muss man wissen. Und neben mir selbst sind bereits ein paar weitere Mitbürger unterwegs, die nun ebenfalls durch die offenen Fenster hindurch in den Genuss dieser Schimpfereien kommen. Da wir Eingeborene uns untereinander ja fast alle kennen, ernte ich jetzt den einen oder anderen Blick aufrichtiger Anteilnahme.

Was hat der denn bloß für eine beschissene Laune, unser werter Ortsvorstand? Und das an einem so wunderbaren Herbsttag, wo dir die Sonne schon quasi frontal durch die Windschutzscheibe knallt. Aber wurst. Welche Laus auch immer dem seine Leber heute gekreuzt hat, das will ich gar nicht erst wissen. Drum vielleicht am besten noch mal kurz weg von hier und ihn durchschnaufen lassen. Nicht, dass ich da am Ende durch meine bloße Anwesenheit noch weiter Öl ins Feuer gieße, gell.

Also: Rückwärtsgang rein und aufs Gaspedal treten. Mal sehen, da könnt ich ja schnell zum Lotto-Otto rüberfahren und mir eine Zeitung holen. Weil die, wo wir im Rathaus drin haben, die liegt saudummerweise immer zuerst ausgerechnet eben beim Bürgermeister, und da kann ich ja aus den bekannten Gründen zumindest im Augenblick nicht ran. Im Anschluss könnt ich dann noch einen klitzekleinen Abstecher beim Metzger meines Vertrauens machen und mir die aktuellen Tagesangebote anschauen. Ja, das wär doch gar nicht so schlecht. Jetzt aber läutet mein Telefon, und die Susi ist dran.

»Du kannst wieder umdrehen, Franz«, vernehm ich ihre Stimme. »Er hat dich eh durchs Fenster gesehen.«

»Echt?«, frag ich, während ich vor dem Lottoladen einpark. »Was hat er denn heut, unser kleines Rumpelstilzchen?«

»Rumpelstilzchen?«, plärrt mir aber nun der Bürgermeister himself in den Hörer, und zwar so dermaßen laut, dass ich den direkt von mir weghalten muss, den Hörer eben. »Eberhofer, ich warne Sie! Sie bewegen jetzt freundlicherweise und prontissimo Ihren verdammten Arsch Richtung Rathaus und gehen gefälligst Ihrer Arbeit nach. Immerhin werden Sie dafür bezahlt. Außerdem ist es schon drei viertel neun, und wenn mich meine Erinnerungen nicht trügen, sollte Ihr Dienst pünktlich um acht beginnen. Haben Sie mich verstanden?«

Sicherlich hätte ich das alles auch komplett ohne Telefonapparat hören können. Und ich muss sagen, ich finde es zumindest beachtlich, dass er diese ganze Ansage gemacht hat, ohne dabei auch nur ein einziges Mal Luft zu holen.

»Sinds recht schlecht gelaunt heut?«, frag ich und öffne die Ladentür. Er antwortet nicht, stattdessen hör ich ihn atmen. Wahrscheinlich hat er sich doch ein bisschen übernommen bei der ganzen Brüllerei grad.

»Franz, ich glaub, es ist besser, wennsd jetzt gleich herkommst«, ist nun wieder die Susi in der Leitung, und sie klingt ehrlich ein bisschen besorgt.

»Bin ja schon unterwegs«, geb ich zurück und schnapp mir dabei die Tageszeitung vom Ständer. Leg mein Geld auf den Tresen und zwinkere dabei der Nicole zu, also praktisch dem Lotto-Otto seiner Mama. Wobei man vielleicht sagen sollte, dass der Lotto-Otto in Wahrheit gar nicht Otto heißt, sondern Oscar. Aber weil er nun mal mit seiner Mama den Lottoladen hat, heißt er bei uns im Ort eben Lotto-Otto. Klingt ja auch besser. Das scheint mittlerweile sogar die Nicole eingesehen zu haben.

»Im Jackpot sind siebzehn Millionen«, sagt sie, während sie mein Kleingeld in die Kasse zählt.

»Ich hab schon den Jackpot, Nicole«, sag ich beim Rausgehen. »Mein ganzes Leben ist ein einziger Jackpot.«

Ein paar Häuser weiter hol ich mir beim Simmerl zwei Paar Wiener mit Brezen, und dabei erfahr ich, dass sich die arme Gisela den großen Zeh gebrochen hat.

»Sauber, wie hat sie denn das angestellt?«, will ich dann freilich wissen, und der Simmerl zuckt mit den fleischigen Schultern.

»Beim Tanzen«, antwortet er, hat dabei aber einen eher abfälligen Unterton drauf.

»Die Gisela tanzt?«, frag ich weiter, weil mir eine tanzende Gisela grad gar nicht in den Kopf gehen will. »Ja, was tanzt sie denn so?«

»Tango.«

»Tango? Ja, da schau einer an. Das kann ich mir irgendwie so gar nicht vorstellen.«

»Ich mir auch nicht«, entgegnet der Gatte, während er über die Auslage wischt.

»Und … ja, wie lang macht sie das denn schon so?«

»Keine Ahnung. Seit drei oder vier Wochen vielleicht. Seit eben dieser depperte Kurs angefangen hat. Weißt schon, so einer halt bei der VHS. Der Tangolehrer ist übrigens ein Argentinier. Und zweiunddreißig Jahre alt.«

»Sag mal, Simmerl, kann das sein, dass du eifersüchtig bist, oder was?«, muss ich jetzt wissen.

»Das darfst du glauben! Aber so was von!«

»Simmerl, ich glaub, da musst du dir echt keine Sorgen machen. Also jetzt nicht falsch verstehen, aber ehrlich, deine Gisela und ein zweiunddreißigjähriger argentinischer Tangolehrer, ich weiß nicht recht …«

»Du Depp! Ich bin doch nicht eifersüchtig, dass der Tangolehrer was mit meiner Gisela hat. Ich bin eifersüchtig, weil er eben ein zweiunddreißigjähriger argentinischer Tangolehrer ist und nicht ein bayrischer Metzger, der auf die fuchzig zurast. Und der daheim eine dicke Frau mit gebrochenem Zeh rumhocken hat und einen erwachsenen Sohn mit einem riesigen Dachschaden.«

Gut, das ist dann schon wieder was anderes.

Weil die Stimmung jetzt hier auch nicht so der Knaller ist, verabschiede ich mich und geh zum Wagen zurück. Kaum bin ich eingestiegen, seh ich, dass die Susi zwischenzeitlich viermal angerufen hat, während ich über die Befindlichkeiten unseres dorfeigenen Metzgerpaars aufgeklärt wurde. Allerhand. Wirklich.

Kurz darauf aber latsche ich dann auch schon den Rathausflur entlang und versuch mir dabei so rein mental eine positive Ausstrahlung einzureden. Immerhin sollte die Stimmung ja nicht ganz in den Keller rutschen, wenn man auf so engem Raum zusammenarbeiten muss, wie wir es hier im Rathaus tun. Weil eben nicht nur der Bürgermeister samt Gesinde in diesen Mauern residiert, sondern auch mein eigenes Dienstzimmer dort untergebracht ist.

»Einen wunderschönen guten Morgen, meine Schönheiten«, sag ich gleich, wie ich zur Tür unserer Verwaltungsdamen reinkomm. Doch die Jessy, die hört mich gar nicht erst, weil sie Kopfhörer trägt und wie wild auf ihrer Tastatur rumtrommelt. Und die Susi sagt nur, es wird auch langsam Zeit, dass ich komme. Und ob ich eigentlich glaub, sie hätte nix Besseres zu tun, als stundenlang hinter mir her zu telefonieren. Dabei wirkt sie ziemlich genervt und macht auch nicht den süßen Schmollmund, den sie sonst immer macht, wenn sie auf mich sauer ist und der ihr so unglaublich gut steht. Nein, heute ist ihr Gesichtsausdruck irgendwo zwischen überfordert und ratlos. Schade. Grad wo wir so ein wahnsinnig entspanntes Wochenende hatten, wir beide.

Hallo, was war das? Hat sie mir jetzt gegen das Schienbein getreten? Ja, geht's noch, oder was? Doch noch bevor ich überhaupt zurück treten kann, tupft mir jemand von hinten auf die Schulter. Und ja, man hätte es fast erwarten können, es ist unser Bürgermeister, und auch seine Gesichtszüge sind nicht wirklich entspannt.

»Haben wir es doch noch geschafft, Eberhofer! Gratuliere! Ja, das beruhigt mich unglaublich. Hätte ja durchaus auch sein können, dass Sie sich neben der Tageszeitung und Ihrer gottverdammten Brotzeit womöglich gleich noch ein neues Auto hätten kaufen müssen, nicht wahr? Oder vielleicht eine kleine Weltreise buchen«, zischt es aus ihm hervor, und in seinen Mundwinkeln sammelt sich Spucke. Das ist nicht schön.

»Nein, nein. Kein Auto, keine Reise. Und wo sollte ich auch hinreisen, gell«, sag ich nur knapp, weil mir weiter nix einfällt, doch auch das scheint ihn nicht recht zu beruhigen. Stattdessen kommt er nun bedrohlich dicht an mich ran und beginnt, mit seinem Zeigefinger auf meiner Brust rumzutrommeln. Wenn er jetzt weiterspricht, dann spuckt er mich an. Jede Wette. So bleibt mir praktisch gar nix anderes übrig, als mal einen Schritt nach hinten zu gehen und nach seinem pochenden Finger zu greifen.

»Was haben wir denn eigentlich für ein Problem, Bürgermeister?«, frag ich, und dabei fällt mir auf, dass ich mit ihm rede, wie ich es mit dem Paul immer tu, wenn er quengelt.

»Franz, lass es dir vielleicht kurz erklären«, versucht nun die Susi von der Seite her dazwischenzugrätschen. »Wenn Sie erlauben, Bürgermeister …«

»Nein, Frau Gmeinwieser, das erlaube ich nicht. Nicht in diesem Fall. Das mach ich schon sehr gerne selber. Wissens was, Eberhofer … Wissens, was mich am meisten ankotzt?«

»Nein, aber Sie werden's mir sicher gleich sagen.«

»Ja, das werd ich. Am meisten kotzt mich an, dass ich mir für dieses verdammte Scheißkaff seit Jahrzehnten die Haxen ausreiß. Und dass ich für jedes noch so popelige Problemchen und Wehwehchen unserer depperten Mitbürger Tag und Nacht und immer und überall ein offenes Ohr hab und aufpass wie ein Haftlmacher, dass alle hier gern wohnen, sich wohlfühlen und zufrieden sind. Und dann … was passiert dann?«

»Ich weiß es nicht«, entgegne ich wahrheitsgemäß und hoffe inständig, er kommt endlich zum Finale.

»Dann braucht man plötzlich einen Namen für den neuen Kreisverkehr zwischen Frontenhausen und Niederkaltenkirchen. So, und wie soll der am Ende heißen? Na, raten Sie mal, Eberhofer. Ratens!«

»Sie machens aber echt spannend, Bürgermeister«, sag ich und merk dabei, dass ich noch immer seinen Finger in der Hand halte. Den lass ich jetzt lieber los. Was wohl ein Fehler war, wie ich umgehend merke, weil er prompt wieder zu trommeln beginnt.

»›Eberhofer-Kreisel‹ soll der heißen! Ja, da fällt Ihnen auch nix mehr ein. Unser nagelneuer Dings, also praktisch der Kreisverkehr zwischen Frontenhausen und Niederkaltenkirchen, der heißt jetzt ab Mittwoch ganz offiziell ›Eberhofer-Kreisel‹. Da staunens, gell. Ja, ich hab auch gestaunt. Wir alle haben gestaunt. Aber wir haben's schwarz auf weiß. Frau Gmeinwieser, geh, sinds doch so gut und holens mir schnell dieses unsägliche Anschreiben aus meinem Büro«, sagt er noch so, und schon saust die Susi von dannen. Der Bürgermeister dreht sich ab und fischt ein Taschentuch aus seinem Sakko hervor. Damit tupft er sich zunächst über die Stirn, und anschließend rubbelt er über das ganze Gesicht bis hinter zum Nacken, dass man direkt meinen könnte, er möchte die Haut vom Fleisch abziehen. Die Susi kommt zurück, schaut mir in die Augen, überreicht ihm dann das Schriftstück und streicht kurz über seinen Arm. Er geht zwei Schritte zum Papierkorb rüber, wirft das Tempo weg und widmet sich danach dem Schreiben. Und jetzt, wo er sich wieder umdreht, da kann man es auch schon sehen: zahllose kleine weiße Papierfetzen hängen ihm nun zwischen den Falten, also praktisch überall im Gesicht, wodurch er im Zusammenspiel mit seinen hin und her huschenden Augen einen ziemlich verwirrten Eindruck auf mich macht. Wahrscheinlich auch auf die Susi, denn sie versenkt ihren Blick grade im Boden.

»Bla, bla, bla, hier«, sagt er plötzlich und hat vermutlich endlich die passende Stelle gefunden. »*Ist es uns eine Ehre* bla, bla, bla … *Kommissar Franz Eberhofer* bla, bla, bla. *Kommen wir nun zur Begründung: Als einziger Polizeibeamter, dessen Zuständigkeitsbereiche die beiden Nachbargemeinden Frontenhausen und Niederkaltenkirchen sind, kann er auf große berufliche Erfolge zurückblicken und hat eine Aufklärungsrate, die beachtlich und im ganzen Land bespiellos ist. Aus diesem Grund* bla, bla, bla. Da, wollens selber lesen?«

»Nein, das machen Sie ganz wunderbar, Bürgermeister.«

Die Susi verdreht die Augen. »Aber schauens, wir haben doch auch eine Bürgermeisterstraße, Bürgermeister«, sagt sie aufmunternd und streicht ihm wieder über den Ärmel.

»Sehr freundlich, Frau Gmeinwieser. Das schätz ich an Ihnen. Aber die Bürgermeisterstraße, die gibt's schon seit etwa hundert Jahren, und somit dürfte ich als Namensgeber definitiv ausscheiden.«

»Das tut mir leid«, sagt die Susi.

»Mir auch«, muss ich beipflichten, bloß um irgendetwas von mir zu geben.

»Schon gut, meine Herrschaften. Lassen wir das«, entgegnet er, und seine Wut scheint nun einer Art Resignation zu weichen. »Ja, da könnens jetzt stolz sein, Eberhofer. Weil: so was kriegt nicht ein jeder. Und wenn Sie das nicht verdient haben, wer denn auch sonst? 'zefix! Habens wenigstens so was wie einen anständigen Dings, also einen Anzug für die Namensverleihung? Da müssens nämlich hin. Da kommt die lokale Presse und das ganze andere mordswichtige Gschwerl.«

»Ja, ja, da finden wir schon was«, sagt die Susi und ringt sich ein Lächeln ab.

»Dann passt's ja«, murmelt er jetzt noch kurz, drückt mir dann dieses Schreiben in die Hand, klopft mir auf die Schulter und verlässt kommentarlos den Raum. Die Susi schmunzelt kurz schief, eilt ihm aber gleich hinterher.

»Ich mach uns jetzt erst einmal einen schönen Tee, Bürgermeister. Vielleicht einen mit Baldrian«, kann ich sie grade noch hören, dann sind sie weg. Was wär diese Gemeinde bloß ohne die Susi? Einpacken könnten die. Hundertprozentig. Und ich wahrscheinlich auch. Eigentlich sollte dieser Kreisel sowieso viel eher Gmeinwieser-Kreisel heißen. Oder einfach Susi-Kreisel. Weil die Susi wirklich die Einzige ist, die hier in der Gemeindeverwaltung alles im Griff hat und in jeder nur denkbaren Situation die Übersicht behält. Unser Bürgermeister zum Beispiel, der würde vermutlich sogar Weihnachten verpassen, wenn die Susi nicht wär.

Nun merk ich, wie die Jessy ihren Kopfhörer abnimmt und zu mir herschaut.

»Sag mal, hast du kein eigenes Büro, oder was? Wieso starrst du in den Boden und schlägst hier Wurzeln?«, fragt sie, stülpt sich das Teil wieder über die Ohren und tippt unbeirrt weiter. Aber sie hat eindeutig recht. Und so mach ich mich auf den Weg in mein eigenes Zimmer, schließ die Tür hinter mir, hau mich in den Bürostuhl und leg die Haxen auf den Schreibtisch.

Eberhofer-Kreisel. Hm. Da kann man schon verstehen, dass der eine oder andere Zuckungen kriegt vor lauter Neid. Andererseits aber steht es völlig außer Frage, dass mir diese Auszeichnung irgendwie zusteht. Ganz klar. Was hab ich nicht schon so alles aufgeklärt in all diesen Jahren. Ja, da dürften einige Jahrzehnte Zuchthaus zusammenkommen. Und so was schaffst du freilich nur, wenn du extrem strukturiert vorgehst und gewissenhaft bist. Gut, ein kriminalistisches Naturtalent ist eh Grundvoraussetzung, da braucht man nicht lang überlegen. Und ganz wichtig ist Fingerspitzengefühl. Wenn du das nicht hast, bleibst du auf der Strecke, und jeder Verbrecher lacht sich einen Ast.

Nun klopft es kurz an der Tür, im gleichen Moment fliegt selbige auf, und somit werd ich komplett aus meinen Gedanken gerissen.

»Herr Eberhofer«, sagt die ungebetene Besucherin gleich und eilt auch prompt auf den Schreibtisch zu. »Würden Sie bitte die Beine vom Tisch nehmen?«

»Nein«, sag ich und muss kurz überlegen. Ich kenn die von irgendwoher. Bloß: von wo? Geredet hab ich noch nie mit ihr. Diese quietschende Stimme wär mir mit Sicherheit in Erinnerung geblieben. Ich weiß nur, dass ich sie schon öfters gesehen hab. Einfach, weil sie einen Charme hat wie eine Rohrzange. Und auch eine ganz ähnliche Figur. Dazu kommt noch, dass sie einen äußerst komischen Mund hat, der mich ganz stark an einen Karpfen erinnert.

»Sie haben wohl gar keine Manieren?«, fährt sie fort und starrt auf meine Schuhe. Doch die sind blitzeblank sauber. Hat die Oma heut früh noch geputzt. »Na, da muss man sich dann auch nicht groß über Ihren Sohnemann wundern.«

»Wie bitte? Was ist mit dem Paul?«, frag ich, und jetzt nehm ich doch lieber die Haxen vom Tisch. Und im selben Augenblick wird mir auch schlagartig klar, woher ich sie kenn: Sie hat ihren Balg nämlich in der gleichen Kita wie wir unsern Paul, und am liebsten würde sie ihren Sprössling mit ihrem geschissenen SUV jeden Tag bis in die Garderobe reinfahren. Drei oder vier Strafzettel hab ich ihr deswegen schon verpasst: Parken in der Feuerwehranfahrtszone.

»Ihr Sohn, der Paul«, sagt sie nun weiter, und ihre seltsamen Lippen zucken bei jeder einzelnen Silbe. »Hat zu meinem Sohn Ansgar gesagt ...«

Jetzt lach ich laut auf.

»Ihr Sohn heißt Ansgar?«, frag ich, weil ich das nur für einen Scherz halten kann.

»Ja«, antwortet sie. »Wieso?«

»Warum haben Sie das gemacht?«, muss ich jetzt wissen.

»Was?«

»Warum nennt man sein Kind Ansgar?«

»Weil ... na, weil es ein schöner alter Name ist. Und jetzt lenken Sie bitteschön nicht vom eigentlichen Thema ab. Ihr Sohn hat nämlich zu meinem gesagt, sein Papa wär Polizist.«

»Womit er offensichtlich nicht ganz danebenliegt«, sag ich, und wenn das alles ist, was die Rohrzange hier in petto hat, dann kann ich meine Beine auch ganz getrost wieder hochlagern.

»Ihr Sohn, Herr Eberhofer, der hat aber auch gesagt, wenn der Ansgar ihm nicht die ganzen durchsichtigen Legosteine gibt, würde sein Papa kommen, der eben Polizist ist, und der würde ihn dann erschießen. Also den Ansgar«, sagt sie weiter, und dabei hievt sie ihre ach so noble Designerhandtasche von einer Schulter auf die andere.

»Gut möglich«, sag ich und steh auf. »War's das?«

»Wie? Was soll das heißen? Das ist alles, was Sie dazu zu sagen haben? Ich bin fassungslos. Ha, aber da sieht man's mal wieder: Der Apfel fällt ja bekanntlich nicht weit vom Stamm. Ihr Sohn, der kann einem einfach nur leidtun«, schnaubt sie, und ihre Lippen wackeln bedrohlich.

»Ja, ganz meinerseits«, sag ich und schiebe sie Richtung Tür.

»Ich ... ich werde mich über Sie beschweren.«

»Nur zu. Am besten fahrens direkt über den Eberhofer-Kreisel nach Frontenhausen rüber. Von da aus geht's dann schnurgrad nach Landshut rein. PI Neustadt. Kann man gar nicht verfehlen.«

Dann schließ ich die Tür hinter ihr.

Kapitel 2

Eigentlich freuen sich fast alle über den Eberhofer-Kreisel. Alle außer dem Papa, dem Leopold und dem Rudi. Der Papa freut sich nicht, weil er halt zuerst gedacht hat, er selber wär der Namenspatron. Und wie er dann gemerkt hat, dass ich es bin statt seiner, da hat er gesagt, das sei wieder mal so ein typischer staatlicher Scheißdreck. Und hoch lebe die Anarchie! Dann hat er sich erst mal einen Joint gedreht. Und zwar so was von provokativ, das kann man kaum glauben. Da sind sogar die Kinder am Esstisch gesessen. Wobei das jetzt eigentlich auch nicht weiter tragisch war. Weil der kleine Paul, der hat in seinem Malbuch rumgekritzelt und davon eh nichts mitgekriegt. Und meine Nichte Sushi ebenso wenig, weil sie total in ihre Hausaufgaben vertieft gewesen ist. Zu meinem Leidwesen entpuppt sie sich grade zu einer ziemlichen Streberin. Doch freilich ist ihr Herr Papa, der Leopold, umso stolzer auf sie.

»Du sollst sie nicht immer Sushi nennen, Franz«, moniert er oft so oberlehrerhaft. »Ihr Name ist Uschi. Das ist der Name von unserer Mama, und der sollte dir heilig sein.«

»Ist er ja auch. Und drum sag ich Sushi«, entgegne ich ihm jedes Mal wieder aufs Neue.

»Und Sushi ist eh viiiiiel schöner«, sagt dann diese kleine Maus zu ihm und lässt dabei ihre niedlichen Schlitzaugen nur so funkeln. Und auch ihre Mama, die Panida, übrigens eine astreine Thaifrau, die findet nix Schlimmes an »Sushi«. Drum aus, Äpfel, Amen.

Aber zurück zur gegnerischen Eberhofer-Kreisel-Fraktion. Wo wir schon mal beim Leopold sind, machen wir bei dem auch gleich weiter. Der findet die ganze Sache nämlich einfach nur lächerlich. Und meine Arbeit sowieso völlig überbewertet. Ja, wo kämen wir denn da hin? Wenn jeder Mensch, der seinen Job so einigermaßen erfolgreich erledigt, gleich eine ganze Straße kriegen tät. Und überhaupt, wenn er seine und meine Arbeitsstunden einmal genau gegeneinander aufrechnen würde, da müsste er ja quasi die komplette Leopoldstraße in München drin kriegen. Ja, das hat er gesagt, und danach hat er einen Lachanfall bekommen, so was hat man noch nicht gesehen. Wegen dem doppelten Leopold. Also praktisch dem in der Straße und wegen seinem Namen. Und ob ich denn den Witz nicht verstehen würde, wollte er wissen. Der Papa hat mitgelacht, und da hat er sich dann gefreut, der Leopold. Ja, seine Verwandtschaft, die kann man sich eben nicht aussuchen, gell. Seine Freunde schon. Und selbst bei denen, da langt man gelegentlich so richtig ins Klo.

Denn nachdem mir meine eigene Sippschaft jetzt schon ziemlich auf die Eier geht, schnapp ich mir mein Telefon und ruf den Birkenberger Rudi an. Weil immerhin war er es, der mir bei der Aufklärung sämtlicher Mordfälle brüderlich zur Seite gestanden ist. Und da ist es ja wohl das Mindeste, dass er auch auf dem Laufenden ist, grad was so den Eberhofer-Kreisel betrifft.

»Franz«, sagt er, nachdem ich ihm das bürgermeisterliche Schreiben Wort für Wort vorgelesen habe, und dabei klingt seine Stimme beinah zerbrechlich. »Franz, glaub mir, ich gratuliere dir von Herzen. Ganz besonders, wo es kaum Lebende unter den Namensgebern gibt. Weißt du eigentlich, dass Straßen oder Plätze in den meisten aller Fälle nur den Toten gewidmet werden?«

»Nein.«

»Nein? Das dachte ich mir fast.«

»Warum redest du so komisch, Rudi?«, muss ich jetzt wissen, weil er mir grad ins Weinerliche abkippt.

»Weißt du, lieber Franz, so sehr ich dir diesen blöden Kreisel auch gönne, aber es ist eine Demütigung für mich und auch eine Herabwürdigung meiner eigenen Arbeit. Ich habe mindestens so viel Anteil wie du an deinen dämlichen Ermittlungserfolgen. Und da wär es doch wohl selbstverständlich, dass dieser Kreisverkehr Birkenberger-Eberhofer-Kreisel genannt wird. Oder zumindest Eberhofer-Birkenberger-Kreisel. Findest du das nicht auch?«

»Rudi! Jetzt komm bitte mal zurück zur Erde. Du bist doch auf dem offiziellen Dienstweg gar nicht vorhanden. Im Grunde dürftest du noch nicht mal ermitteln. Du bist ein Privatdetektiv. Und greifst mir bei meinen Aufklärungen gelegentlich unter die Arme. Das ist alles.«

»Siehst du das tatsächlich so?«, fragt er, und ich glaube, jetzt weint er.

»Ja, das sehe ich so«, lüg ich jetzt ein bisschen provokativ.

»Dann, lieber Franz, dann bin ich sehr enttäuscht. Von den Behörden sowieso, die das so entschieden haben. Aber am meisten von dir, Franz. Von dir als Freund und Kollege. Ich möchte dieses Gespräch jetzt beenden, weil ich über verschiedene Dinge nachdenken und die ganze Angelegenheit erst sacken lassen muss. Da hast du doch sicherlich Verständnis dafür.«

»Nein«, sag ich. »Hab ich nicht. Aber gut. Ich find es

nur schade, weil ich eigentlich zu dir nach München reinkommen wollte, um miteinander den Kreisel ein bisschen zu feiern. Wenn du es aber vorziehst zu schmollen, dann lassen wir's halt. Also dann, servus, Rudi.«

»Warte! Wann könntest du da sein?«, fragt er und klingt nun schon wieder deutlich robuster.

»Ich fahr gleich los«, sag ich noch so. Dann leg ich auf.

Die Susi ist jetzt schon ein bisschen traurig, dass ich nicht mit ihr, sondern mit dem Rudi feiern gehen will. Aber anders als er versteht sie mich natürlich sofort. Und ihr ist klar, dass ich die Gunst dieser Stunde auch mit dem Menschen teilen will, der zu dieser Gunst seinen maßgeblichen Beitrag geleistet hat. Und das ist nun mal der Rudi. Ganz egal, wie inoffiziell das auch ist. Außerdem hat sie eh grad alle Hände voll zu tun: Sie muss ja noch der Oma beim Abwasch helfen, den Paul ins Bett bringen und die ganze Bügelwäsche machen, die sich schon wochenlang stapelt. Hinterher wird sie wie immer todmüde sein und noch vor der Tagesschau auf dem Kanapee einschlafen. Übrigens wohnen wir immer noch im Saustall. Nachdem nämlich der Leopold letztes Jahr im Anflug einer plötzlich auftretenden Geisteskrankheit und in voller Wucht mit dem Bagger in unseren Neubau drüben reingerast ist, da können wir den geplanten Einzugstermin jeden Monat aufs Neue nach hinten verschieben. Weil halt jetzt zum einen quasi die ganze Statik im Arsch ist. Zum anderen aber die Versicherungen sich weigern zu zahlen. Gut, gegen Geisteskrankheiten kann man sich wohl eh nicht versichern. Aber wurst.

Mir persönlich ist das sowieso grad recht. Einfach, weil ich mich in meinem Saustall ohnehin am allerwohlsten fühl. Selbst wenn ich mich jeden Tag aufs Neue durch

Berge von Klamotten und Spielsachen quetschen muss. Doch das spielt überhaupt keine Rolle. Mein Saustall ist mein Saustall. Da wohn ich schon seit über zehn Jahren, er ist behaglich, mein privates Königreich, und seitdem mir der Flötzinger endlich die Heizung eingebaut hat, da ist er auch warm.

Ich stell noch kurz AC/DC auf Höllenlautstärke, nehm den Wäscheständer vom Badewannenrand und spring unter die Dusche. Schließlich will man ja frisch sein, wenn man nach München reinfährt.

Wir treffen uns im selben alten Stammlokal, wo wir uns schon seit Jahren treffen, und der Rudi hat mittlerweile drei Bier, wie ich hinkomm. Er sagt, er wartet bereits fast eine Stunde, dass der Akku von seinem Handy leer ist und dass es ihm ziemlich langweilig war. Nach drei weiteren Bier ist er dann aber richtig gut drauf, und nach den Jägermeistern wird er sogar albern. Am nächsten Tag wach ich in seinem Bett auf, und wir liegen in Löffelchenstellung. Ich hinter ihm. Ich erschreck mich gleich zu Tode, bin aber froh, dass ich als Erster wach war, und so hechte ich sofort aus den Laken. Eine Welle der Erleichterung rollt über mich, wie ich seh, dass wir beide fast komplett bekleidet sind. So zieh ich mir die Schuhe an, schnapp meine Jacke, saus die Treppen runter und begeb mich zum Wagen. Gut, so schnurgerade vielleicht auch wieder nicht. Ich muss schon erst ein paar Straßen ablaufen, weil ich ums Verrecken nicht mehr weiß, wo ich gestern die blöde Kiste abgestellt hab. Dann aber aufs Gaspedal und zurück nach Niederkaltenkirchen.

»Du stinkst wie ein Iltis«, begrüßt mich die Oma, gleich wie ich zur Küche reinkomm. Sie hockt dort auf der Eckbank und ist mit einem ganzen Haufen Lottoscheinen beschäftigt. Ich hol mir mal erst einen Kaffee.

»Was machst du da?«, frag ich und nehm einen Schluck. Eine Antwort krieg ich keine. Ob sie mich wirklich wieder mal nicht hört oder einfach grad keinen Bock hat zu reden, wird mal wieder ihr Geheimnis bleiben.

»Was macht sie da?«, frag ich nun den Papa, der mordskonzentriert über seiner Tageszeitung hängt.

»Lotto spielen«, antwortet er, ohne aufzusehen. »Wie halt die letzten hundert Jahre auch.«

»Ja, das weiß ich selber. Aber warum so viele Scheine auf einmal? Reicht ihr einer nicht mehr?«

»Sie probiert ein neues System aus. Das behauptet sie jedenfalls. War in irgendeiner von ihren Frauenzeitschriften drin.«

»Siebzehn Millionen sind im Jackpot«, sagt nun die Oma, während sie Kreuzchen für Kreuzchen macht. »Der ist schon seit Wochen nicht mehr geknackt worden.«

»Aha«, sag ich, trink aus und bring mein Haferl rüber zur Spüle.

»Musst du heut nicht zur Arbeit?«, will der Papa noch wissen.

»Bin schon weg«, sag ich grad so beim Rausgehen.

»Dusch dich«, ruft er mir noch hinterher, aber dafür hab ich jetzt echt keine Zeit mehr.

Doch bevor ich ins Rathaus reingehe, hol ich aus dem Handschuhfach kurz mein Rasierwasser hervor und sprüh mich relativ großzügig ein. Ja, so ist es doch auch gleich nicht mehr so schlimm, gell.

Tags darauf ist dann auch schon die Einweihung vom sagenhaften Eberhofer-Kreisel, und es ist tatsächlich so, wie der Bürgermeister vorhergesagt hat. Das ganze Areal drum herum ist rappelvoll mit Menschen, und ich hatte zuvor noch die ehrenwerte Aufgabe, sämtliche Zu- und Abfahrten abzusperren, damit auch ja nix passiert. Ja, herzlichen Dank auch. Die lokalen Medien sind vor Ort und machen Filme, Fotos und Interviews. Sogar mit der Oma. Und ob man's glaubt oder nicht, dabei versteht sie plötzlich jede einzelne Frage ganz einwandfrei. Steht da in ihrem geblümten Dirndl samt weißen Spitzenkniestrümpfen unter all den Leuten und haut eine Antwort nach der anderen in sämtliche Mikros, als hätte sie ihr ganzes Leben lang nichts anderes getan. Der Rudi musste sein persönliches Erscheinen leider Gottes kurzfristig absagen. Angeblich hat er relativ unerwartet einen mordswichtigen Auftrag reinbekommen. Ich glaub, er kann es einfach nicht ertragen, wenn ich im Mittelpunkt steh und er ist nur Zaungast. Auch der Leopold kann leider nur mit Abwesenheit glänzen, weil er seine Panida samt Kindern zum Flughafen bringen muss. Praktisch Ferien bei den Großeltern mütterlicherseits. Weil denen nämlich im zarten Alter von sechsundneunzig plötzlich und für alle völlig unerwartet die Urgroßmutter gestorben ist. Gott hab sie selig. Ich find es ja immer prima, wenn man Angenehmes und Nützliches verbinden kann.

Wie gesagt, der Leopold glänzt mit seiner Abwesenheit, dafür glänzt der Papa umso mehr mit Anwesenheit. Und zwar im wahrsten Sinne. Weil er nämlich seinen uralten Samtcordanzug aus den späten Siebzigern in Hellbeige trägt und der Stoff davon so dermaßen im Sonnenlicht glitzert, dass du fast blind wirst davon.

»Die ist ganz schön auf Zack, eure Oma«, sagt jetzt der Flötzinger, der grad neben mir aus dem Boden gewachsen sein muss.

»Ja, wer weiß, vielleicht wird sie ja noch fürs Fernsehen entdeckt«, antworte ich, und dabei steigt mir ein äußerst angenehmer Duft in die Nase. »Wird da irgendwo gegrillt?«, frag ich deswegen, und zwar eher mich selbst als wie irgendjemanden sonst.

»Ja, da drüben«, entgegnet der Gas-Wasser-Heizungspfuscher und deutet mit dem Kinn nach links hinten. »Der Simmerl, der lässt sich doch so eine Gelegenheit nicht entgehen.«

»Nicht?«, frag ich und merk schon, wie mir das Wasser im Mund zusammenläuft.

»Ja, da wär er doch blöd, oder? Nein, nein, der steht da drüben mit der Gisela samt ihrem maroden Zeh und grillt Würstl, was das Zeug hält. Ist ja auch geschickt, gell. So rein geschäftlich gesehen. Du, apropos, wegen eurem neuen Bad, weißt du eigentlich schon …«

Aber das hör ich schon gar nicht mehr. Weil ich bereits längst auf dem Weg Richtung Bratwurstparadies bin. Allerdings hab ich nicht mit dem beherzten Eingreifen unseres Bürgermeisters gerechnet. Der steht nämlich plötzlich in meiner direkten Einflugschneise und schreit mich wieder mal an.

»Wo wollens denn jetzt hin, Eberhofer? Alle hier warten auf Sie.«

»Bratwurstsemmel«, krieg ich grad noch so über die Lippen und will möglichst hurtig an ihm vorbei. Doch da stellt er sich prompt und ziemlich breitbeinig in den Weg.

»Haben Sie sich wieder irgendwas eingeschmissen, oder wie haben wir's denn? Wegen wem, glauben Sie, findet dieses ganze Remmidemmi hier eigentlich statt? Meinetwegen sicherlich nicht. Da vorne, da stehen hundert Reporter umeinander, wir haben ein Verkehrschaos verursacht, das in die Geschichte eingehen wird, und morgen wird dieser ganze Mist hier in allen Zeitungen stehen. Und Sie … Sie denken wieder nur ans Fressen, 'zefix! Jetzt reißen Sie sich z'samm und machens Ihren Job!«

»Ja, und was soll das bittschön sein, ›meinen Job‹?«, frag ich, weil ich's wirklich nicht weiß.

»Ja, keine Ahnung. Das Straßenschild enthüllen oder was weiß denn ich … vielleicht eine Sektflasche dagegen schmeißen. So was in der Art halt. Und verdammt noch mal mit den ganzen Reportern hier reden.«

Zum Glück aber gesellt sich jetzt die Susi zu uns, und sie hat das Paulchen auf dem Arm, der grad voll Inbrunst in eine Bratwurstsemmel beißt und alle zwei Backen voll Senf hat.

»Darf der Papa auch einmal beißen?«, frag ich ihn, doch er schüttelt den Kopf. Sollte ich bis zu diesem Moment irgendeinen Zweifel daran gehegt haben, dass er mein Sohn ist: jetzt wär er beseitigt. Definitiv und für alle Zeiten.

»Da vorn stehen ein paar Reporter, Franz«, sagt nun auch die Susi und rüttelt mich am Ärmel. So wandert mein Blick langsam vom Paul zu ihr und wieder zurück. »Hörst du mich? Die warten auf dich.«

»Ja, ja, ist schon recht. Ich geh ja schon. Immerhin ist es wohl meine Pflicht und Schuldigkeit. Und da spielt es natürlich überhaupt keine Rolle, ob ich währenddessen jämmerlich verhungere oder nicht«, sag ich noch so, dann schmeiß ich mich ins Getümmel.

Aber auch dieser Zirkus ist irgendwann vorüber. Und wie er dann endlich zu Ende ist, da hat der Simmerl keine einzige Wurst mehr übrig. Na bravo! Und als wär das nicht genug, muss ich dann auch noch knappe drei Stunden lang diesen elenden Drecksverkehr hier regeln, bis alles wieder einigermaßen geschmeidig abläuft.

Hinterher, wie ich endlich daheim bin, da will die Oma noch unbedingt ihre depperten Lottoscheine abgeben. Weil sie es im Gespür hat, dass ausgerechnet heute ihr Glückstag ist, wie sie sagt. Wahrscheinlich hat der ganze Wirbel um ihre Person vorhin irgendwelche Endorphine freigelegt. Wer weiß.

»Heut ist Mittwoch, Oma. Die Scheine, die kannst am Samstag auch noch abgeben«, sag ich und lass mich auf den Küchenstuhl fallen. Mir tun die Haxen weh von der ewigen Rumsteherei.

»Nix! Womöglich vergess ich das dann. Ich merk's eh in der letzten Zeit, dass ich immer vergesslicher werde.«

»Ich erinnere dich dran. Versprochen.«

»Jetzt aber, auf geht's, Franz!«, sagt sie und schlüpft in ihre Strickjacke. »Fahr mich schnell hin.«

»Aber was gibt's denn zum Essen? Ich hab einen riesigen Hunger.«

»Ja, den hast in einer Stunde auch noch. Jetzt geh schon«, ruft sie noch in die Küche rein, und schon watschelt sie Richtung Auto. Gut, es hilft alles nix. Dann fahr ich sie halt.

Der Lotto-Otto ist heute höchstpersönlich anwesend, genau wie seine Mutter, und beide tragen wie immer ihre Käppis und Kittel, wo »Lotto-Otto« draufsteht. Der Lotto-Otto trägt allerdings auch einen dicken Verband um die linke Hand. Genauer, um die Stelle, wo sich Ringfinger und kleiner Finger befinden. Die beiden sind ohnehin ein seltsames Paar. Denn obwohl ganz Niederkaltenkirchen hier ständig ein- und ausgeht, weiß niemand was Näheres über die zwei.

»Ui, hast dir wehgetan, Bub«, fragt die Oma, während sie ihre Lottoscheine auf dem Tresen abzählt.

»Nichts Schlimmes, Frau Eberhofer«, antwortet er freundlich.

»Ungeschickt ist er halt«, erklärt dann die Nicole und schaut ihren Sohn liebevoll an. »Jetzt geht er schon bald auf die dreißig zu und ist immer noch so ein Dschopperl.«

»Mama«, knurrt der Lotto-Otto, doch sie winkt nur ab.

»Das alte Mofa hat er reparieren wollen. Das will doch der Flötzinger kaufen«, erzählt sie dann weiter.

»Wieso will der Flötzinger dein altes Mofa kaufen?«, frag ich, weil mich das jetzt echt interessiert. Immerhin hab ich ihn doch heute erst noch gesehen, da hätte er doch was erwähnen können. Und überhaupt, für was braucht jetzt ein erwachsenes Mannsbild bitteschön ausgerechnet ein Mofa?

»Mei, dem habens doch den Führerschein genommen. Das hast doch sicher schon gehört, oder? In Landshut drin. Genau gesagt vor diesem Laden, dem Erotik-Erika. Weißt du denn davon gar nichts, Franz?«, fragt die Nicole weiter, und jetzt ist sie es, wo die Lottoscheine durchzählt.

»Ja, ja,«, sagt die Oma, während sie der Nicole beim Zählen zuschaut. »Vor so einem Puff muss das gewesen sein, gell. Am Samstag aufd' Nacht. Eins Komma sechs Promille hat er gehabt, der Flötzinger.«

Was ist denn eigentlich los in diesem Kaff? Warum wissen immer alle über alles Bescheid, nur ich bin der ewige Ignorant und erfahre von nix. Oder zu spät. Oder von den falschen Personen …

»Das sind aber viele Scheine heute, Frau Eberhofer«, sagt nun der Lotto-Otto fröhlich und beginnt auf die Tasten seiner Kasse zu trommeln. »Das macht dann summa summarum genau fünfhundertvierzig Euro und zwanzig Cent. Aber die zwanzig Cent, die schenk ich Ihnen.«

Jetzt wird's mir gleich schwindelig.

»Ja, herzlichen Dank auch. Schreibts es auf derweil«, sagt die Oma und dreht sich zum Gehen ab. »Ich bezahl das dann nächste Woche, wenn ich den Jackpot geknackt hab. Siebzehn Millionen. Was jucken mich da fünfhundertvierzig Euro und zwanzig Cent. Servus miteinander.«

Einen Moment lang bleib ich noch stehen und schau ihr wohl ebenso verwirrt hinterher, wie es meine zwei Zellengenossen hier auch tun. Dann schüttle ich kurz den Kopf und lauf ihr nach wie ein Volldepp.

Kapitel 3

Die Stimmung am Samstag ist dann relativ angespannt. Gleich nach dem Abendessen werden wir nämlich von der Oma dazu genötigt, uns kollektiv um den Fernseher zu platzieren. Sie selber hockt im Schneidersitz und mit einem Kugelschreiber bewaffnet unten auf dem Fußboden und hat sämtliche Lottoscheine um sich herum ausgebreitet. Der Papa, die Susi und ich sitzen wie die Hühner auf der Stange dahinter am Sofa. Ich hab den Paul auf dem Schoß und muss ständig Hoppareiter machen, weil er unbedingt zur Hinkelotta auf den Boden runter möchte, aber nicht darf. Wegen der Lottoscheine eben. Die Oma hat gesagt, wenn er ihr System kaputt macht, dann bringt sie ihn um, so sehr sie ihn auch liebt. Überhaupt hat sie heute so was von einem Befehlston drauf, das kann man kaum glauben. Ich persönlich wär jetzt zum Beispiel viel lieber zum Wolfi rüber auf ein Bier oder zwei. Und der Papa, der hätt liebend gern im Garten hinten mit den letzten Sonnenstrahlen auf dem Buckel gemütlich seinen Joint geraucht. Und was die Susi gern gemacht hätte, das kann ich eigentlich gar nicht sagen, nur sicherlich alles andere, als die Ziehung der Lottozahlen anschauen. Doch was auch immer wir grade wollen, es ist vollkommen wurst. Einfach, weil uns die Oma alle miteinander ins Wohnzimmer beordert und dabei keinerlei Widerworte geduldet hat. Und aus.

»Wer nicht dabei ist, wenn ich den Jackpot knacke, der kriegt auch nix ab«, hat sie gesagt, während sie ihre depperten Scheine am Boden verteilt hat.

»Oma, du spielst Lotto, seit ich überhaupt denken kann«, hat der Papa gebrummt, grad wie er auf dem Weg in den Garten raus war. »Und du hast noch nie was gewonnen.«

»Das stimmt nicht. Ich hab schon mal vierhundertachtzig Mark gewonnen. Das weißt du ganz genau!«

»Ja, und die hast dann teilen müssen. Mit der Mooshammer Liesl und noch mit zwei anderen von deinen Weibern.«

»Drum spiel ich ja seitdem auch allein. Und jetzt gib eine Ruh, setz deinen Arsch in Bewegung und hock dich aufs Sofa rüber«, hat sie ihn dann angefaucht. Einmal hat er noch ganz tief durchgeschnauft, sich sein bereits gedrehtes Tütchen hinters Ohr geklemmt und ist dann ziemlich unmotiviert aufs Sofa gefallen. Und so hocken wir nun eben alle gemeinsam vor dieser dämlichen Glotze und glotzen.

Doch schon nach der Ziehung der zweiten Zahl verliert die Oma total den Überblick. Es geht ihr einfach alles viel zu schnell. Und bevor sie auch nur die Hälfte ihrer Scheine durchsehen konnte, da fällt bereits die nächste Kugel und danach die nächste. So schreib ich ihr sicherheitshalber lieber mal die Zahlen auf den Rand der Fernsehzeitung, geh dann mit dem Paul in die Küche und hol mir ein Bier.

Eine gute Stunde später, das Paulchen ist längstens im Bett und der Papa draußen beim Rauchen, da sitzt die Oma immer noch über den Scheinen. Inzwischen ist sie zum Küchentisch umgezogen, und auch sie hat sich ein Bier aufgemacht.

»Und, wie schaut's aus?«, frag ich und lug ihr mal kurz

über die Schulter. Doch das merkt sie erst gar nicht. Sie ist so vertieft, ihre Kreuze mit meinen Zahlen von der Fernsehzeitung abzugleichen, dass sie von mir überhaupt keine Notiz nimmt. Dann schnapp ich mir halt meine Jacke von der Stuhllehne, verabschiede mich, ohne einen Gegengruß abzuwarten, und mach mich auf den Weg zum Saustall rüber. Von den alten Obstbäumen herüber kann ich jetzt Stimmen erkennen. Stimmen und das Aufleuchten einer Zigarettenglut. So geh ich mal hin. Dort in der Dunkelheit hocken die Susi und der Papa in Decken gewickelt und rauchen gemeinsam einen Joint. Zwischen ihren Beinen liegt die Hinkelotta und schläft. Die Hinkelotta, die haben wir letztes Jahr aus dem Tierheim geholt. Nachdem mich nämlich mein heißgeliebter und jahrelanger Begleiter, der Ludwig, verlassen hat und jetzt im Hundehimmel ist. Es hat mir fast das Herz gebrochen. Die Hinkelotta ist kein Ersatz für meinen Ludwig, und es wird wohl auch nie einen geben. Dafür aber ist sie lieb und total auf das Paulchen fixiert, genau wie er auf sie. Die beiden kleben zusammen wie Kletten. Und wenn die Susi das zulassen würde, dann würde die Hinkelotta wohl jede Nacht beim Paul im Bettchen liegen und seinen Schlaf bewachen. Aber die Susi, die hat halt gemeint, irgendwo gibt's eine Grenze und dass die Lotta nichts zu suchen hat in einem Menschenbett. Schon gar nicht in einem Kinderbett. Von wegen Hygiene und so. Der Ludwig, der hat immer bei mir im Bett schlafen dürfen. Selbst wenn er nach unserer ausgiebigen Runde durch die Wälder mal wieder viel eher wie ein Schwein ausgeschaut hat als wie ein Hund. Mir aber hat das nichts ausgemacht. Rein überhaupt nix. Beim Ludwig hat mir sowieso nie was was ausgemacht. Selbst als er todkrank war und mich von oben bis unten vollgekotzt hat, da war mir das wurst. Ich wollte einfach nur, dass er nicht mehr so furchtbar elendig leiden muss.

Aber wie gesagt, jetzt haben wir die Hinkelotta, die wir inzwischen nur noch Lotta nennen und die, wie der Name schon verrät, ein kleines bisschen hinkt. Manchmal geh ich mit ihr die Ludwig-Runde bis hinauf zu seinem Grab. Aber nur manchmal. Man kommt halt nicht so zügig vorwärts mit ihr, und dieses langsame Laufen, das macht mich dann immer so müde. Doch wenn sie nicht grad damit beschäftigt ist, unser Paulchen anzuhimmeln, dann ist sie auch gern mal an der Seite vom Papa. Und der geht dann auch ganz gern ein bisschen mit ihr, einfach, weil er ein ähnliches Tempo bevorzugt wie sie.

»Geh, sei so gut und holst uns noch ein Glaserl Wein, Franz?«, reißt mich jetzt der Papa aus meinen Gedanken heraus.

»Ui, ja, das wär schön«, sagt die Susi. »Das sind jetzt wohl sowieso die letzten Nächte, wo man noch draußen sitzen kann, ohne dass man sich Frostbeulen holt.«

Und so geh ich ins Wohnhaus zurück und hol einen Rotwein und auch noch drei Gläser. Die Oma hockt noch immer über ihren depperten Scheinen, doch anders als vorher, nimmt sie mich jetzt wahr.

»Einen Vierer hab ich schon und zwei Dreier, Bub«, sagt sie, ohne dabei aufzusehen.

»Gratuliere«, sag ich retour, und einen kurzen Moment überleg ich, ob da ihr Wetteinsatz schon abgedeckt sein dürfte.

»Einen Vierer und zwei Dreier hat sie schon, die Oma«, erzähl ich draußen, grad wie ich die Gläser auffüll.

»Gratuliere«, sagt der Papa. »Ob da ihr Wetteinsatz schon abgedeckt ist?«

Wir trinken einen Schluck, und ich schau in den Himmel. Eine sternenklare Nacht. Ganz einwandfrei. Morgen wird's bestimmt wieder wunderbar sonnig. Vielleicht sollte ich mit der Susi und dem Paul noch einmal zum Waldsee rausfahren und uns das Ruderboot mieten. Unser kleiner Paul, der liebt das Wasser. Im Sommer kommt er mit seinen Schwimmflügeln immer erst dann raus aus den Fluten, wenn seine Lippen schon blau sind, die Lotta ganz nervös am Ufer auf und ab läuft und die Susi langsam, aber sicher zu schimpfen anfängt.

Plötzlich hör ich, wie ein Fahrzeug in unseren Hof fährt. Das Knirschen vom Kies hat es verraten. Wer das jetzt noch sein mag? Am Samstagabend um diese Uhrzeit. Und weil von den beiden hier keiner irgendwelche Anstalten macht, nachzusehen, muss ich das wohl tun. So schnauf ich einmal tief durch, werf einen vorwurfsvollen Blick in die Runde und erheb mich schließlich. Geh über die taufeuchte Wiese an der Linde vorbei und ums Hauseck herum. Und da kann ich ihn auch schon sehen.

Es ist der Lotto-Otto, der da auf seinem alten Mofa in unserem Hofkies rumsteht. Wahrscheinlich hat er es schon gemerkt, dass die Oma den Jackpot nicht geknackt hat, und will jetzt sofort seine Moneten haben. Ich muss grinsen.

»Otto, was ist los? Und was machst du hier?«, frag ich zunächst mal.

»Pst«, zischt er sofort und deutet mir an, dass ich näher kommen soll. So geh ich halt hin.

»Also?«, versuch ich es noch mal.

»Können wir reden?«, flüstert er.

»Ist es wegen der Kohle, oder was?«

»Wo ... woher weißt du das?«, fragt er mich auffallend

leise, nimmt nun seinen Helm ab und schaut sich hektisch in alle Richtungen um.

»Hey, entspann dich. Was ist los mit dir?«

»Franz, können wir irgendwo reden? Nur wir zwei. Irgendwo, wo wir ungestört sind.«

Was hat er denn nur? Und warum ist er so nervös? Und überhaupt: was will er von mir? Ich kenn ihn doch kaum. Ich weiß nur, dass sich sein Vater vor ein paar Jahren aus dem Staub gemacht hat und er seitdem gemeinsam mit seiner Mutter diesen Lottoladen schmeißt. Aber das ist auch schon alles.

»Bitte, Franz. Ich ... ich glaub, ich brauch dringend deine Hilfe«, sagt er und versaut mir mit einem einzigen Satz meinen ganzen Samstagabend. Wunderbar, wirklich.

»Ja, dann komm schon«, sag ich und geh Richtung Saustalltür. Und während ich mich gleich mal aufs Kanapee setz, wandert der Lotto-Otto erst sämtliche Fenster ab, überprüft penibelst, ob sie auch wirklich richtig gut zugemacht sind, und zieht am Ende auch noch die Vorhänge zu.

»Sag mal, ist die Mafia hinter dir her, oder was soll dieser ganze Zirkus?«, frag ich, weil's mir echt langsam komisch wird.

»Ja, so ähnlich«, sagt er knapp und schaut mir dabei äußerst ernst in die Augen. Er schwitzt, seine Lider flattern und die Hände zittern.

»Aha«, sag ich auffordernd, lehn mich ganz weit zurück und schlag die Beine übereinander. »Dann leg los.« Und das tut er dann auch.

Angefangen hätte das alles ganz harmlos mit einem simplen Ausflug vor anderthalb Jahren, beginnt er zu erzählen. Und zwar exakt an seinem vierundzwanzigsten Geburtstag. Er und seine Kumpels hätten halt damals einfach beschlossen, zum Feiern in die Tschechei rüberzufahren. Weil da halt alles viel billiger ist. Die Unterkünfte, der Alkohol und auch die Mädchen. Schon Wochen zuvor haben sie sich total drauf gefreut. Zwei Nächte wollten sie bleiben. Aber genau diese letzte Nacht, diese zweite, war dann wohl die Eingangstür zu dieser Hölle, in der er jetzt feststeckt.

»Was ist denn passiert?«, frag ich, weil er plötzlich eine längere Pause macht und auf seine Fingernägel starrt. Sitzt da mit seiner zerrissenen Jeans, wo eine der Kniescheiben komplett freiliegt, seinem dämlichen Lotto-Otto-Shirt und einer dunkelgrauen Kapuzenjacke, die wohl früher mal schwarz war und deren Reißverschluss Wellen schlägt, und starrt auf seine Nägel runter.

»Weißt du, Franz, ich vertrag halt auch nicht so viel. Die anderen, die sind an diesem zweiten Abend sofort wieder los. Haben schon mittags wieder angefangen zu saufen und voll die Big Party und so. Aber mir hat's ja noch vom Vortag völlig gereicht, und ich hätte keinen einzigen Tropfen Alkohol runtergebracht. Drum bin ich dann lieber im Hotel geblieben«, erzählt er und macht wieder eine Pause.

»Gut, bis dahin kann ich dir ja noch folgen, Otto. Allerdings weiß ich noch immer nicht recht, womit ausgerechnet ich dir weiterhelfen kann«, sag ich, weil ich jetzt echt langsam müd werd.

»Da … da war so ein Casino unten in unserem Hotel. Und irgendwann, ja, irgendwann in dieser Scheiß-Scheiß-Scheiß-Nacht, da bin ich halt da runter. Also in dieses Casino. Am Anfang, da hab ich mir das Ganze nur eine Weile angeschaut, war ja zuvor noch nie in so was drin. Und dann hab ich irgendwann angefangen, selber zu spielen. Die Zeit ist wie im Flug vergangen, ich hab ein paar Euro gewonnen, und es hat Spaß gemacht. Und ich hab mir überhaupt nichts gedacht dabei. Auch später nicht, wie ich dann in Landshut in so einem Casino war. Die ersten Male, da war's auch echt noch total relaxed. Mal gewinnt man, und dann verliert man. Keine großen Beträge, verstehst. Zumindest nicht am Anfang. Aber plötzlich rutscht man da einfach so rein, keine Ahnung. Und irgendwann war alles anders, und ich hab dann das Ruder nicht mehr rumreißen können.«

»Und jetzt?«

»Jetzt? Ja, jetzt hab ich über sechzigtausend Euro Schulden, zwei abgehackte Finger und eine Morddrohung am Hals«, stößt er hervor.

Und schon bin ich wieder vollkommen wach.

»Wieso hast du zwei abgehackte Finger?«

»Die wollen ihr Geld zurück, verstehst du?«

»Wer sind DIE?«

»Ja, so Leute halt. Die, wo mir halt das ganze Geld geliehen haben. Fuck!«

»Hör auf zu fluchen.«

»Sorry!«

»Die ... die haben dir einfach so deine Finger abgehackt?«

»Sie haben mir zwei Finger abgehackt, und zuvor haben sie mir ins Ohr geschnitten. Mit einer Nagelschere. Das war zwei Wochen, bevor sie mich auf dem Real-Parkplatz fast totgeschlagen haben«, sagt er weiter, schiebt sein T-Shirt hoch und zeigt mir seine unzähligen gelb-blauen Flecken.

»Alle Achtung«, sag ich und steh auf. »Weiß deine Mutter davon?«

»Nein, die darf das auch nicht erfahren! Die hat schon genug eigene Sorgen.«

»Verstehe.«

»Die meinen das ernst, Franz. Die wollen ihre Kohle zurück. Aber ich hab nix. Ich hab einfach nix. Fuck!«

»Aber sechzigtausend, das ist jede Menge.«

»Im Grunde waren es ja nur knapp vierzig. Aber die Zinsen und noch mal Zinsen und so. Mittlerweile sind's eben sechzig.«

»Was ist mit dieser Morddrohung, Otto? Ich mein, wenn du tot bist, dann kriegen die doch erst recht keinen Cent mehr?«

»Die wollen ja auch nicht mich umbringen.«

»Sondern?«

»Meine Mutter.«

»Sie drohen tatsächlich damit, deine Mutter umzubringen, wenn sie die Kohle nicht kriegen? Das ist jetzt aber nicht dein Ernst, oder?«, frag ich, zieh die Vorhänge auf und seh aus dem Fenster.

»Kannst du die verdammten Gardinen wieder zumachen?«

»Jetzt mach dich nicht lächerlich, Otto. Wir sind hier in Niederkaltenkirchen auf unserem Hof. Da ist noch nie was passiert«, sag ich grad noch, dann fliegt uns ein Riesenstein durchs Fenster und tausende Scherben um die Ohren. Und noch bevor ich überhaupt kapier, was hier grad abgeht, da liegt der Lotto-Otto schon bäuchlings am Boden und hält sich die Hände über den Kopf. Ja, es scheint, als wären ihm Situationen wie diese durchaus vertraut.

Ich mach das Licht aus, greif nach meiner Waffe und schleich mich nach draußen. Leider geht jedoch bereits nach wenigen Schritten der Bewegungsmelder an, und so steh ich sozusagen von einem Moment auf den anderen praktisch frontal im Rampenlicht. Drum herum ist alles stockmauernfinster. Nur ich selber bin quasi ausgestrahlt bis in die Nasenflügel hinein. Da kann man dann bewaffnet sein, wie man will, man ist trotzdem nur eine wandelnde Zielscheibe. Und so versuche ich dem Lichtkegel zu entkommen, indem ich mich nach hinten in den Garten verziehe. Die Susi und der Papa sitzen immer noch da, aus seinem alten Kassettenrekorder heraus laufen die Beatles, es steht eine zweite Flasche Rotwein auf dem Tisch, und neben den beiden brennt ein behagliches Tonnenfeuer.

»Habt ihr grad irgendwas gehört?«, frag ich, gleich wie ich hinkomm.

»Ja, die Beatles«, sagt der Papa.

»Oder gesehen? Habt ihr was gesehen?«

»Jede Menge«, lächelt er jetzt ganz versonnen. »Den kleinen Wagen haben wir gesehen, gell, Susi. Und auch den großen. Und außerdem haben wir noch den Uran…«

»Das mein ich nicht«, muss ich ihn hier unterbrechen. »War irgendwer hier?«

»Ja, freilich«, sagt er weiter und grinst irgendwie dümmlich.

»Ja, wer denn?«, frag ich und muss mich kolossal zusammenreißen, hier nicht das Brüllen zu kriegen. Immerhin ist grad ein Stein in der Größe einer Honigmelone nur haarscharf an meinem Kopf vorbeigedonnert.

»Ja, die Oma war halt da. Sie hat jetzt insgesamt zwei Vierer und neun Dreier. Keine Super Sechs. Keine Zusatzzahl«, erzählt er noch kurz und nimmt dann einen Schluck Rotwein. Neben ihm sitzt die Susi, und die grinst und wackelt ein bisschen mit ihrem Kopf.

»Was bist denn so … Dings«, will sie nun wissen, und ich glaub, sie lallt auch ein wenig. »Komm, setz dich zu uns her, dann simma mehr … Hihi, das reimt sich. Lustig.«

»War sonst jemand da, oder habt ihr irgendwas bemerkt?«, frag ich und hoffe inständig auf eine brauchbare Antwort.

»Sonst war niemand da, und bemerken tun wir nur, dass du uns allmählich auf die Eier gehst. Also entweder hersitzen oder abhauen. Du Stimmungskiller«, brummt nun der Papa noch, und an dieser Stelle muss ich kapitulieren. So geh ich durch die grelle Lichtschneise hindurch wieder zum Saustall zurück. Und grad will ich nach dem Otto-Lotto schauen, wie ich merk, dass der nicht mehr da ist. Weder im Wohnraum noch drüben im Bad. Nirgendwo die winzigste Spur vom Lotto-Otto. Seltsam. Ich geh noch mal nach draußen, genauer: dahin, wo sein Mofa soeben noch gestanden hat. Doch auch das ist nicht mehr da. Praktisch spurlos verschwunden. Er muss es weggeschoben haben, alles andere hätte man ja hören müssen. Hinten von den Obstbäumen her wird grad laut gekichert und gelacht. Und ich für meinen Teil frag mich ernsthaft, was ich jetzt tun soll. Den Lotto-Otto suchen? Zum Wolfi auf ein Bier gehen? Oder einfach nur ins Bett? Ein Blick auf die Uhr zeigt mir: es ist drei viertel zehn. Viel zu früh, um zu schlafen. So ruf ich vielleicht einfach mal kurz den Birkenberger an.

»Weißt du eigentlich, wie spät es ist, Franz?«, fragt er ziemlich am Anfang.

»Drei viertel zehn«, sag ich wahrheitsgemäß, während ich die Glasscherben zusammenkehre.

»Nein, das stimmt nur zur Hälfte. Es ist drei viertel zehn am Samstagabend. Das heißt, es ist vermutlich schon zu spät, um sich für heute noch zu verabreden, was einen Anruf natürlich jederzeit rechtfertigen würde. Aber ich nehme nicht an, dass du dich heute noch irgendwo mit mir treffen willst, oder?«

»Nein, auf gar keinen Fall.«

»Was willst du dann, Franz? Möchtest du einfach ein bisschen nett mit mir plaudern?«

»Nein, auch das nicht. Es ist nur grad was Komisches passiert, Rudi. Also mehr so dienstlich gesehen.«

»Dienstlich für wen, Franz? Für dich? Wieder einmal. Brauchst du wieder einmal meine Unterstützung?«, sagt er, und sein bekannt vorwurfsvoller Tonfall läuft grad zu Höchstformen auf. »Weißt du was, Franz. Es ist Samstagabend, drei viertel zehn. Und ob du's glaubst oder nicht, aber auch ich habe ein Privatleben.«

Wenn ich bedenke, dass grad irgendein Irrer einen Stein durch mein Fenster geworfen hat. Durch das Fenster von meinem Saustall. Meinem heiligsten Refugium. Meinem Zuhause. Da, wo meine Familie lebt und mein kleines Paulchen. Und anstatt dass mir der Rudi da einfach nur zuhört und Anteil nimmt, da erzählt er mir was von seinem nicht vorhandenen Privatleben? Ja, alles klar.

Jetzt kommt die Susi herein und grinst mich breit an. Dabei fängt sie an, sich auszuziehen.

»Du hast kein Privatleben, Rudi«, grins ich der Susi retour.

»Hab ich doch!«

»Hast du nicht!«

»Hab ich doch!«

»Mit wem redest du denn da?«, fragt die Susi, die inzwischen splitterfasernackt auf mir draufsitzt.

»Mit dem Rudi«, sag ich noch so. Dann nimmt sie mir den Telefonhörer aus der Hand.

»Lieber Onkel Rudi«, trällert sie jetzt in den Hörer. »Hier spricht dem Franz seine Susimaus, und die ist ziemlich betrunken. Und weißt du was, lieber Onkel Rudi? Immer wenn die Susimaus ziemlich betrunken ist, dann will sie unbedingt schnackseln. Drum Ende der Durchsage. Gute Nacht und bye-bye!«

Dann legt sie auf.

Kapitel 4

Dem Papa sein Gesicht ist das Erste, was ich am nächsten Tag in der Früh seh. Er glotzt durch die kaputte Fensterscheibe hindurch zu uns rein und somit genau auf den nackigen Hintern von der Susi. Ich zieh ihr mal die Bettdecke drüber.

»Du hast ein Loch in deinem Fenster«, sagt er, während er versucht, die restlichen Glassplitter aus dem Rahmen zu fieseln.

»Schneid dich nicht«, sag ich, steh auf und such nach meiner Unterhose.

»Wieso hast du ein Loch in deinem Fenster?«

»Das ist eine lange Geschichte«, sag ich und schlüpf in mein T-Shirt.

»Ich hab Zeit.«

»Könnt ihr vielleicht woanders ratschen«, brummt nun die Susi aus ihren Federn heraus. »Mir platzt gleich der Schädel.«

»Zu viel Rotwein, liebe Susi«, grinst der Papa.

»Ha, da redet der Richtige! Außerdem hast du mich doch nur so abgefüllt, dass ich deinem Sohn hinterher gefügig bin, du alter Schlawiner«, gibt sie zurück, ehe sie komplett von der Zudecke verschluckt wird. Der Papa zwinkert mir zu, und ich zuck mit den Schultern.

»'zefix, jetzt hab ich mich geschnitten«, sagt der Papa

ein paar Augenblicke später, und ja: er hat recht. Ein fetter Blutstropfen läuft ihm über den Mittelfinger auf den Handrücken runter und landet schließlich auf meinem Fensterbrett. »Jetzt mach halt was, Franz!«

»Ja, was soll ich denn da machen? Geh rüber zur Oma, die gibt dir ein Pflaster. Und jetzt sei so gut und sau mir da nicht alles ein«, sag ich noch so, schlüpf in meine Jacke und schnapp mir den Autoschlüssel.

»Wo willst du denn jetzt hin, Franz? Die Oma, die kocht doch schon zu Mittag«, will der Papa noch wissen und lutscht an seinem blutigen Finger.

»Bis dahin bin ich wahrscheinlich schon längst zurück«, antworte ich noch, dann bin ich weg.

Ich park meine Kiste direkt neben dem alten Mofa vorm Lottoladen, steig aus und schau auf das Klingelschild. *Nicole Feistl* steht da drauf. Bingo. Und nachdem ich unzählige Male geläutet hab, da hör ich auch endlich einen Schlüssel im Schloss und die Tür geht einen winzigen Spaltbreit auf.

»Ja?«, fragt mich die Nicole, und schon hab ich meinen Fuß in der Tür drin und schieb sie langsam auf. »Bist du wegen dem Jackpot da?«, fragt sie weiter, während ich an ihr vorbei in das schmale und düstere Treppenhaus trete. »Hat die Oma etwa tatsächlich den Jackpot geknackt?«

»Nein, kein Jackpot«, sag ich und schau mich kurz um. »Wo ist der Lotto-Otto?«

»Oben. Ich glaub, der schläft noch. Ist was passiert?«

Da stehen wir nun so nebeneinander in diesem unglaublich engen Raum, den man kaum durchqueren kann, ohne sich dabei seitwärts zu stellen. Altpapier und Kartons stapeln sich, so weit das Auge reicht und bis hoch zur Decke. Die Luft ist dick und abgestanden.

»Ja, gut«, sag ich, nachdem ich mich kurz orientiert hab,

und quetsch mich Richtung Treppe. »Dann schaun wir halt mal nach, wo er so ist, der Lotto-Otto.«

Die Stufen knarzen bedenklich, und auch sie sind mit diversem Papierkram verstopft. Oben angekommen ist es kaum besser. Die Decke ist so niedrig, dass ich automatisch den Kopf einziehe, die Räume sind klein und komplett übermöbelt.

»Wo ist sein Zimmer?«, frag ich, während mein Blick die Wände abtastet.

»Er hat kein Zimmer. Er schläft dort drüben auf dem Sofa«, sagt sie und deutet auf eine kleine Schrankwand Eiche rustikal, die wohl auch als Trennwand herhalten muss. Dort geh ich mal hin. Das Sofa ist durchgesessen, schmutzig und leer. Eine Wolldecke liegt achtlos am Boden, der Lotto-Otto-Kittel samt Käppi hängt dahinter am Fenstergriff.

»Hier ist er nicht«, sag ich und dreh mich wieder zu ihr um. »Sein Mofa steht draußen vorm Haus. Wo könnte er denn hin sein, wenn er zu Fuß unterwegs ist?«

»Er muss ja gar nicht zu Fuß unterwegs sein«, antwortet sie und zurrt den Gürtel ihres Morgenmantels enger. »Es kann ja auch sein, dass er mit Freunden unterwegs ist. Mit dem Auto. Gestern war ja Samstag. Und da waren die vielleicht in irgendeinem Club oder so.«

»Eher unwahrscheinlich«, denk ich noch so. »Wann hast du ihn denn zuletzt gesehen, Nicole?«

»Das war … das war gestern so gegen halb zwei. Wir haben um eins den Laden zugesperrt und dann noch kurz drinnen aufgeräumt. So wie immer halt. Aber warum fragst du das alles? Ist was passiert? Jetzt sag schon! Ist was passiert mit meinem Otto?«, will sie nun wissen, und gegen Ende wird ihre Stimme zunehmend aufgeregter.

»Nein, Nicole. Beruhig dich«, sag ich und schau dabei noch kurz hinter die beiden anderen Türen. Aber auch dort im Schlafzimmer und daneben im Bad ist keine Spur vom Lotto-Otto. »Es ist nichts passiert. Ich hätt nur ein paar Fragen an ihn, weißt. Am besten, du rufst mich einfach gleich an, wenn er sich bei dir meldet«, sag ich und schreib ihr meine Nummer auf die kleine Tafel, die da an der Wand hängt und wo bereits: *Ketchup, Haarspray, Suppenbrühe und Zahnarzt Mo. 11:30* draufsteht. Dann verabschiede ich mich und versuche möglichst unverletzt die schmalen Stufen nach unten zu kommen. Dort gibt es eine Kellertür, wie ich nun sehe. Und wenn mich mein kriminalistischer Scharfsinn grad nicht komplett verlassen hat, dann werde ich dort auch fündig werden. Der Weg dort hinunter ist ebenfalls lebensgefährlich, und im Grunde ist es viel eher ein Loch als ein Keller. Rein akustisch betrachtet, ist es dann aber doch ziemlich einwandfrei. Weil noch bevor ich auch nur den Lichtschalter betätigen muss, weiß ich schon längst, dass er da ist, der Lotto-Otto. Er schnauft nämlich wie ein Walross aus der hintersten rechten Ecke heraus. Dort, wo eine Waschmaschine steht und eine Wäscheleine den Raum in zwei Hälften abtrennt. Hier kauert er zwischen einigen leeren Biertrageln und einem uralten Radl, hat die Knie bis an sein Kinn raufgezogen und die Augen geschlossen. Ein paar Kakerlaken laufen um ihn herum.

»Ich bin's, Otto«, sag ich und hock mich mal neben ihn auf eines der Tragl. »Entspann dich. Warst du die ganze Nacht hier unten?«

Er nickt wortlos und öffnet die Augen. Tränen rollen ihm übers Gesicht. Und jetzt seh ich auch, dass er sich eingenässt hat. Himmelherrgott noch mal, so kann das doch nicht weitergehen!

»Otto«, sag ich und rutsch ein Stück von ihm weg. »Du hockst hier die ganze Nacht lang in diesem verschimmelten Kellerloch und hast dir in die Hose geschifft. Du bist ein Mannsbild und fünfundzwanzig Jahre alt. Glaubst du nicht, dass es Zeit wird, etwas zu unternehmen?«

»Das hab ich ja versucht. Ich bin doch zu dir rausgefahren«, antwortet er, und seine Stimme zittert.

»Komm, steh auf«, sag ich und erheb mich schon mal. »Geh duschen und iss was. Dann bring ich dich zu den Kollegen nach Landshut rein. Das sind Profis, die kennen sich aus mit ...«

»Nein! Das geht nicht!«, schreit er mich jetzt an und reißt dabei seine Augen weit auf.

»Warum nicht?«

»Das geht einfach nicht«, murmelt er kaum noch hörbar.

»Otto, wenn du mir nicht sofort sagst, was los ist, dann fahr ich augenblicklich nach Haus und verbring diesen herrlichen Tag mit meiner Familie am Weiher. Und du kannst hier unten in diesem Loch verrotten und in deiner Pisse vergammeln. Hast du mich verstanden?«

Ein paar Augenblicke lang sitzt er bewegungslos da, starrt vor sich hin auf den feuchten Kellerboden und scheint kaum zu atmen.

»Die ... die werden mich umbringen. Oder die Mutter. Oder uns beide.«

»Ihr werdet sowieso sterben, ihr beide. Das ist vollkommen klar. Spätestens in ein paar Tagen wirst du nämlich hier unten jämmerlich verreckt sein, und deine arme Mutter wird daraufhin an gebrochenem Herzen sterben oder sich deinetwegen das Leben nehmen. Die hat doch niemanden sonst außer dir, Mensch.«

Jetzt schlägt er die Hände vors Gesicht und weint. Ja,

genau so hab ich mir meinen Sonntag vorgestellt. Mit einem verwahrlosten Mittzwanziger, der von wem auch immer bedroht und verstümmelt wurde, in einem feuchten Kellerloch zu hocken und ihn zu überreden, dass er seinen Arsch hochkriegt.

»Gut, Otto«, sag ich und steh auf. »Ich pack's dann.«

»Franz! Warte! Ich … ich kann einfach nicht zu deinen … zu deinen geschissenen Profis nach Landshut reinfahren, verstehst«, zischt er mich jetzt an, und seine rotgeweinten Augen funkeln. »Weil sich nämlich unter diesen Typen, die hinter mir her sind, exakt zwei von diesen geschissenen Profis befinden. Geht das in deinen dämlichen Schädel rein?«

Wie jetzt? Was sagt der da von wegen Profis? Das krieg ich grad nicht auf die Reihe. Für einen Moment muss ich mich extrem konzentrieren. Doch so nach und nach, da fällt der Groschen.

»Du meinst«, sag ich und geh dabei direkt vor ihm in die Hocke, Pisse hin, Pisse her. In manchen Situationen, da darf man einfach nicht so heikel sein. »Du meinst, unter den Leuten, denen du das viele Geld schuldest und die dir das alles angetan haben, … also die Schläge, das mit dem Ohr und den Fingern und so, … darunter wären Kollegen von mir?«

»Nein. Das mein ich nicht, Franz. Das weiß ich. Ja, einer von diesen Wichsern war auch das mit den Fingern«, raunt er und hebt mir dabei demonstrativ seine verbundene Hand mit dem völlig verdreckten Verband vor die Nase. Wenn das mal keine dicke Entzündung gibt, bei dem ganzen Dreck. Ich steh wieder auf und lauf in diesem winzigen Raum auf und ab wie ein Hamster in seinem Radl. So ganz haben die Informationen der letzten Minute noch keinen gescheiten Stellplatz in meinem Hirn gefunden. Mensch, das wär ja echt allerhand. Und auch gefährlich! Sowohl für die Kollegen als auch besonders für den Lotto-Otto hier. Also was tun? Verdammte Scheiße!

»Otto, wenn das stimmt, dann …«

»Franz, natürlich stimmt das. Fuck, warum sollte ich so was erfinden?«

Gut, da hat er wohl recht.

Und nachdem ich dann eine ganze Weile sämtliche meiner Gehirnzellen zu Höchstleistungen angespornt habe, bringe ich ihn nach oben und bleibe, solange er duscht, isst und sich frische Sachen anzieht, in der Wohnung. Genauer am Fenster. Danach aber muss ich ihn wohl oder übel zurück in den Keller bringen. Denn nur dort erscheint er mir zumindest für den Moment relativ sicher.

»Ich kümmer mich um die Sache«, sag ich zu ihm, eh ich mich verabschiede.

»Aber schwör's, Franz. Halte die Kollegen aus Landshut da raus!«

»Ja, versprochen«, antworte ich noch, dann bin ich weg.

Die Fahrt nach München rein vergeht wie im Flug, weil mir so dermaßen viel durch den Kopf geht, dass ich kaum auf den Verkehr achten kann. Den Rudi anzurufen erscheint mir heut als ziemlich sinnlos, weil ich ihn ja seit Jahren kenn wie meine Westentasche. Und ich ganz genau weiß, dass er mir nach dem telefonischen Megagau von gestern Abend nur einhängen oder gar nicht erst abnehmen würde. Drum eben dieser frontale und unangekündigte Besuch bei ihm. Und ich hab Glück, grad wie ich ankomm, geht unten die Haustüre auf und ein lachendes Paar verlässt das Gebäude mit raschen Schritten. Somit bin ich wenigstens schon mal drinnen, und der Rudi hat keinerlei

Gelegenheit, mich etwa schon durch die Sprechanlage hindurch abwimmeln zu können. Also rauf in den zweiten Stock, das Guckloch zuhalten und läuten. Und weil ich freilich längst weiß, dass er zur neugierigsten Spezies in der gesamten Menschheitsgeschichte zählt, öffnet er erwartungsgemäß prompt. Angenommen, es wär jetzt Donald Trump oder möglicherweise auch Michael Jackson auf seinem Fußabtreter gestanden, er hätte wohl kaum dämlicher dreinschauen können.

»Franz?«, sagt er, als wär ich Donald Trump oder Michael Jackson. Dabei hat er reichlich Rasierschaum im Gesicht und ein flauschiges Handtuch um die Hüften gebunden. »Dich hätt ich jetzt am wenigsten erwartet.«

»Wen hättest du denn erwartet?«, frag ich und geh an ihm vorbei direkt in die Küche. »Hast du Kaffee?«

»Nein«, sagt er und watschelt barfüßig hinter mir her. »Ich hab nur Tee. Ingwer, Grünen und Kamille. Aber was zum Teufel machst du hier?«

»Zieh dich an, Rudi. Ich muss jetzt unbedingt irgendwo einen Kaffee trinken.«

»Ja, bin ich dein privater Entertainer, oder was? Wenn du einen Kaffee trinken willst, dann geh gefälligst einen Kaffee trinken und lass mich zufrieden. Du hast dich weder angekündigt noch hab ich dich eingeladen. Es ist Sonntagmittag, und ich mache mein Beauty-Programm wie jeden Sonntag, verstehst du. Weil schließlich und endlich auch ein Mann gepflegt sein sollte. Hände, Füße, Haut und Haar. Schon mal was davon gehört?«

»Gut«, entgegne ich, lass mich in einen der Sessel fallen und schau auf die Uhr. »Dein Haar wird ja nicht so viel Zeit beanspruchen, nehm ich mal an. Für alles andere hast du exakt fünfzehn Minuten. Die Zeit läuft.«

Und keine halbe Stunde später sitzen wir dann auch schon in einem der netten Straßencafés mitten in München und lassen uns die Sonne ins Genick brennen. Ganz einwandfrei. Und nach zwei Portionen Kaffee und je einem wunderbaren Stück Zwetschgendatschi mit Sahne, einer Schwarzwälderkirsch und dem Käsekuchen, da weiß der Rudi jede winzige Kleinigkeit über unseren Lotto-Otto und sein Malheur.

»Das ist ja der Wahnsinn«, sagt der Rudi kauenderweise und scheint tief beeindruckt.

»Ja, du sagst es. Das riecht wohl nach jeder Menge Arbeit. Doch zunächst einmal muss er unbedingt raus aus dem Schussfeld, der Lotto-Otto«, sag ich und wisch mir mit der Serviette den Mund ab. »In diesem Keller kann er jedenfalls nicht länger bleiben. Ums Verrecken nicht. Und draußen, da ist er eine wandelnde Zielscheibe – er selber und vermutlich sogar seine Mutter. Außerdem müssen wir rausfinden, wer diese Typen überhaupt sind, die das Geld verleihen.«

»Kann er zu dir heim?«

»Auf gar keinen Fall. Ich hab echt keinen Bock drauf, dass mir noch mal ein Stein durchs Fenster fliegt oder noch was Schlimmeres passiert.«

»Gut«, entgegnet der Rudi beherzt, während er seine Kuchengabel beiseitelegt. »Er kann bei mir wohnen. Sag ihm das. Zumindest mal vorübergehend.«

Das war mein Plan.

»Bei dir? Aber das kann ich dir nicht zumuten, Rudi. Du hast doch selbst nur ein paar lächerliche Quadratmeter, und außerdem kennst du doch den Lotto-Otto auch gar nicht.«

»Ja, da hast du natürlich recht. War eine blöde Idee.«

Mist!

Ich nehm einen Schluck Kaffee.

»Genau«, sag ich dann. »Und es wär ohnehin viel zu gefährlich.«

»Wieso gefährlich?«, fragt er, und ich zuck mit den Schultern.

»Na ja, immerhin wissen wir ja jetzt, wie diese Typen ticken. Was wir aber nicht wissen, ist, wie gut sie aufgestellt und vernetzt sind. Stell dir nur vor, dir passiert was. Stell dir vor, Rudi, dir passiert was, nur weil du so selbstlos warst und den Lotto-Otto bei dir aufgenommen hast. Mein ganzes Leben lang würde ich damit nicht fertig werden.«

»Wirklich?«, fragt er, und dabei greift er nach meiner Hand. Das ist mir jetzt aber ziemlich unangenehm, weil die ganzen Tische hier voller Leute sind. Doch da muss ich wohl grad durch.

»Ja, wirklich«, sag ich, starr auf die Tischdecke runter und nicke. »Nein, das könnte ich nicht überleben. Da muss ich nun schon allein durch, Rudi.«

»Papperlapapp«, lacht er und tätschelt meinen Handrücken. »Da muss doch der Franz nicht allein durch, du Dummi! Schon vergessen: Dreamteam? Nein, nein nein, wir machen das wie immer, und zwar gemeinsam. Und jetzt fahrst schön in dein dämliches Kaff zurück und holst diesen Lotto-Otto. Und ich werd ihm derweil schon mal das Sofa herrichten.«

»Prima«, sag ich noch so und steh auf. »Wir kommen dann nach Einbruch der Dunkelheit.«

»Kannst du wenigstens deine depperte Zeche bezahlen? Franz!«, ruft er mir noch hinterher, aber das hör ich schon gar nicht mehr.

Kapitel 5

Wie ich schließlich zurück am Hof bin, sind alle beleidigt. Die Oma ist beleidigt, weil sie eins meiner Lieblingsessen gekocht hat und ich zum Mittagessen nicht da gewesen bin. Ein Rahmgulasch mit Pfifferlingen und Semmelknödel hätt's gegeben. Aufwärmen tut sie mir das nicht wegen der Schwammerl und der Sahne. Aufgewärmt kannst das nicht essen, da kriegst die Scheißerei, hat sie mich angeknurrt und ist dann saugrantig aus der Küche gelatscht. Ich schau mal in die Töpfe, und: ja, da hab ich wohl was verpasst. Obwohl ich jetzt schon sagen muss, dass mir mein Magen immer noch ziemlich verpappt ist wegen dem ganzen Kuchen, den ich mit dem Rudi heut so vertilgt hab.

Die Susi ist ebenfalls beleidigt, was wohl größtenteils ihrem Kater zuzuschreiben ist. Jedenfalls meint sie, ich hätte mich durchaus mal um das Paulchen kümmern können, wenn sie schon mal so krank ist. Immerhin wär das ja nicht nur ihr Sohn, sondern auch meiner.

Und auch der Papa ist ziemlich angefressen, weil er trotz seines kaputten Fingers den ganzen Nachmittag lang und ohne eine helfende Hand meine depperte Fensterscheibe ausgetauscht hat. Dazu muss man vielleicht auch noch wissen, wir schmeißen ja nix weg, gell. Egal, was es ist, wir heben es auf. Wenn man's genau nimmt, da könnte man direkt meinen, die Familie Eberhofer, die hat das Wort Recycling quasi erfunden. Und da wir eben alles aufheben, was noch nicht stinkt, drum haben wir natürlich auch jede Menge Ersatzscheiben am Hof. Und von denen hat er nun eben eine verwendet, der Papa. Und zieht mir nun deswegen einen Flunsch. Dabei hab ich das Fenster ja noch nicht mal selber demoliert.

»Wie ist das passiert?«, hat er freilich wissen wollen.

»Ja, was weiß ich. Vielleicht ist der Leopold schuld.«

»Der Leopold? Wie kommst jetzt da drauf?«

»Ja, wegen seinen durchgehenden Reifen. Weil der ja ständig im Hof rumfährt, dass der Kies nur so fliegt. Und wenn halt hundert Jahre lang immer wieder kleine Steine gegen das Fenster fliegen, dann ist es halt irgendwann mal im Arsch, gell.«

Er hat noch irgendwas gebrummt und dabei den Kopf geschüttelt. Auch der kleine Paul scheint sich der kollektiven Stimmung angepasst zu haben. Jedenfalls sitzt er mit seinem Plüschelefanten und bereits im Schlafanzug bei der Lotta am Fußboden. Hat eine Rotzglocke bis dort hinunter und weint.

»Was hat er denn?«, frag ich die Susi, die grad noch ein paar Teller verräumt, und hol mir den Buben auf meinen Schoß.

»Schiffahn. Baba und Baulchen famma zum Weia«, quengelt er nun und reibt sich die Äuglein. Ich putz ihm lieber mal die Nase, ehe er mich noch einsaut.

»Wir wollten doch heute zum Weiher rausfahren«, übersetzt die Susi und hockt sich jetzt zu uns. »Und das hab ich ihm dann halt erzählt, gell, Paulchen. Aber du bist ja den ganzen lieben langen Tag nicht da gewesen. Und ich war heute leider nicht in der Lage, irgendwohin selber mit dem Auto zu fahren.«

Ja, das ist scheiße.

»Wir fahren nächstes Wochenende mit dem Schiff, Paulchen«, sag ich noch so.

»Naa, heute! Heute«, schreit er mich jetzt an und klatscht mir dabei voller Wut seine kleinen Hände auf die Backen.

»Du, Susi«, sag ich und überreich ihr den Sohnemann. »Ich muss noch mal weg. Dienstlich. Am besten, du bringst ihn ins Bett. Der ist ja total übermüdet.«

»Der ist nicht übermüdet, Franz. Der ist einfach stocksauer. Genau wie ich. Weil heute Sonntag ist. Also Familientag. Und was heißt eigentlich dienstlich? Ist etwa jemand ermordet worden, oder was?«

»Noch nicht«, sag ich und steh auf.

»Sondern?«

»Susi, da kann ich dir jetzt echt nix drüber sagen. Das ist topsecret, verstehst.«

»Nein, das versteh ich nicht, Franz. Du verbringst den ganzen Sonntag wer weiß wo. Kommst irgendwann heim und hast noch nicht mal einen Hunger. Und dann musst du auch gleich wieder weg. Franz, da stimmt doch was nicht. Ich sag dir bloß eins, wenn du eine andere hast, dann … dann …«

»Susi, denk mal ganz scharf nach. Hattest du gestern Nacht irgendwie den Eindruck, dass da eine andere wär?«

»Kann mich nicht mehr richtig erinnern«, sagt sie und schämt sich ein bisschen.

»Schade. Ich nämlich schon. Und du kannst mir glauben: wir hatten jede Menge Spaß zusammen, und zwar bis in die frühen Morgenstunden.«

»Echt?«, fragt sie, schaut mich dabei an und beißt sich auf die Unterlippe.

»Ja, echt!«, antworte ich grinsend und zwinker ihr zu.

»Mist«, sagt sie noch. Und so geb ich den beiden schnell ein Bussi und mach mich dann erneut auf den Weg.

Es ist gleich halb sieben, somit dürfte es noch beinah zwei Stunden dauern, eh ich mit dem Lotto-Otto nach München fahren kann. Allerdings ist davor auch noch ein wenig Handlungsbedarf. Zunächst mal muss ich nämlich den Lotto-Otto davon überzeugen, dass er dringend und mit sofortiger Wirkung aus Niederkaltenkirchen rausmuss. Und dann muss man auch noch eine Lösung für die Nicole finden. Denn schließlich und endlich könnte die ja ebenfalls in Gefahr sein. Grad, wo doch der Lotto-Otto erzählt hat, dieses Pack würde als Nächstes seine Mutter umbringen. Ja, da hilft wohl alles nix, ich muss mit der Oma reden. Immerhin haben wir hier am Hof reichlich Zimmer zur Verfügung, und da kann man die gute Frau wohl mal übernachten lassen. Wenigstens vorübergehend.

»Oma, ich brauch deine Hilfe«, sag ich kurz darauf hinten im Garten, während sie Äpfel und Zwetschgen aus der Wiese aufklaubt und auf zwei Körbe verteilt.

Keine Reaktion. Sie schaut ja noch nicht einmal auf. So begeb ich mich mal in ihr Sichtfeld, nicht dass sie mich weder hören noch sehen kann.

»Geh aus dem Weg«, knurrt sie aber prompt, und somit ist wenigstens sichergestellt, dass sie von meiner Anwesenheit hier Kenntnis genommen hat.

»Oma, es handelt sich um eine zwischenmenschliche Katastrophe. Ich brauche dringend deine Hilfe und muss mich unbedingt auf deine Verschwiegenheit verlassen können«, sag ich weiter, und jetzt wird sie neugierig. Sie kommt vom Boden hoch und schaut mir direkt ins Gesicht.

»Was ist passiert, Bub?«, fragt sie nun nach.

Und so erzähl ich ihr kurz und eindringlich, dass der

Lotto-Otto und seine Mutter grad wahnsinnige Streitereien hätten. Und wenn sie weiterhin in dieser winzigen Wohnung beieinander wären, da gäb's Mord und Totschlag. Und dann könnte ich für nix garantieren.

»Oh, mei! Oh, mei! Ja, was machen wir denn da mit den beiden?«, sagt sie und wirkt tatsächlich besorgt.

»Ja, ich weiß auch nicht so recht«, lüg ich, und das fällt mir unglaublich schwer. Ich starr vor mich her in die Wiese und hoffe inständig, dass sie mich jetzt nicht anschaut. Die Oma, die merkt es nämlich meistens sofort, wenn ich sie anlüg. »Ich hab halt bloß Angst, dass die sich gegenseitig erschlagen, die Nicole und der Lotto-Otto, weißt.«

»Dabei sind das doch so nette Leut. So nett, wirklich«, überlegt sie nun so mehr vor sich hin. »Und ich hab immer den Eindruck, dass die zwei sich echt gernhaben, der Lotto-Otto und seine Mama.«

»Ja, da steckst nicht drin«, murmel ich noch so ins Gras. Doch dann fährt wohl ein Blitz in die Oma. Plötzlich drückt sie mir nämlich einen der Obstkörbe in den Arm, schnappt sich den anderen und läuft dann Richtung Wohnhaus.

»Auf geht's, Bub«, ruft sie über die Schulter hinweg. »Holst die Nicole ab, ich richt ihr derweil ein Zimmer her.«

»Oma«, sag ich dann im Hausflur zu ihr. »Du bist wirklich die Beste. Aber das mit dem Streit von den beiden, das darf wirklich kein Mensch erfahren. Wenn das im Dorf die Runde macht …«

Doch sie hat mich schon verstanden, die Oma. Sie schließt mit der Hand ihren Mund zu und wirft dann gestenreich den Schlüssel weg. Sehr braves Mädchen.

Unorthodoxe Wege einzuschlagen ist in meinem Beruf ja nichts Außergewöhnliches nicht. Also, in dem eines Polizisten eigentlich schon. Weil immerhin gibt es Gesetze und Regeln, und in den meisten aller Fälle machen die sogar Sinn. Allerdings gibt es in der Realität immer wieder mal Situationen, da kann man einfach nicht den schnurgeraden Dienstweg nehmen. Nein, da gibt es Seitenwege, Sackgassen oder Einbahnstraßen. Und dann hilft praktisch alles nichts. Dann muss man auch mal gegen den Verkehr fahren. Geisterfahrer quasi. Und da heißt es ganz besonders vorsichtig sein und Obacht geben. Aber das nur so am Rande.

Der Lotto-Otto sitzt erwartungsgemäß noch immer unten im Keller, und er freut sich, wie ich hinkomm. So hock ich mich wie zuvor auch auf dieses Biertragl und erzähl ihm von meinen diversen Plänen. Er hört aufmerksam zu und nickt dann und wann.

»Franz«, sagt er am Ende, und sein Blick klebt wieder auf dem feuchten Kellerboden. »Ich weiß echt nicht, was ich jetzt sagen soll. Fuck!«

»Das war jedenfalls das Falsche.«

»Ja, sorry. Aber ich bin grad voll platt. Es ist echt krass, was du hier für mich tust. Nur weiß ich nicht, wie das dann weitergehen soll. Ich mein, wir können uns ja nicht ewig verstecken, meine Mutter und ich. Außerdem darf sie absolut nichts erfahren von dieser ganzen Sache. Sie würd sich so schämen für mich, und das würde sie umbringen, Franz. Wo doch mein Vater schon die Enttäuschung ihres Lebens war.«

»Er hat sie sitzen lassen, oder?«

»Er ist mit ihrer besten Freundin durchgebrannt, da war ich fünf. Seitdem hat sie kein Interesse mehr an Männern und auch keines an Freunden. Ich bin der einzige Mensch auf der ganzen Welt für sie. Also, was tun wir jetzt, verdammte Scheiße?«

»Lass mich mal machen. Ich hab da schon einen Plan.«

»Und was ist mit dem Laden? Wir … wir müssen doch den Laden morgen aufsperren.«

»Otto«, sag ich und steh auf. »Morgen ist Montag. Und an Montagen, da kann man viel mehr erreichen, als man es an Sonntagen kann. Also rein beruflich gesehen. Wichtig ist jetzt erst mal, dass ihr zwei von hier wegkommt. Und zwar schnell.«

»Aber wie willst du ihr das erklären?«

»Das wirst du gleich sehen, und jetzt komm.«

Nun erhebt auch er sich, und dann kraxeln wir hintereinander die schmalen Stufen empor.

Ich geh zuerst in die Wohnung, mach das Licht aus und schau dann lange aus dem Fenster.

»Kakerlaken«, sag ich, wie ich merk, dass die Nicole hinten aus dem Bad raus- und auf mich zukommt. Vermutlich hatte auch sie heut ihren Beauty-Tag. Jedenfalls trägt sie ein Handtuch um den Kopf gewickelt und eines um den Körper.

»Franz«, ruft sie ein bisschen erschrocken. »Was machst du denn schon wieder hier? Und … und warum stehst du im Dunklen? Und überhaupt, hast du grad was von Kakerlaken gesagt?«

»Ihr habt Kakerlaken in eurem Keller unten. Unglaubliche Mengen. Weißt du eigentlich, wie schnell die sich vermehren, Nicole?«

»Was?«, sagt sie, schaut sich kurz um und dann ganz nervös auf ihre nackigen Füße runter.

»Reg dich nicht auf, Nicole. Der Kammerjäger ist schon informiert und wird in etwa einer Stunde hier sein. Allerdings müsst ihr in der Zwischenzeit raus hier, weil er mit Chemikalien arbeiten muss. Vermutlich könnt ihr morgen oder übermorgen schon wieder zurück. Also, mach dir keine Sorgen.«

»Das ist ja furchtbar«, sagt sie und tastet mit den Augen noch immer den Fußboden ab. »Und wo … wo ist eigentlich der Lotto-Otto?«

Großer Gott, den hab ich ja völlig vergessen. Der steht noch immer vor der Wohnungstür und wartet auf ein Zeichen von mir, dass er reinkommen kann.

»Otto«, ruf ich deswegen nach draußen. »Komm rein.«

Und der Lotto-Otto kommt rein. Mutter und Sohn fallen sich jetzt in die Arme wie in einem dieser furchtbaren Kitschfilme, doch ich muss das Idyll leider auch gleich schon wieder unterbrechen.

»Also, Herrschaften«, sag ich. »Jetzt packts bitteschön die nötigsten Sachen zusammen, und dann fahren wir.«

»Überall Kakerlaken, was sagst du dazu, Otto?«, fragt nun die Nicole, während sie ins Bad zurückgeht. Völlig perplex schaut mich der Lotto-Otto jetzt an.

»Erzähl ich dir später«, zisch ich ihm durch den Raum hindurch zu.

Mein lieber Schwan! Wenn ich bedenke, dass ich grad jedem Einzelnen in meinem unmittelbaren Umfeld ein anderes Märchen auftisch, da kann man nur hoffen, dass ich dabei nicht den Durchblick verliere.

In den nächsten zwei Stunden kann ich nicht genau zuordnen, ob ich mir eher wie ein Busfahrer vorkomm oder wie ein Menschenschmuggler. Jedenfalls bin ich unglaublich erleichtert, wie ich zuerst die Nicole unter die Fittiche von der Oma geben kann und danach den Lotto-Otto unter die vom Rudi. Die Nicole hat das schon verstanden, dass wir bei uns daheim keine Pension sind und der Lotto-Otto deswegen woanders untergebracht werden muss. Auf dem Weg zurück nach Niederkaltenkirchen bin ich todmüde, und ich muss aufpassen, dass mir die Augen nicht zufallen. Doch irgendwann bin ich dann endlich daheim. Erwartungsgemäß hat die Oma für die Nicole viel zu viel Brotzeit hergerichtet, doch die hatte offensichtlich wohl eher weniger Appetit. Was nun mein Glück ist, weil ich mir jetzt wenigstens noch den Bauch vollschlagen kann.

Meine Herren, was war da nur los, in den letzten vierundzwanzig Stunden? Mir rattert der Schädel. Und allein bei dem Gedanken, dass in diesen ganzen Irrsinn auch noch zwei Kollegen involviert sein sollen, da wird mir regelrecht schlecht. Man hört oder liest ja manchmal davon. Also: von korrupten Polizisten meinetwegen. Oder von solchen, die ihre ganz eigenen Regeln haben. Aber wenn man plötzlich selber mit so einer Geschichte konfrontiert wird, dann nimmt das gleich eine ganz andere Dimension an. Nein, jetzt ist es auch gut für heute. Schließlich muss ich morgen topfit sein, es gibt viel zu tun. So bring ich nur noch schnell mein Geschirr rüber zur Spüle und geh dann in den Flur. Vom Wohnzimmer her kann ich nun die Beatles vernehmen. Voller Blues, ganz leise und rockig.

Die Susi ist noch wach, wie ich in den Saustall komme. Was auch weiter kein Wunder ist, immerhin hat sie ja bis Mittag geschlafen. Sie liegt im Bett nur im Nachthemd. Wobei das Wort Nachthemd jetzt eigentlich so was von übertrieben ist. Aber gut. Ich geh mal ins Bad, zieh mich aus und putz mir die Zähne.

»Fra-hanz«, trällert sie zu mir rüber.

»Mhm?«

»Könntest du meinem Gedächtnis ein bisschen auf die Sprünge helfen?«

»Inwiefern?«, frag ich und spuck die Zahncreme ins

Becken. Wasch mir das Gesicht und die Hände und trockne mich ab auf dem Rückweg zur Susi.

»Weißt du, Franz, ich finde das schon irgendwie ungerecht. Ich mein, du kannst dich an gestern Nacht noch voll erinnern. Und ich nicht.«

»Es hat dich ja keiner genötigt, so viel Rotwein zu trinken«, sag ich, während ich unter ihre Decke schlüpfe.

»Doch«, entgegnet sie und legt ihren Kopf auf meine Brust. »Das war dein Papa. Der hat mich genötigt. Wahrscheinlich war das eh so ein Männerding, und ihr beide, ihr hattet das zuvor alles abgesprochen.«

Jetzt muss ich lachen. Aber nur ganz kurz. Weil die Susi dann plötzlich komplett unter der Bettdecke verschwindet. Also praktisch völlig komplett.

Jetzt sind ja die Susi und ich schon beieinander, seit ich sozusagen Haare am Sack hab. Wir haben verdammt gute Zeiten gehabt und auch ziemlich schlechte. Haben unsere geplante Hochzeit vermasselt und einen gemeinsamen Sohn gezeugt. Manchmal ist sie unglaublich schön, meine Susi. Und dann wieder nicht. Sie kann süß sein und bockig. Schlau und dumm. Und auch sehr zickig. Gelegentlich finde ich andere Frauen viel, viel toller, und auch sie flirtet ab und zu fremd. Aber wenn ich uns mal so mit all den anderen Paaren vergleich, dann hab ich den Eindruck, es wird bei uns besser und besser. Und immer öfter denk ich mir da so, ich bin richtig verliebt.

Am nächsten Morgen bin ich platt wie eine Flunder, was aber wohl auch irgendwie einleuchtet, wenn man bedenkt, dass ich zwei Nächte lang hintereinander kaum Schlaf abgekriegt hab. Dementsprechend mitgenommen muss ich wohl aussehen. Jedenfalls lässt mich das mein alter Schulfreund, der Harald, gleich wissen, kaum dass ich bei ihm zur Türe drin bin.

»Mein lieber Scholli«, sagt er zur Begrüßung und deutet auf den freien Platz visavis von seinem eigenen Bürostuhl. »Hast einen rechten Stress bei der Polizei, ha? Ausschauen tust jedenfalls so. Magst vielleicht einen Kaffee, Franz?«

Und ja, der Franz mag einen Kaffee. Ich nicke.

»Fräulein Babsi«, sagt er dann durch ein Freisprechgerät. »Bringens uns doch bittesehr zwei Haferl Kaffee rein. Geh, sinds doch so gut.«

Ich schau mich mal um. Schönes Büro und so hell. Ziemlich neu renoviert. Gute Möbel. Edler Schreibtisch. Privatbank Zierner, Geschäftsstellenleiter Harald Zierner, steht auf einem goldenen Schild direkt vor dem Harald. Da sieht man's mal wieder, dass dich ein Fünfer in Mathe nicht davon abhält, später Karriere zu machen. Noch nicht einmal in der Welt der Kommas und Zahlen.

»Was kann ich für dich tun, Franz?«, will der Harald nun wissen, nimmt seine Brille ab und reibt sich die Augen.

»Ich brauch sechzigtausend. Noch heute«, sag ich, und der Harald verfällt in ein dümmliches Lachen.

»Ja«, sagt er und setzt sich die Brille wieder auf. »Die bräucht ich auch. Also, wenn du fündig wirst, Franz, dann sei doch so gut und leite mir einfach den Fundort weiter.«

Jetzt geht die Tür auf, und das Fräulein Babsi erscheint mit einem Tablett. Verteilt die Haferl unter uns beiden und stellt einen Teller mit Keksen dazwischen. Danach macht sie einen Knicks und verlässt wortlos den Raum.

»Hat die jetzt einen Knicks gemacht?«, frag ich und nehm einen großen Schluck Kaffee.

»Ja, hat sie irgendwie drin, und das kriegt man wohl nicht wieder raus. Also, Franz, noch mal. Was führt dich hierher? Ich hab wirklich zu tun, so sehr ich mich auch freu, dich einmal wieder zu sehen. Vielleicht können wir ja mal privat, so auf ein Bier ... Was meinst?«

»Harry, schau ich eigentlich so aus, als würde ich scherzen?«

»Äh, nein. Eigentlich nicht. Aber wenn du Geld brauchst, dann mach ich dir gern gleich einen Termin bei den Kollegen von der Kreditabteilung. Das geht ratzfatz. Spätestens Ende nächster Woche hast du dein Geld. Ist ja auch kein Thema bei diesen Spitzenzinsen grade, gell. Wir überprüfen nur kurz deine Liquidität und ...«

»Du überprüfst jetzt, ob in deinem Tresor sechzigtausend drin sind, und wenn nicht, wirst du sie besorgen«, muss ich ihn hier unterbrechen.

»Ist das ein Banküberfall, oder was?«

»Nein, ist es nicht. Und ich will die Kohle auch gar nicht geschenkt, sondern nur geliehen. Du kriegst ja auch alles wieder zurück. Glaub ich zumindest.«

»Franz, jetzt bleib aber mal seriös. Ich muss dich jetzt bitten zu gehen.«

»Harry«, sag ich, steh auf und stell mich nun dicht hinter ihn. »Kannst du dich möglicherweise noch an unsere Abschlussfahrt erinnern? An dieses Wochenende in Berlin, hm? An die Damendusche? Weißt du, damals hab ich meine Videokamera noch keine zwei Wochen lang gehabt. Und stell dir vor, ich hab sie immer noch, das gute alte Stück.«

Jetzt zuckt er zusammen.

»Franz, das war ... Das war ... Was soll das eigentlich, verdammt noch mal?«, fragt er und steht nun so abrupt auf, dass gleich der Stuhl nach hinten knallt. Und prompt wird die Tür aufgerissen, und das Fräulein Babsi streckt ihren Kopf durch.

»Ist was passiert?«, will sie wissen.

»Noch nicht«, sag ich, dreh mich dabei zum Gehen ab und schau ihm noch mal tief in die Augen. »Aber heute Nachmittag um zwei, da wird was passieren.«

Kapitel 6

Auf dem Weg zurück zu meinem Streifenwagen, da läutet mein Telefon und der Papa ist dran. Und er klingt ziemlich aufgebracht.

»Franz«, sagt er exakt, wie ich einsteig. »Die Oma, die fällt gleich in die Froas.«

»Weil?«

»Weil ihr die Nicole vorher beim Frühstück erzählt hat, dass sie den Kammerjäger in ihrem Haus hat. Und jetzt hat die Oma freilich eine Mordsangst, dass sie uns einen ganzen Haufen Läus und Flöh und Ungeziefer auf den Hof geschleppt hat. Kannst dir vorstellen, was da los ist? Ich mein, du kennst doch die Oma.«

Ja, die kenn ich! Jetzt muss ich unbedingt nachdenken und leg besser erst mal auf.

Grundgütiger, was hab ich denn da angestellt! Doch nie im Leben hätte ich geahnt, dass es Menschen gibt, die wo so etwas herumposaunen. Also, das mit den Kakerlaken, mein ich. Wenn ich einfach nur mal von mir selber ausgeh, da würd ich einen Teufel tun und irgendjemandem was davon erzählen. Ja, selbst wenn sich die Kammerjäger bei mir die Türklinke in die Hand geben würden und jeder im Dorf längst darüber Bescheid wissen tät, ich würd es abstreiten und abstreiten und abstreiten. Weil, lieber würd ich in einem Erdloch versinken, als zuzugeben, dass ich Ungeziefer im Haus hab. Ich kann mich noch sehr gut dran erinnern, wie wir im Kindergarten einmal die Läuse gehabt haben. Wie die Oma seinerzeit davon erfahren hat, da musste ich so lang daheim bleiben, bis die wieder ausgemerzt waren. Und zur Sicherheit sogar noch vier Wochen länger.

Jetzt läutet mein Telefon wieder.

»Sorry, schlechter Empfang hier, Papa«, sag ich und muss mich echt konzentrieren.

»Also, was ist jetzt mit den Viechern? Weißt du was davon, Franz?«

»So ein Schmarrn«, sag ich und starte den Motor. »Nein, Papa, da kannst die Oma gleich wieder beruhigen. Kein Kammerjäger, keine Läus, keine Flöh und auch kein Ungeziefer. Die Nicole, die hat halt einfach nur grad einen riesigen Stress mit ihrem Junior, das ist alles. Und so hab ich der Oma das auch erzählt.«

»Ja, ja, das hat sie mir schon auch erzählt«, sagt er weiter. So viel zum Thema: die Oma und ihre Verschwiegenheit.

»Und das mit dem Kammerjäger, das hat die Nicole vermutlich nur deshalb gesagt, weil ihr das mit den Familienstreitereien eben irgendwie peinlich ist.«

»Aha. Und das mit dem Kammerjäger, das ist ihr dann weniger peinlich, oder was?«

»Ja, keine Ahnung. Man kann nicht reinschauen in die Leut.«

»Eh klar. Aber jedenfalls hat sich die Oma gleich unglaublich drüber aufgeregt und ist dann mit ihrem depperten Sagrotan-Spray ständig hinter der Nicole hergerannt und hat alles eingesprüht, was die auch nur angeschaut hat. Das war vielleicht ein Spektakel.«

»Na, prima. Und jetzt?«, frag ich, während ich langsam

vor der Metzgerei anrolle. Zwei fette SUVs stehn da am Parkplatz, dass ich mich grad noch so reinquetschen kann.

»Jetzt wollte die Nicole Gott sei Dank in ihren Laden rüber, und es ist wohl erst mal wieder ein bisschen Ruhe am Hof. Aber die Oma hat gesagt, das Weib kommt ihr nicht mehr ins Haus. Nur über ihre Leiche, hat sie gesagt. Und nun putzt sie halt grad wie eine Verrückte und nebelt hier alles ein. Es stinkt praktisch überall wie in einem Operationssaal, und drinnen kann man sich eh kaum noch aufhalten. Die Lotta, die liegt im hintersten Eck vom Garten und hat eine Pfote über die Schnauze gelegt. Sag, wann kommst denn du heim, Franz?«

»Unter diesen Umständen gar nicht mehr«, sag ich und steig aus. Die heiße Vitrine kann man schon durch die geschlossene Ladentüre hindurch riechen. »Du, Papa, ich muss dann mal.«

Er brummt noch irgendwas Unverständliches in den Hörer hinein, und dann legt er auf.

Himmelherrgott noch mal! Die Sache wird ja praktisch im Minutentakt verzwickter. Ob ich den Papa vielleicht doch besser einweihen sollte? Andererseits ist auch er nicht besonders verschwiegen. Grad wenn er einen Rotwein intus hat oder zwei. Von seinen Joints, da mag ich gar nicht erst reden. Und ich kann und will doch den Lotto-Otto und seine Mutter nicht noch weiter in Gefahr bringen. Gut, ich hätte mir anstatt den Kakerlaken auch gut etwas anderes einfallen lassen können. Was weniger Unappetitliches vielleicht. Aber es ist mir halt einfach ums Verrecken nix anderes eingefallen. Und wie bitteschön kriegt man eine Frau aus dem Haus, die selbiges kaum verlässt und auch noch den eigenen Laden dort untergebracht hat? Und dann sogar noch über Nacht?

Die Gisela ist heute hinter der Theke, und zwei Kunden sind vor mir an der Reihe. Eine davon ist jetzt ausgerechnet dieses unerträgliche Weib: die mit dem komischen Mund, die neulich bei mir im Dienstzimmer war und sich über das Paulchen beschwert hat. Und offensichtlich hat sie ihren Ansgar heute auch mit dabei.

»Zwei Pfund Hähnchenfilet, jawohl, das hätten wir«, sagt die Gisela grad zu ihr und schaut dabei auf die Waage. »Darf's denn sonst noch was sein?«

»Nein«, entgegnet der Karpfen nun knapp.

»Mag der Bub vielleicht ein Scheiberl Gelbwurst haben? Oder eine Wiener?«, fragt die Gisela freundlich und schaut über ihren Tresen hinweg auf den Buben hinunter.

»Nein, danke«, sagt jetzt der Ansgar. »Das Fleisch ist doch nur für unseren Windhund. Der braucht das. Wir Menschen aber sind doch vegan.«

Holla, die Waldfee! Jetzt bin ich aber platt. Nicht nur, dass der Knirps hier in ganzen Sätzen sprechen kann. Nein, er weiß sogar schon, was vegan ist. Das hab ich doch selbst erst vor kurzem erfahren. Und wenn ich da so an unsern Paul und sein Vokabular denke, dann wird mir direkt ganz anders. Für einen winzigen Moment überlege ich ernsthaft, ob der Verzehr von tierischen Produkten für das Wachstum der menschlichen Intelligenz möglicherweise ein Hemmschuh sein könnte.

»Was macht das?«, fragt der Karpfen und wirft der Gisela einen triumphierenden Blick entgegen.

»Zwölf achtzig«, entgegnet die Gisela und knallt ihr den Fleischbeutel auf die Ladentheke.

»Passt schon«, sagt ihr Visavis, während sie das Geld hinlegt, nimmt ihren Beutel, dreht sich ab und rennt mich dabei fast um. Schnauft mich kurz an, setzt eine Sonnenbrille auf und greift nach der Hand von ihrem blöden Klugscheißer.

»Einen schönen guten Tag«, sagt der noch, und dann sind sie weg.

»Ha, das glaubt man ja nicht. Hast du so was schon mal erlebt, Franz?«, fragt die Gisela, schaut den beiden kurz hinterher und schüttelt den Kopf.

»Nein, hab ich nicht«, antworte ich wahrheitsgemäß. »Der ist in der gleichen Kindergartengruppe wie unser Paul, spricht vollkommen deutlich und in ganzen Sätzen und kennt Wörter, die ich noch kaum kenne.«

»Geh, das mein ich doch gar nicht. Ich mein doch, dass sie vegan sind, diese Pfurznasen. Das muss man sich erst einmal vorstellen. Da kriegt der blöde Köter daheim ein Hühnerfilet in Bioqualität, und selber hockens dann wahrscheinlich vor ihrem Designer-Porzellan und fressen Hasenfutter. Und das soll dann einer verstehen.«

Ja, wo sie recht hat, da hat sie wohl recht, die Gisela.

Der ältere Herr neben mir räuspert sich. Er trägt einen beigefarbenen Trenchcoat, und ich kann mich erinnern, weil ich mit ihm nämlich ebenfalls schon mal das Vergnügen hatte. Vor ein paar Wochen ist das gewesen. Über seinen Nachbarn hat er sich da beschwert, weil der Rasen gemäht hat. Mittags um zwölf. Darüber hat er sich furchtbar aufregen müssen, der Trench, und dabei hat er ständig was von der Rasenmäherverordnung gefaselt. Ich hab ihm dann zwei Ohropax in die Hand gedrückt und bin wieder gefahren. Und jetzt steht er hier vor mir und steigt ständig von einem Bein aufs andere. Grad so, als müsste er bieseln.

»Müssens bieseln?«, frag ich deswegen und schau ihn dabei an.

»Nein«, nuschelt er. »Ich würde jedoch nur zu gern endlich einmal meine Bestellung aufgeben. Immerhin ist das hier ja eine Metzgerei und keine Klönbude, nicht wahr. Was ist denn das für ein Service, mein Gott! Außerdem, und nur damit Sie Bescheid wissen, bin ich selbst ebenfalls ein Veganer. Und das aus voller Überzeugung heraus.«

»Und was wollens dann hier?«, fragt die Gisela nun relativ mürrisch und stemmt sich die Hände in ihre Hüften.

»Eine geriebene Leber hätte ich gerne. Für meine zwei Katzen. Und bitte, wenn's keine Umstände macht, sehr, sehr fein reiben.«

»Wie Sie grad selber so schön festgestellt haben, ist das eine Metzgerei da herinnen. Und kein Lebensmittelgeschäft für Viecher«, knurrt nun die Gisela ziemlich bedrohlich und nimmt dabei relativ provokativ das Hackbeil in die Hand. »Und jetzt bewegens gefälligst Ihren veganen Arsch hier heraus, und zwar ziemlich hurtig, weil sonst am End noch der Gaul mit mir durchgeht!«

Nun reißt es ihn direkt, den Trench. Seine Augenbrauen zucken. Und man merkt deutlich, dass er nach irgendwelchen Worten sucht, die er aber nicht findet. Doch dann strafft er die bemantelten Schultern, dreht sich ab und verlässt die Metzgerei ohne ein weiteres Wort.

Ich glaub, das kommt ja alles von diesem Zuwachs aus dem Neubaugebiet. Von drüben am Dorfrand. Lauter Leut sind das, die sich in den Städten rund herum einfach nix mehr leisten können, aber doch ein Haus mit Garten haben wollen. Und bei uns hier, da sind halt die Grundstücke doch noch ziemlich erschwinglich. Und deutlich größer wie ein Duschhandtuch sind sie obendrein auch. Aber am Ende haben wir dann die Einheimischen an der Backe, diese ganzen Zugereisten. Ob wir das jetzt gutheißen wollen oder auch nicht. Die werden uns einfach vor die Nase gesetzt. Hocken dann in der niederbayrischen Pampa in ihrer »Villa Toscana« oder dem Anwesen »Bergkristall« und gehen uns auf die Eier, wo sie nur können. Doch was man nicht ändern kann, das muss man wohl akzeptieren. Oder sich schönsaufen. Aber gut.

Eine kurze Weile grinsen wir uns an, die Gisela und ich. Anschließend aber geht sie gleich nach hinten ins Schlachthaus und überreicht mir dann die angefallenen Fleischreste, die sie mir immer für die Lotta aufhebt. Viel Innereien und Knochen sind da drunter, und die mag sie doch so gerne, unsere Lotta. Viereinhalb Kilo sind's heute. Und das ist perfekt.

Doch auch meine eigene Versorgung lässt gar nicht lang auf sich warten. Eine Schnitzelsemmel und eine mit Wammerl. Und sogar einen frischen Kaffee krieg ich heut noch dazu. Also, wenn das kein Service ist, dann weiß ich's nimmer.

Ihrem Fuß geht's schon deutlich besser, erzählt die Gisela, während ich meine Brotzeit genieße. Und der Zeh wär auch kaum noch schwarz. Nur ganz am Nagelrand ein kleines bisschen. Sie hat ja eh ein recht gutes Heilfleisch, und wenn's so weitergeht, dann kann sie auch schon bald wieder tanzen. Weil der Tango, der sei ja so leidenschaftlich und auch ein bisschen erotisch. Und das tut schon gut, grad wenn man mit so einem wie dem Simmerl verheiratet ist. Nein, wirklich. Weil immer, wenn sie mit ihrem Juan über den Tanzboden schwebt, dann hat sie fast das Empfinden, sie wär schwerelos, Anfang dreißig und würd fünfundvierzig Kilo wiegen.

»Kannst du dir das vorstellen, Franz?«, will sie schließlich noch wissen und kichert dabei wie ein kleines Mädchen.

»Ja, freilich kann ich das, Gisela«, sag ich und schieb mir das letzte Stück Semmel in den Mund. »Und weißt du was? Der Simmerl, der ist auch schon ganz schön eifersüchtig auf diesen Juan.«

»Wirklich?«, fragt sie und wird dabei ein bisschen rot.

»Wenn ich's dir doch sag. Was bin ich schuldig?«

»Nein, passt schon, Franz«, sagt sie und scheint nun so rein gedanklich nicht mehr recht anwesend zu sein. Auch wie ich mich jetzt verabschiede, sagt sie kein Wort, sondern winkt nur ziemlich versonnen. Vielleicht müsste sie ja gar nicht erst mit ihrem argentinischen Juan über irgendeinen depperten Tanzboden schweben. Wenn bloß der Simmerl auch mal seine Gattin ordentlich verwursteln tät, statt immer nur Fleisch in Bioqualität, denk ich mir so.

Kurz darauf kann ich dann den Flötzinger in der Ferne erkennen. Grad wie ich auf dem Weg zum Lottoladen bin, da kommt er mir in seinem schäbigen Blaumann entgegen. Heute per pedes und auf dem Gehweg. Wie ich auf seiner Höhe bin, halt ich mal an und lass das Fenster herunter.

»Wo fährst denn hin?«, fragt er durch die offene Scheibe hindurch, und seine Brille beschlägt. »Ich müsst zum Lotto-Otto. Kannst mich ein Stück mitnehmen, Franz?«

»Nie im Leben kommst du mit deinem schmierigen Hintern auf meinen Beifahrersitz«, sag ich, und das bezieht sich in erster Linie auf die unzähligen Ölflecken, die sein gesamtes Outfit prägen. Er schaut an sich runter und dann wieder rauf und zuckt mit den Schultern.

»Habens dir den Führerschein genommen?«, frag ich und muss grinsen. »Mit eins Komma sechs Promille? Alle Achtung – und das ausgerechnet vor einem Puff!«

»Das war doch kein Puff, Franz! Denkst du, ich geh in einen Puff, oder was?«

»Ja, das hab ich läuten hören.«

»Ha, wer behauptet denn so was? Nein, nein, da ist ein Fitnesscenter. Also daneben, quasi im selben Gebäude, und dort bin ich drin gewesen«, sagt er durch seine dicken Gläser hindurch, die grad wieder am Abtauen sind. Glaubt der eigentlich, dass ich vollkommen blöd bin?

»In diesem Fitnesscenter, Flötz, da ist absolutes Alkoholverbot«, lüg ich mal so auf Verdacht, weil ich dort im Leben noch nicht drin war.

»Echt?«, fragt er nun, und seine Brille beschlägt ein weiteres Mal.

»Ja, echt.«

»Ha! Ja, was glaubst denn du eigentlich?«, zischt er nun und beugt sich mit dem Oberkörper ganz weit zu mir rein, was mir ziemlich unangenehm ist. »Ich bin ein Mann in den allerbesten Jahren, Franz! Glaubst du denn, dass ich kein Sexualleben mehr habe, oder was? Ja, du hast leicht reden. Du hast ja deine Susi. Aber weißt du, wie lange meine Mary und ich jetzt schon getrennt sind? Weißt du das? Und immerhin kann ich's mir ja auch nicht ständig nur rausschwitzen, gell. Nein, auch ich hab ein Anrecht auf Liebe, Sex und Zärtlichkeit!«

Also, ich frag mich jetzt schon, wie viel Liebe, Sex und Zärtlichkeit bei eins Komma sechs Promille noch möglich ist, aber lassen wir das.

»Wie lang ist er weg, der Schein?«, will ich nun wissen, allein schon, um das Thema zu wechseln.

»Ja, keine Ahnung. Vermutlich ein ganzes Weilchen. Jedenfalls muss ich diese geschissene MPU machen«, sagt er und hievt seinen Oberkörper wieder aus dem Wagen heraus. Was auch langsam Zeit wird, ich kann so eine unmittelbare Nähe nämlich ums Verrecken nicht haben. Und schon gar nicht, wenn sie wie ein kaputtes Abflussrohr stinkt.

»Ja, dann herzlichen Glückwunsch, Flötz. Du, ich muss weiter. Aber, was anderes noch ... wie willst du jetzt eigentlich immer von A nach B kommen? Ich mein: so ganz ohne Führerschein? Du musst doch schon von Berufs wegen aus mobil sein, oder etwa nicht?«

»Ja, natürlich ist das scheiße. Aber deswegen will ich ja auch gleich noch mal zum Lotto-Otto rüber. So wie's ausschaut, wird mir der nämlich sein altes Mofa verkaufen. Das ist frisiert, fährt gut an die siebzig und ist obendrein auch noch ziemlich stabil. Ist halt noch eins von diesen guten alten Teilen, die man gar nicht totkriegen kann, weißt. Da kann ich mir vielleicht sogar eine Anhängerkupplung dranschweißen, mal schauen. Ich hab ja mit dem Lotto-Otto neulich schon mal drüber gesprochen, und da hat's ziemlich gut ausgesehen. Und ehrlich gesagt hab ich eh den Eindruck, der braucht grad ganz dringend Geld.«

»Aha. Ja, dann servus«, sag ich noch so und kurble die Scheibe wieder hoch. Er klopft mir kurz aufs Autodach, und ich rolle los. Ich fahr ziemlich langsam und kann ihn durch den Rückspiegel hindurch noch ein ganzes Weilchen betrachten, unseren dorfeigenen Gas-Wasser-Heizungspfuscher und Meisterrohrverleger. Wie er dort entlangschleicht mit seinem schiefen Kreuz, den hängenden Schultern und seinem schlurfenden Gang. An all den Hauswänden entlang. Dieser Mann in den allerbesten Jahren. Den seine Frau verlassen hat mitsamt den gemeinsamen Kindern. Und der jetzt noch nicht mal mehr einen Führerschein hat. Ich muss direkt das Autofenster noch einmal kurz öffnen, einfach weil ich seinen Geruch nicht aus der Nase rauskriegen kann.

Ein paar Augenblicke später, wie ich schließlich vor dem Lottoladen anhalte, da ist die Nicole grade dabei, das Jackpot-Schild aus dem Schaufenster zu nehmen.

»Morgen, Nicole«, sag ich, wie ich reinkomm, und sie dreht sich gleich zu mir um. »Ist der Jackpot etwa geknackt?«

»Ja«, entgegnet sie tonlos. »Irgendwo in Sachsen. Deine Oma war's jedenfalls nicht.« Sie trägt das Schild an mir vorbei und öffnet die Tür zum Nebenraum. Dort verschwindet sie kurz und kommt ohne Schild wieder zurück.

»In Sachsen? Soso«, sag ich. »Du, Nicole, eigentlich solltest du gar nicht da sein.«

»Ich weiß schon. Ich will auch nur kurz eine Nachricht ins Fenster reinhängen, damit die Kundschaft halt Bescheid weiß.«

»Prima.«

»Deine Oma, die ist übrigens vollkommen gaga, Franz. Gestern Abend, da war sie ja noch ganz normal. Aber dann, heute Morgen ...«

»Ja, Nicole, ich weiß schon Bescheid. Aber du solltest diese Sache, also das mit den Kakerlaken und dem Kammerjäger, vielleicht auch nicht einfach so herumposaunen. Weißt, manche Menschen, die haben da so ihre Probleme damit. Einfach schon aus hygienischen Gründen heraus, oder so.«

»Aus was für Gründen heraus?«

»Nein, nix, Nicole. Einfach nicht mehr rumerzählen, dass ihr Kakerlaken habt, okay?«

Sie nickt.

»Wann dürfen wir denn eigentlich wieder daheim schlafen?«, will sie nun wissen und kramt ein Pappschild samt Edding hervor.

»Mei, da muss ich erst noch mit dem Kammerjäger telefonieren. Ich sag's dir eh gleich, sobald ich was weiß«, versuch ich mich da rauszureden, und jetzt wird mir ganz warm. Direkt heiß.

»Was soll ich dann draufschreiben?«, will sie nun wissen und schaut mich an.

»Vorübergehend«, sag ich, und sie nickt. »Schreib drauf ›Vorübergehend geschlossen‹.«

Durch das Schaufenster hindurch kann ich nun sehen, wie sich der Flötzinger nähert.

»Weil, weißt, Franz«, fährt die Nicole dann noch fort. »Der Lotto-Otto, der will auch unbedingt wieder heim. Er war ganz traurig, wie ich vorher mit ihm telefoniert hab. Er hat gesagt, dass er so arg Heimweh hätt. Komisch, zuvor hat er eigentlich noch nie Heimweh gehabt. Auch nicht, wenn er tagelang weg war. Aber dieses Mal schon.«

Jetzt geht die Tür auf und der Flötzinger kommt rein.

»Also, da hättest du mich ja wohl wirklich mitnehmen können, Franz. Wenn du eh schon auf dem Weg hierher bist«, knurrt er mir gleich her.

»Flötzinger, ich kann dich beim besten Willen nicht in mein Auto lassen, verstehst. Allein schon aus hygienischen Gründen heraus«, sag ich, und jetzt reißt es die Nicole.

»Wir haben keine Kakerlaken«, schreit sie uns an und hat ihre Augen weit aufgerissen.

»Was ist mit Kakerlaken?«, fragt der Flötzinger, und mittlerweile bin ich schweißgebadet. So heb ich nur noch meine Hand zum Gruße. Öffne die Ladentür und schau, dass ich Land gewinne. Ganz schwindelig ist mir schon von diesem Lügenkarussell, das sich da um mich herum dreht. Mit einem Taschentuch wisch ich mir übers Gesicht, schnauf ein paar Mal tief durch und lass mich dann auf den Fahrersitz plumpsen. Starte den Wagen und gebe Gas.

Heimweh hat er, der Lotto-Otto. Was ich ehrlich gesagt für ziemlich unglaubwürdig halte. Weil: wie bitteschön kann man nach diesem Chaos, in dem er da haust, denn so etwas wie Heimweh haben? Ganz besonders, wenn er zuvor noch niemals eins hatte? Ich glaub, ich muss ganz dringend mal beim Rudi anrufen. Er hebt auch prompt ab, ist in allerbester Laune und trällert gleich munter drauflos. Ja, so schön hätten sie es sich gemacht, der Lotto-Otto und er. Zuerst ein wunderbares Frühstück, ganz gemütlich auf dem Sofa. Dann eine Runde spazieren gehen, die Beine vertreten. Gut, es hat in Strömen geregnet, doch wofür gibt's schließlich Schirme? Und hinterher, wie dann alle zwei endlich wieder trocken waren, da hätten sie noch ein paar Runden Mau-Mau gespielt. Und das war vielleicht ein Spaß, sagt der Rudi. Der arme Lotto-Otto, der hätte zwar immerzu nur verloren, aber was soll's. Die fuchzig Euro, die wird er ja wohl auch noch verkraften!

»Rudi«, muss ich aber hier unterbrechen. »Der Lotto-Otto, der ist spielsüchtig!«

»Ja, das weiß ich doch, Franz. Aber …«

»Nix aber! Du gibst ihm jetzt sofort seine fuchzig Euro zurück.«

»Nein, das tu ich nicht. Wenn man das nämlich mal unter dem psychologischen Aspekt betrachtet, dann ist das jetzt eine Lehrstunde für den Lotto-Otto. Er wird es doch sonst nie lernen, wenn …«

»Du bist aber kein Psychologe, verdammt!«

»Schon, aber …«

»Rudi, halt jetzt einfach deine Waffel, okay? Mann, ich hätte es wissen sollen, dass das so nicht funktioniert. Nicht funktionieren kann! Du bist eine einzige Zumutung für die Menschheit, und niemand kann es längere Zeit mit dir ertragen. Du lässt den Lotto-Otto sofort vollkommen zufrieden und gibst ihm gefälligst sein Geld zurück, verstanden? Es ist jetzt ... warte ... halb eins. So gegen drei, halb vier bin ich aller Wahrscheinlichkeit nach bei euch und hole ihn ab.«

»Du holst ihn schon wieder ab?«

»So wie es grad ausschaut, schon, ja.«

»Franz«, sagt der Rudi und versucht eine optimistische Grundstimmung in seine Stimme zu legen. »Du entschuldigst dich jetzt einfach für alles, was du grad Böses gesagt hast, und lässt mir den Lotto-Otto noch ein paar Tage lang hier. Dann ist alles wieder in Butter. Was meinst du: machen wir das so?«

»Nein«, sag ich noch knapp, dann häng ich auf.

Kapitel 7

»Eberhofer, auch schon da«, begrüßt mich der Bürgermeister, gleich wie ich ins Rathaus komme. »Hab eigentlich gar nicht mehr mit Ihrem Erscheinen gerechnet. Immerhin ist es ja auch schon gleich eins, gell. Da hättens ja eigentlich ganz daheim bleiben können.«

»Bürgermeister«, sag ich und geh an ihm vorbei Richtung Tür von den Verwaltungsschnepfen. »Es ist ja nicht so, dass ich grad erst zu arbeiten anfang. Ich arbeite heut schon den ganzen lieben Tag lang, und zwar seit den frühen Morgenstunden.«

Er folgt mir auf dem Fuße. »Soso«, hechelt er nun über meine Schulter hinweg. »Dann erzählens doch einfach mal munter drauflos, was denn heut schon alles so passiert und aufgelaufen ist in Ihrem stressigen Polizeialltag.«

Ob er das nun aus seiner eigenen Langeweile heraus fragt oder eher, weil er glaubt, ich hätte bis eben grad bloß rumgegammelt, das kann ich nicht recht ausmachen. Und am Ende ist es auch wurst.

»Geht nicht. Verdeckte Ermittlungen.«

»Verdeckte was …?! Ha, Eberhofer! Machen Sie sich doch nicht lächerlich. Verdeckte Ermittlungen! Diese verdeckten Ermittlungen, die müssen ja dann wohl so dermaßen verdeckt sein, dass man den Ermittler selber auch gleich gar nicht mehr zu Gesicht kriegt, oder was?«

»Das kann schon gut sein«, antworte ich und schenk mir einen Kaffee ein.

»Wissen Sie was, Eberhofer?«

»Nein, Bürgermeister. Aber Sie werdens mir sicher gleich sagen.«

»Sie haben keinen Vogel nicht. Nein, wenn Sie mich fragen, dann haben Sie eine äußerst umfangreiche ornithologische Massentierhaltung dort in Ihrem Oberstübchen«, keift er mir her und wedelt dabei mit der Hand vor seiner Stirn.

»Keine goldene Hochzeit heut oder ein hundertster Geburtstag? Noch nicht einmal eine nette Beerdigung?«, frag ich.

»Nein, wieso?«

»Weil Sie immer, wenn's Ihnen langweilig ist, auf meinen Nerven rumtrampeln, Bürgermeister.«

Doch grad in diesem Moment kann ich glücklicherweise die Susi und die Jessy durchs Fenster erspähen. Die wohl soeben aus ihrer Mittagspause zurückkommen und kichernd und schwatzend aufs Rathaus zusteuern.

»Mahlzeit«, sagen wir dann gleich darauf alle vier nacheinander, und auch die zwei Mädchen bedienen sich zuerst einmal an der Kaffeemaschine. Der Bürgermeister wedelt noch einmal recht kräftig in meine Richtung, und anschließend verlässt er kommentarlos den Raum.

»Du, Susi, bei mir könnt's heut ein kleines bisschen später werden«, sag ich und nippe am Haferl. »Ich hab da grad einen Fall, und der ist ziemlich verwirrend.«

»Männer sind doch schon verwirrt, wenn sie allein über die Straße gehen müssen und keine Ampel da ist«, grinst die Jessy aus ihrem Bürostuhl heraus und der Susi entgegen.

»Aha, aber ihr Frauen, ihr wisst immer, wo's langgeht, oder was?«, muss ich hier loswerden.

»Ja, logisch wissen wir Frauen immer, wo's langgeht. Oder hast du vielleicht schon mal von einer GeisterfahrerIN gehört?«, fragt sie noch so, und dann kichern die beiden. So trink ich noch schnell meinen Kaffee aus und verabschiede mich.

»Das heißt, du kannst heute das Paulchen nicht von der Kita abholen«, ruft mir die Susi noch kurz hinterher.

»So schaut's aus«, geb ich retour.

Um kurz vor zwei bin ich dann auch schon im Vorzimmer vom Harry und somit direkt beim Fräulein Babsi. Und die freut sich ganz offensichtlich, steht prompt von ihrem Schreibtisch auf und macht wieder brav ihren Knicks.

»Ach, Herr Eberhofer, kommen Sie nur. Der Herr Ziernen erwartet Sie bereits«, sagt sie und geht vor mir her Richtung Türe. Klopft an und geht rein. Lässt mir dann den Vortritt, nickt kurz lächelnd und schließt danach die Tür wieder ebenso lautlos, wie sie die grade aufgemacht hat. Das alles, jede einzelne Geste von ihr, wirkt ausgesprochen freundlich, anmutig und aufgeräumt

»Da hast du aber Glück gehabt, Franz«, begrüßt mich der Harald, erhebt sich und greift dann unter seinen Schreibtisch. Von dort zieht er jetzt einen Aktenkoffer hervor. »Heute hat nämlich die gesamte Gastro aus der Umgebung eingezahlt. Also praktisch die Einkünfte vom ganzen Wochenende, verstehst. Sonst wär diese Sache auch gar nicht möglich gewesen.«

»Harry, jetzt komm schon. Ich kenn deine privaten Finanzen und auch die deiner Eltern. Warum hast du die Kohle nicht einfach von deinem eigenen Konto geholt?«

»Meine privaten Konten, die gehen dich nichts an, Franz. Und die meiner Eltern erst recht nicht. Also, ich kann das hier ein paar Tage lang schieben, das ist kein Problem und fällt niemandem auf. Aber dann brauch ich die Kohle wieder zurück. Ist das klar?«

Ich nicke.

»Sechzigtausend?«, frag ich.

»Sechzigtausend.«

»Danke«, sag ich und will grad nach dem Koffer greifen, doch er hält ihn noch zurück.

»Unterschreib da«, fordert er mich auf und hält mir schon die Quittung entgegen. Liebe Grüße, schreib ich da drauf. Und zwar möglichst unleserlich.

»Und ich will das Video, Franz. Ich will dieses verdammte Video von der Klassenabschlussfahrt haben.«

Es gibt kein Video. Ich hatte noch nie eine Videokamera.

Und trotzdem nicke ich wieder.

Nun überreicht er mir endlich den Koffer und verschwindet danach wieder hinter seinem Schreibtisch, der Lesebrille und ein paar Akten, ohne mir weiter Beachtung zu schenken.

Kaum im Zimmer vom Fräulein Babsi zurück, da schießt mir noch eine Frage ins Hirn, die mir schon die ganze Zeit im Kopf herumgeistert.

»Fräulein Babsi«, möchte ich deswegen wissen. »Warum machen Sie eigentlich immer einen Knicks?«

»Weil es schön ist. Weil es was mit Achtung zu tun hat. Und weil ich es so gelernt habe. Ich bin jetzt an die siebzig Jahre alt und in einem Mädchenpensionat aufgewachsen. Höflichkeit und gute Manieren, das waren unser täglich Brot, müssen Sie wissen«, erzählt sie, während sie ein paar Blätter locht, und ich höre ihr aufmerksam zu. »Und später, da hab ich es mir einfach nicht mehr abgewöhnen wollen. So wie es all die anderen getan haben. Glauben Sie mir, Herr Eberhofer, eine der schönsten Lebenserinnerungen, die ich überhaupt habe, ist die an meinen allerersten Handkuss. Es war ein Zeichen von Zuneigung und hatte so gar nichts Vulgäres. Aber auch das gibt's ja heute leider nicht mehr. Dabei ist es doch so wunderbar und romantisch gewesen«, sagt sie und hat inzwischen ganz rote Wangen bekommen. So nehm ich mal ihre faltige Hand in die meine. Und geb ihr trotz der ganzen Altersflecken drauf einen Handkuss, der in die Geschichte eingehen könnte. Sie freut sich mit glänzenden Augen und streift mir danach über die Wange.

»Wie lange arbeiten Sie eigentlich schon für den Zierner?«, will ich am Ende noch wissen.

»So an die fünfzehn Jahre lang.«

»Wiedersehen, Fräulein Babsi«, sag ich und dreh mich zum Gehen ab.

»Wiedersehen, Herr Eberhofer. Es war mir eine Freude.«

Es ist mir ein Rätsel, warum ein solch liebenswürdiger Mensch, wie es das Fräulein Babsi ist, ausgerechnet für so jemanden arbeitet wie für den Zierner Harry. Der von jeher nur ein verzogenes Einzelkind war und von seinen Eltern schon immer alles in den Arsch geblasen bekam. Der schon in der Schule jeden Einzelnen seiner Mitschüler drangsaliert hat, wo er nur konnte, und obendrein sogar die Mädchen. Und der dafür nie und von niemandem jemals bestraft worden ist. Weil sein Opa mütterlicherseits nämlich unser Schulrektor war. Nur ein einziges Mal, ich kann mich noch sehr gut erinnern, da haben wir Buben ihn hinten am Fußballplatz so richtig verdroschen. Und mussten dafür hinterher in der Schule wochenlang den Keller schrubben und wienern. Und auch die Toiletten.

Was damals in Berlin passiert ist, das hab ich zwar nicht gefilmt, das ist wohl richtig. Aber ich hab es gesehen. Und bis heute hab ich es nicht vergessen können.

Um Viertel nach drei bin ich dann in München und um vier Uhr endlich beim Rudi. Weil ich in dieser geschissenen Stadt wieder mal ums Verrecken keinen Parkplatz finden hab können. Irgendwann aber hab ich die Schnauze schließlich voll und stell mich exakt vor dem Rudi seine Haustür: Und somit quasi in die Lieferanfahrtszone. Und im Grunde genommen, da ist es ja auch so, dass ich was anzuliefern hab.

So schnapp ich mir noch kurz den Koffer vom Beifahrersitz, und dann saus ich auch schon die Stufen zum zweiten Stock empor.

»Sechzigtausend«, sag ich nicht ganz ohne Stolz, öffne den Koffer und hock mich dann nieder. Und während der Rudi und der Lotto-Otto auf die Geldscheine starren, merk ich, dass mir langsam der Hunger hochkommt. Immerhin hatte ich ja auch außer zwei winzigen Semmeln heut noch nix Ordentliches hinter die Kiemen gekriegt.

»Gell, da schauts?«, frag ich nach einer Weile, in der keiner von den beiden zu starren aufhört.

»Und was machen wir jetzt damit?«, fragt der Lotto-Otto und dreht sich zu mir um.

»Ja, was werden wir damit wohl machen, du Gscheithaferl? Das nimmst jetzt recht schön und gibst sie deinen Gläubigern zurück. Dann haben wir jedenfalls erst mal ein bisschen Zeit, um durchzuschnaufen, und du und deine Mutter, ihr seid aus dem Schussfeld. Danach schauen wir weiter.«

»Wir sollten die Scheine vorher noch präparieren«,

schlägt der Rudi nun vor, während er ganz ehrfürchtig eines der Bündel aus dem Koffer holt und daran schnuppert.

»Nein, auf gar keinen Fall«, sagt der Lotto-Otto gleich barsch. »Wir gehen kein weiteres Risiko ein.«

»Otto«, sag ich, steh auf und geh in die Küche. »Nur, dass wir uns da richtig verstehen. Wenn du das Geld hier nun übergibst, dann hast du trotzdem noch immer Schulden. Nur eben bei jemand anderem.«

Der Kühlschrank ist so gut wie leer. Nur ein angefangenes Päckchen Fischstäbchen ist drin. Mayonnaise und Dosenmilch.

»Ja«, kann ich den Lotto-Otto vom Wohnzimmer herüber vernehmen. »Aber dieser Jemand, der wird mir ja wohl hoffentlich keine Finger abschneiden. Oder irgendwelche Morddrohungen gegen meine Mutter schicken.«

»Meine Hand würd ich dafür nicht ins Feuer legen«, sag ich, grad wie ich wieder auf dem Rückweg bin.

Jetzt ist der Lotto-Otto bereits komplett bekleidet und grade dabei, die Bündel aus dem Koffer in seinen Rucksack zu packen.

»Wer zum Teufel sind diese Typen, denen du das Geld jetzt bringst?«

»Ich ... Lass mich nun erst mal. Bitte!«

»Und wo willst du das Geld übergeben?«, will ich hier noch wissen.

»In Landshut. Mann, ich muss los!«

»Wo genau?«

»Verdammt, das ist meine Angelegenheit, Franz.«

»›Das ist meine Angelegenheit, Franz‹? Hast du einen an der Waffel, oder was?«, muss ich jetzt leider relativ laut werden. »Du glaubst doch nicht im Ernst, ich mach mir hier den ganzen Stress, organisier dir die Kohle, damit du deine depperten Schulden zurückzahlen kannst. Und lass dich damit einfach so laufen, oder was?«

»Was hast du denn vor?«, will er jetzt wissen.

»Ich werde dich begleiten. Du glaubst doch nicht, dass ich dich mit dieser Riesensumme alleine losschicke, oder was? Die würdest du doch gleich im nächstbesten Casino verzocken, jede Wette.«

»Du kannst mich aber nicht begleiten, Franz. Weil da auch, wie ich dir schon gesagt hab, Kollegen von dir darunter sind. Und die könnten dich erkennen.«

»Wie«, mischt sich nun der Rudi ein. »Das sind Polizisten, denen du das Geld schuldig bist?«

»Nicht nur, aber doch auch. Drum mach ich die Übergabe alleine.«

»Otto«, muss ich nun noch einmal klarstellen. »Du machst rein gar nichts alleine, damit wir uns da richtig verstehen. Entweder du richtest dich jetzt nach meinen Spielregeln, oder ich pack diese Moneten hier wieder ein und bin dann raus und für immer spurlos verschwunden. Zumindest für dich. Kapierst du eigentlich, dass dieser ganze Zinnober hier kein dienstlicher Auftrag für mich ist, den ich zu erfüllen hab? Ich mach diesen ganzen Scheiß hier nur, weil du mir leidtust. Und deine Mutter erst recht.«

»Ich begleite ihn«, sagt nun der Rudi, geht zur Garderobe und nimmt seine Jacke vom Haken sowie eine Schiebermütze mit Ohren.

»Tu mir das nicht an, Franz«, zischt mir prompt der Lotto-Otto her und schaut mir tief in die Augen.

»Entweder Geld und Rudi. Oder keines von beiden«, sag ich noch so und hol schon mal den Autoschlüssel aus meiner Jackentasche hervor.

Und keine fünf Minuten später, da sind wir dann auch

schon auf dem Weg nach Landshut. Der Rudi sitzt hinten drin genau in der Mitte und hat seinen dämlichen Schädel samt Mütze exakt so platziert, dass mir der Rückspiegel komplett abgedeckt ist. Aber er will halt auf gar keinen Fall auch nur ein einziges Wort verpassen, was hier vorne gesagt wird. Noch dazu, wo es ja akkurat dabei grad um seine eigene Person geht und es gelinde gesagt auch ziemlich uncharmant ist. Keine einzige Stunde länger hätt er es nämlich mit ihm aushalten können, sagt der Lotto-Otto. Weil es einfach eine Zumutung ist. So hat ihn der Rudi gefragt, ob er ihm den Rücken einseifen soll. Und zwar genau, wie er splitterfasernackt unter der heißen Dusche stand. Das dürfte ja noch nicht einmal seine eigene Mutter, und das wär doch voll schwul, sagt der Lotto-Otto dann weiter.

Der Rudi dagegen meint, er hätte es doch nur gut gemeint. Und dass er sich selber total drüber freuen würde, wenn ihm mal jemand den Rücken einseifen würde. Und dann war da wohl auch noch die Sache mit dieser Perücke. Weil der Rudi eben vehement drauf bestanden hat, dass der Lotto-Otto eine rote Frauenperücke trägt bei ihrem gemeinsamen Spaziergang am Morgen. Und da ist er dann voll ausgerastet, der Lotto-Otto. Aber viel geholfen hat es ihm nicht. Am Ende, da hat sich der Rudi einfach durchgesetzt, und der Lotto-Otto ist dann mit den fremden Haaren durch die fremden Straßen gelaufen und hat sich geschämt.

»Das war eine reine Sicherheitsvorkehrung«, keift nun der Rudi wieder von hinten nach vorne. »Was, wenn dich jemand erkannt hätte?«

»Rudi«, muss ich mich hier einmischen. »Die Möglichkeit, dass ausgerechnet hier in diesem Wohngebiet mitten in München jemand von diesen dubiosen Typen rumhängt, den Lotto-Otto dann auch noch sieht und auf offener Straße und vor allen Leuten erschießt, die erscheint mir als ziemlich unrealistisch.«

»Aber wissen kann man es nie. Das Böse ist immer und überall«, schnaubt der Birkenberger nun etwas beleidigt, fällt nach hinten und verschränkt die Arme vor der Brust. Danach schweigen wir alle ein bisschen.

»Wo soll ich euch rauslassen, Otto?«, unterbreche ich knappe zwanzig Minuten später die Stille.

»Im Gewerbegebiet Nord. Kannst die nächste Ausfahrt gleich runter«, antwortet er, zieht seine Kapuze über den Kopf und setzt sich die Sonnenbrille auf. Anschließend nimmt er seinen Rucksack vom Boden und presst ihn gegen die Brust.

»Lass ihn bloß nicht aus den Augen«, raun ich dem Rudi noch möglichst leise zu, grad wie die beiden kurz darauf am Aussteigen sind.

»Franz«, flüstert er retour und zwinkert mir zu. »Ich bin doch ein Profi. Mir musst du so was doch wirklich nicht sagen.«

Ein kleines Weilchen schau ich ihnen noch hinterher. Wie der Lotto-Otto den schmalen Fußweg entlang und gute zehn Schritte vor dem Rudi her läuft. Dann aber kommt mir der Hunger wieder hoch. Und so tret ich aufs Gaspedal und bin weg.

Ein fettes Abendrot steht über dem Hof, wie ich unsere kiesige Auffahrt rauffahre, und kündigt somit einen weiteren Spätsommertag an. Das Laub an den Bäumen wird allmählich bunt und bunter, und einiges davon liegt bereits auch am Boden. Es ist eine ganz besonders schöne

Stimmung grad, die im Grunde nur noch von einem feinen Abendessen getoppt werden kann. Doch gleich wie ich jetzt die Autotür öffne, da ist alles hinüber. Ein beißender Gestank liegt in der Luft, der mir zuerst in die Nase fährt und dann in den Magen. Vermutlich hab ich es den ganzen Tag lang einfach vergessen. Oder verdrängt. Wer kann das schon wissen? Oder ich hatte einfach nur die Hoffnung, dass sich die Düfte von der Oma ihrer Großputzaktion bis zum Feierabend hin verzogen hätten. Aber nix. Selbst hier heraußen, da riecht es wie in einer chemischen Großreinigung und schlimmer. Trotzdem muss ich jetzt wohl oder übel erst mal ins Wohnhaus rein und überprüfen, ob es dort noch Überlebende gibt. Gleich neben unserer Haustür, da steht Putzeimer an Putzeimer, und über jedem davon liegt ein Lumpen zum Trocknen. Drinnen im Haus ist niemand, dafür sind sämtliche Fenster sperrangelweit offen und ein Zettel liegt auf dem Küchentisch. *Sind im Heimatwinkel*, steht da drauf.

Doch bevor ich dort hinfahr, um dieser geruchstechnischen Hölle wieder zu entkommen, muss ich noch schnell in den Saustall rüber. Dort ist es gleich wesentlich besser, was aber auch irgendwie logisch ist. Weil sie eben hier drinnen nicht gewütet hat, unsere Oma. Die Lotta liegt neben dem Paul seinem Bettchen und döst. Und nachdem ich mich zuerst davon überzeugt hab, dass sie noch am Leben ist, und danach, ob auch alle Fenster gut verschlossen sind, da mach auch ich selber mich auf den Weg zum Heimatwinkel.

Es ist zwar schon nach dem Wiener Schnitzel, aber noch vor dem Apfelstrudel, wie mein Telefon läutet und der Rudi dran ist.

Meine Tischgesellen hier werfen vorwurfsvolle Blicke in

meine Richtung. Und so steh ich halt auf und geh ein paar Schritte beiseite.

»Der Lotto-Otto ist weg«, kann ich den Rudi verstehen und doch auch irgendwie nicht.

»Wie, der Lotto-Otto ist weg?«, frag ich und ahne schon Böses.

»Ja, verschwunden halt. Ich hab ihn keine Sekunde lang aus den Augen gelassen, ich schwör's, Franz! Und trotzdem – Hokuspokus – war er ganz plötzlich weg.«

»Hokuspokus, du ... du Volldepp! Ich hab geglaubt, du bist ein Profi und dir passiert so was nicht!«

»Bin ich ja normalerweise auch, Franz. Das weißt du doch wohl am besten. Aber ...«

»Wo bist du, verdammt noch mal?«, muss ich ihn hier unterbrechen.

»Ich schick dir gleich den Standort durch«, sagt er noch relativ kleinlaut, während ich zum Tisch zurückgehe.

»Ich muss noch mal weg«, sag ich, dort angekommen, und merk sofort, wie die Augenbraue von der Susi bis hinauf zum Haaransatz hochwandert.

»Jetzt noch?«, fragt der Leopold mit einem Blick auf die Uhr. »Es gibt doch momentan noch nicht einmal einen aktuellen Mordfall hier.«

»Ja, und so soll es auch bleiben«, sag ich und zwinker dem Paul zu, der auf dem Schoß von der Oma hockt und sich Unmengen an Pommes reinpfeift.

»Sei froh«, brummt mir nun der Papa über den Tisch her und fischt seinen Tabakbeutel hervor. »Dann musst wenigstens nicht gleich wieder auf diesen depperten Hof zurück mit seinen ganzen Pestiziden.« Damit steht er auf und geht schnurgrad nach draußen.

»Ja, es hilft nix«, sag ich noch so und klopf auf den Tisch.

»Ich muss los. Lasst mir den Apfelstrudel bitteschön einpacken, den ess ich später.«

Wie ich dann der Susi zum Abschied ein Bussi geben will, da dreht sie sich blitzschnell weg, so dass ich nur ihren Hinterkopf küss. Ja, herzlichen Dank auch!

Kapitel 8

Wie ich eine knappe halbe Stunde später in Landshut auf den Rudi stoße, da bin ich so dermaßen sauer auf ihn, dass ich ihm fast eine knalle. Ich steig aus dem Wagen und renn auf die Parkbank zu, auf der er da lümmelt, und grad wie ich ausholen will, da kriegt er meinen Arm zu fassen, reißt ihn zurück und kratzt mich dabei am Hals.

»Aua!«, schrei ich ihn an.

»Wolltest du mich jetzt schlagen, Franz? Sag schon: wolltest du mich grad schlagen?«, schreit er retour.

»Ja, natürlich, verdammt! Und das will ich auch immer noch«, brüll ich und bringe mich erneut in Stellung. Nun aber rennt er prompt weg, und schon nach ein paar Schritten muss ich leider gestehen, dass er schneller ist. So geb ich auf und setz mich stattdessen auf die Motorhaube. Ganz allmählich kommt der Rudi zurück, bleibt einen Moment lang in einiger Entfernung stehen, bemerkt dann aber wohl, dass ich kaum noch Luft bekomm, und schließlich setzt er sich zu mir her.

»Geh von meiner Motorhaube runter«, keuche ich.

»Warum?«

»Weil es eine Motorhaube ist.«

»Das ist mir bewusst, Franz. Doch immerhin hockst du selber doch auch drauf.«

»Ja, weil es meine Motorhaube ist. Hock dich gefälligst

auf deine eigene«, sag ich noch so, und jetzt zeigt er mir den Vogel.

»Franz, es war doch keine Absicht, dass ich den Lotto-Otto aus den Augen verloren hab. Ich war nur ganz kurz beim Bieseln …«

»Du warst beim Bieseln?«, frag ich, weil ich nicht glauben kann, was ich da hör. Der Rudi nickt kaum merklich.

»Das ist ja wohl die Höhe!«

»Bieseln ist doch menschlich, Franz. Was hätt ich denn deiner Meinung nach tun sollen? Einnässen, oder was?«

»Ja, Rudi, das wär in jedem Fall eine Alternative gewesen. Und weißt du auch, warum? Weil ich mir den Hax ausgerissen hab, damit uns der Ball möglichst flach bleibt und wir es am Ende auch sind, die deswegen punkten können. Doch dann, sozusagen direkt beim Finale, da kommt der Birkenberger Rudi plötzlich daher, rennt aufs Spielfeld und foult gleich so dermaßen dazwischen, dass wir unseren wichtigsten Spieler verlieren.«

»Verarbeitest du grad ein Fußballtrauma, oder was?«

Ich könnte ihm schon wieder in die Fresse schlagen.

»Wo hast du ihn zuletzt gesehen, den Lotto-Otto?«, frag ich stattdessen.

»Da drüben an der Tankstelle«, antwortet er und zeigt auf die gegenüberliegende Seite der Straße.

»Und in welche Richtung war er da unterwegs?«

»Na, in diese halt«, sagt er und deutet ein weiteres Mal irgendwo hin. »Das ist ja wohl logisch, Franz. Immerhin hast du uns selber zuvor ja dort vorne aussteigen lassen.«

»Na, weit bist du ja da nicht gekommen. Sind es drei- oder vierhundert Meter? Ach, was soll's. Steig ein«, fordere ich ihn schließlich auf und begeb mich auch selbst in den Wagen. Dann fahren wir los.

Bis um zwei Uhr morgens rollen wir hinterher durch alle Straßen und Gassen, durchstöbern praktisch jeden verdammten Hinterhof und klappern auch sämtliche Casinos ab, die wir finden können. Immerhin ist der Lotto-Otto ein hochgradig spielsüchtiger Mensch und hat sechzigtausend Euro im Rucksack. Obendrein hat er die sichere Gewissheit, dass selbst, wenn er damit nun seine Schulden begleichen würde, er postwendend wieder neue hat. Und zwar in exakt derselben Höhe. Da liegt es ja quasi schon fast auf der Hand, dass er nun, anstatt die Kohle auszuhändigen, lieber versucht, die Summe zu erhöhen.

Irgendwann sind die Straßen menschenleer, mir ist kalt und ich bin müde.

»Wo soll ich dich aussteigen lassen?«, frag ich, weil ich endlich nach Hause will.

»Na, bei dir am Hof, würd ich sagen. Immerhin geht der erste Zug nach München erst in drei Stunden, und irgendwo muss ich ja vermutlich schlafen, lieber Franz.«

»Vermutlich ja. Aber nicht bei mir, lieber Rudi.«

»Ist das dein Ernst?«

»Schau ich spaßig aus, oder was?«

»Du Arschloch!«, zischt er noch, öffnet die Wagentür und steigt schließlich aus. Und keine zwanzig Minuten später, da steh ich dann endlich vor meinem heißgeliebten Saustall. Durch die Fenster hindurch kann ich noch Licht brennen sehen, was äußerst ungewöhnlich ist um diese nächtliche Stunde. Und kaum bin ich drinnen, kann ich gar nicht recht glauben, was ich da seh: Dort hockt nämlich die Nicole in ihrer Jogginghose auf meinem Kanapee und spielt auf ihrem Handy herum.

»Nicole?«, frag ich deswegen zunächst mal, zieh meine Jacke aus und die Schuhe. »Was machst du hier?«

»Mein Gott, Franz! Hast du mich jetzt erschreckt.«

»Ja, sorry. Aber immerhin ist das mein Bett, wo du grad draufhockst. Und da wird man ja wohl mal nachfragen dürfen.«

Es tut ihr sehr leid, sagt dann die Nicole. Aber es wär wegen der Oma. Weil die halt zum einen ums Verrecken nicht mehr möchte, dass die Nicole noch mal drüben im Wohnhaus erscheint. Zum anderen aber hat sie es freilich nicht übers Herz gebracht, die arme Frau gleich komplett des Hofes zu verweisen. Weil wo hätt sie auch hinsollen, gell? Drum eben die Idee, sie einfach hier im Saustall einzuquartieren. Die Susi, die war ja auch gleich so kooperativ und würde nun mit dem Paul im Wohnhaus übernachten. Und eigentlich wär jetzt alles gut. Wenn ich nur wüsste, wo ich selber schlafen soll.

An mich hat in dieser ganzen Misere wieder mal kein Schwein gedacht. Gut, ich könnte es mal im Wohnzimmer drüben probieren. Falls ich Glück hab, ist dort der Papa heut nicht bei seinen Beatles eingeschlafen, sondern stattdessen in sein Bett gegangen, und damit wär zumindest das Sofa noch frei. So schlüpf ich mal in den Bademantel und meine Latschen.

»Hast du was vom Lotto-Otto gehört?«, frag ich, ehe ich meinen Weg antrete, doch sie schüttelt den Kopf und hebt ihr Handy in die Höhe.

»Nein, ich hab's bestimmt schon hundert Mal probiert und auch SMS geschrieben, aber nix. Du wohl auch nicht, oder?«

»Ja und nein«, sag ich gähnenderweise und dreh mich zum Gehen ab. »Doch zumindest bis heut Nachmittag war er noch quietschfidel, und er ist ja auch bestens untergebracht. Gute Nacht, Nicole.«

»Das beruhigt mich ein bisschen. Gute Nacht, Franz. Und danke.«

Ich hab eine unruhige Nacht voll von chaotischen Träumen und schlafe dementsprechend schlecht. Ich liege auf einer Straße am Boden, und der Rudi ist über mich gebeugt. In seiner Hand hat er das Hackbeil aus der Metzgerei Simmerl. Seine Augen sind weit aufgerissen, und sein Blick ist verwirrt. Ich kann meine Hände nicht sehen, weiß aber haargenau, dass er sie sieht. Und dass er mir jetzt unbedingt zwei Finger abhacken möchte. Ich versuch wie verrückt auf ihn einzureden, doch er scheint mich gar nicht zu hören. Dann schaut plötzlich der Lotto-Otto über die Schulter vom Rudi.

»Hilf mir!«, ruf ich ihm zu.

»Mach es!«, zischt der Lotto-Otto dem Rudi ins Ohr.

Dann holt er seinen Rucksack hervor, öffnet ihn und hält ihn genau über meinen Kopf. Und exakt in dem Moment, wo der Rudi mit dem Beil ausholt, da flattert der ganze Geldregen über mich, und plötzlich kann ich die zwei nicht mehr erkennen. Nur noch Geldscheine über Geldscheine, die über mir schweben und doch nie auf mir landen.

»Franz«, kann ich aber Gott sei Dank irgendwann hören und merk gleich, dass es die Susi ist. Sie klingt zwar nicht sehr freundlich, vielleicht eher ein bisschen schroff. Doch wenigstens ist sie es, die jetzt vor meinem Sofa steht und auf mich runterschaut, und nicht der Lotto-Otto. Oder gar Rudi mit seinem dämlichen Beil.

»Susi, jetzt bin ich aber echt froh, dass du da bist«, sag ich gleich und richte mich auf.

»Ich war gestern auch da, Franz. Aber da warst du wohl eher nicht froh drüber«, entgegnet sie. Hör ich da möglicherweise einen klitzekleinen zynischen Unterton raus?

»Ist was, Susi? Hab ich was verpasst?«

»Ich glaub viel eher, dass ich was verpasst hab, Franz.«

»Wie kommst du darauf?«

»Vielleicht kannst du mir mal erklären, warum du in aller Herrgottsfrüh *Nein, nein, nein, ich liebe dich doch!* schreist. Mitten in deinem Schlaf? Und? Kannst du mir das erklären? Und warum zum Teufel hast du außerdem noch einen voll fetten Knutschfleck an deinem Hals dort? Ja, Fragen über Fragen, mein lieber Franz. Wenn du die richtigen Antworten darauf hast, dann weißt du ja, wo du mich finden kannst«, sagt sie, dreht mir den Rücken zu und eilt Richtung Türe.

»Susi …«, ruf ich hinter ihr her.

»Ach ja«, sagt sie noch, ohne stehen zu bleiben. »Heute bist du dran, das Paulchen abzuholen. Und ich rate dir, sei bloß pünktlich. Sonst wird hier die Erde wackeln, ich schwör's.«

»Susi«, versuch ich es noch mal.

»Ich muss jetzt zur Arbeit, bin eh schon zu spät. Komm, Paulchen, auf geht's. Und setz die Mütze auf«, kann ich sie vom Flur aus noch hören, dann ist sie weg.

Was war das jetzt? Und wieso sollte ich solch seltsame Dinge im Schlaf rufen? Gut, möglicherweise wegen diesem depperten Albtraum von heut Nacht. Ja, das würde die Sache wohl erklären. In diesem Moment nämlich, also praktisch da, wo der Rudi mit seinem riesigen Beil ausgeholt hat, da hätt ich ihm wohl jede Liebeserklärung der Welt gemacht. Selbst auf Chinesisch.

Was jedoch diesen Knutschfleck betrifft, da muss ich mir selber erst ein Bild davon machen. Drum geh ich raus in den Flur und vor den Spiegel. Ui, ja! Das könnte gut als Knutschfleck durchgehen. Sehr gut sogar. Ist aber keiner.

Vielmehr ist es genau die Stelle, wo mich der Birkenberger gestern gekratzt hat. Bei unserer kurzen Rangelei. Irgendwie beschleicht mich grade der Eindruck, dass ausgerechnet der Rudi aktuell mein ganzes Leben versaut. Ob der womöglich übersinnliche Kräfte besitzt, oder so? Und mich heut Nacht irgendwie so rein voodoomäßig bearbeitet hat? Aus der puren Wut heraus, weil ich ihm eine Schlafstatt verweigert hab? Das wär schon gut möglich. Wenn man bedenkt, dass er ja bereits des Öfteren auf dem einen oder anderen Esoterik-Trip war.

Es riecht nach Eiern und Speck, und deswegen vom Spiegel weg und schnurgrad in die Küche hinein. Die Oma steht dort am Herd und brät, was das Zeug hält, und der Papa ist tief in seine Zeitung versunken. So schenk ich mir erstmal einen Kaffee ein.

»Du hast einen Knutschfleck am Hals«, sagt der Papa ein paar Minuten später, faltet seine Morgenlektüre zusammen und legt sie beiseite. »Von der Susi kann der ja wohl nicht sein, wenn man bedenkt, dass du um zwei Uhr morgens noch immer nicht da warst und dann auf der Wohnzimmercouch übernachtet hast. Also, wer ist dieses Weibsstück?«

»Es war kein Weibsstück, es war der Rudi«, sag ich so verschlafen wie ich noch bin.

»Grundgütiger! Du hast einen Knutschfleck vom Birkenberger Rudi?«

»Nein, es ist auch gar kein richtiger Knutschfleck, sondern …«

»Erspar mir die Einzelheiten«, unterbricht mich der Papa und hebt dabei seine Hand. Jetzt kommt die Oma mit ihrer Pfanne zum Esstisch und beginnt, Eier und Speck auf vier Teller zu verteilen.

»Den bringst jetzt rüber zur Nicole, weil die auch einen Hunger hat«, sagt sie nach vollendeter Tat und drückt mir einen der Teller in die Hand. Himmelherrgott, mir knurrt doch selber der Magen bis zur Kehle hinauf. Und vielleicht hätt ich mein Essen auch gern, solang es noch heiß ist. Aber es hilft alles nix. So wie die Oma jetzt schaut, hat Widerspruch überhaupt keinen Sinn. Also rüber in den Saustall und zunächst die Nicole versorgen. Dort angekommen, vermute ich gleich mal, dass sie grad im Bad ist. Und so stell ich ihr nur schnell den Teller am Tisch ab und sause auch schon zu den eigenen Frühstücksfreuden zurück.

Kaum setz ich mich nieder, da schaut die Oma mich an.

»Du hast einen Mordsknutschfleck am Hals, Bub«, sagt sie und schüttelt den Kopf. »Ich hoff nur, dass der von der Susi ist.«

»Ist er nicht. Er ist vom Rudi«, brummt der Papa, doch das hört sie erfreulicherweise gleich gar nicht.

Die restliche Mahlzeit ist relativ still, jeder ist so mit Essen beschäftigt, dass er gar nix reden mag. Deswegen erschreck ich vermutlich auch so dermaßen, wie mittendrin mein Telefon läutet. Weil, wenn man so mit einem guten Essen beschäftigt ist und obendrein auch noch ziemlich müd von der letzten Nacht her, dann hat so ein Frühstück ja schon fast was Meditatives, gell.

»Magst nicht endlich rangehen?«, fragt mich der Papa, nachdem ich ein ganzes Weilchen lang bloß das klingelnde Teil angestarrt hab. Und freilich hat er recht.

»Eberhofer«, sag ich gleich, wie ich rangeh, und kann danach kaum was verstehen. Der Anrufer ist männlich und muss ganz schön nervös und aufgebracht sein. Keucht etwas vom Lotto-Otto in den Hörer. Und irgendeinem Feuer und überall Scherben. Die Leitung ist schlecht, und im

Grunde sind es nur Fetzen, die ich vernehme. Und gleich darauf ist die Leitung dann tot.

»Ich muss mal kurz zum Lotto-Otto rüber«, sag ich und schieb mir die letzten Bissen in den Mund.

»Wieso, ist was passiert?«, will der Papa gleich wissen.

»Das heißt es herauszufinden«, antworte ich. »Jedenfalls gibt's dort wohl Scherben, und angeblich soll es sogar brennen.« Jetzt kann ich auch schon die Feuerwehrsirenen vernehmen. Eigentlich frag ich mich ja schon seit Jahren, wie sie das immer so machen. Also unsere Freiwilligen Feuerwehrler aus Niederkaltenkirchen. Die sind ja gewissermaßen schon immer am Brandherd, bevor es überhaupt irgendwo brennt. Oder zumindest nur ein paar Wimpernschläge danach. Eine Motivation haben die, das kann man kaum glauben.

Wie ich kurz darauf in meinen Streifenwagen steig, da hockt der Papa schon auf dem Beifahrersitz. Er sagt, es ist ihm eh grad drecksfad, und wenn schon endlich einmal was passiert bei uns da heraußen, dann kann er sich das doch auch einfach mal anschauen, oder etwa nicht? Gut, mir persönlich ist das eh wurst. Zumindest bis wir vor den Lottoladen rollen. Weil da nämlich unter den Schaulustigen auch ausgerechnet der Bürgermeister ist.

»Ah, die Herren Eberhofer«, sagt er gleich und eilt auch prompt auf uns zu. »Machens einen netten Familienausflug?«

Doch er kriegt gleich gar keine Audienz nicht. Stattdessen bahn ich mir durch die ganzen Menschen hindurch einen Weg in Richtung Ladentür.

Der Brand ist mittlerweile unter Kontrolle, weil die werten Kollegen von der Feuerwehr halt nicht nur fix sind, sie sind auch routiniert. Nicht umsonst haben sie jeden Montagabend ihre Einsatzübungen am ehemaligen Truppenübungsplatz draußen.

»Das war ein Molli«, raunt mir der Papa plötzlich über die Schulter hinweg zu.

»Das … das war ein was?«, frag ich, ohne mich dabei umzudrehen.

»Ja, ein Molli halt. Ein Molotowcocktail. Mei, Burschi, was habens dir da eigentlich gelernt, da auf der Polizeischule seinerzeit«, sagt er weiter.

»Ja, das stimmt«, sagt jetzt ein ganz Junger aus der Feuerwehrtruppe und klingt durchaus beeindruckt. »Das war tatsächlich ein Molli. Aber woher können Sie denn das wissen? Noch dazu aus der Entfernung. Sind Sie auch einmal bei der Feuerwehr gewesen?«

»Nein«, entgegnet der Papa. »Eher auf der Gegenseite. Aber schließlich war ich ja auch einmal jung. Und in meiner Zeit, da haben wir ja noch …«

»Papa, bitte erspar uns das«, muss ich ihn hier unterbrechen, ehe er wieder mal einen von seinen Sentimentalen kriegt und aus der guten alten Zeit berichtet.

»Da ist eine Leich drin, Franz«, ruft plötzlich einer der anderen Feuerwehrmänner in meine Richtung. Und schon geht ein Raunen durch die Menge.

»Habens gehört, Eberhofer?«, schubst mich jetzt der Bürgermeister von der Seite her. »Da ist eine Leich drin. Jetzt machens halt was!«

Und so mach ich halt was. Hol meine Dienstwaffe aus dem Holster und fordere meine Mitbürger freundlich, aber bestimmt dazu auf, das Feld hier zu räumen.

»Das ist jetzt nicht Ihr Ernst, oder?«, kann ich dann eine wohlbekannte und unliebsame Stimme vernehmen und schau mich kurz um. Und ja, sie ist es wieder. Sie ist wieder da, könnte man sagen. Die Frau mit dem Ansgar und ihren komischen Lippen.

»Was ist nicht mein Ernst?«, frag ich und bin grad ehrlich genervt.

»Dass Sie unter Einsatz von Waffengewalt den Platz hier räumen«, krieg ich retour.

»Ach, die meinen Sie?«, frag ich und klopf ihr mit der Mündung ein paar Mal gegen das Brustbein, dass sie gleich zu zucken anfängt. »Aber die ist doch gar nicht zum Einsatz gekommen, Gnädigste. Noch nicht. Außerdem ist das hier jetzt kein Platz mehr, sondern ein Tatort. Und jetzt Abflug!«

Nun ist sie aber böse, glaub ich. Sie schnaubt noch ein paar Mal, und vermutlich scharrt sie jetzt gleich mit den Hufen. Dann aber verlässt sie samt Sohnemann das seltsame Szenario hier. Gut, somit dürften alle Unbeteiligten fürs Erste aussortiert sein. Alle außer dem Papa. Der steht noch mitten zwischen den Feuerwehrlern und fachsimpelt mit denen über etwaige Brandanschläge und wie man dabei am klügsten vorgeht. Und was sich dabei so alles geändert hat in den letzten fuchzig Jahren. Und schon weil es schließlich meine Pflicht und Aufgabe ist, betrete ich nun den Laden, um nach dem möglichen Opfer zu sehen. Knöcheltief muss ich jetzt durchs Wasser latschen, in dem unzählige Spielscheine, Prospekte und Zeitschriften schwimmen. Die Wände sind rußig und schwarz, und freilich stinkt es auch bis rauf zum Himmel. Eine Leiche allerdings kann ich nirgendwo finden.

»Wo soll sie denn sein, eure Leich?«, ruf ich deshalb nach draußen.

»Hinterzimmer«, kommt es prompt retour. Ach, stimmt ja. Da war doch noch dieser Nebenraum, wo die Nicole neulich das Jackpot-Schild hingebracht hat. So wate ich eben noch ein paar weitere Schritte durch das Wasser und den schwimmenden Unrat hindurch, bis ich endlich hinten angelangt bin. Und ja, es ist wahr. Dort in diesem Nebenzimmer, da liegt ein lebloser Körper auf dem nassen Fußboden. Und zwar auf dem Bauch und dadurch auch mit dem Gesicht nach unten. Und trotzdem weiß ich gleich, wer es ist. Und ich fühle mich furchtbar. Schlagartig ist mir nun hundeelend, und für einen Moment kommen mir sogar die Tränen hoch. Mit dem Handrücken wisch ich mir über die Augen. Immerhin kann ich ja jetzt nicht hier an einem Tatort und vor den ganzen schneidigen Feuerwehrlern das Heulen kriegen.

»Ach, Nicole«, sag ich, geh in die Knie und dreh sie vorsichtig um. Ihr Gesicht wirkt so müde und traurig, das kann man gar nicht erzählen. Was soll nun bloß aus dem Lotto-Otto werden? Der ist doch ohnehin schon kaum mehr vorhanden. Und jetzt, ohne seine Mutter …

Wenn man mal die Geburt vom Paulchen und den Tod von meinem Ludwig außen vor lässt, dann hab ich das letzte Mal bei der Fußball-WM 2002 geweint. Damals bin ich vor dem Fernseher gesessen und war nach dem Abpfiff ebenso fassungslos wie wohl jeder im Land. Und anstatt die blöde Kiste einfach abzustellen, hab ich den Kahn Oli betrachtet, wie er da so jämmerlich an seinem Torpfosten gekauert hat. Siebzehn Jahre ist das nun her. Und im Augenblick fühl ich mich wieder ganz genauso.

Kapitel 9

Das Einzige, was ich an diesem beschissenen Tag noch auf die Reihe krieg, ist, dass ich das Paulchen pünktlich von der Kita abhole. Im Grunde genommen hock ich sogar schon eine gute Stunde zu früh in dieser Garderobe mit den winzigen Bänken und starr vor mich her auf die ebenso winzigen Kinderschuhe runter. Zwei-, dreimal geht eine der Kindergärtnerinnen an mir vorbei und fragt, ob denn alles in Ordnung ist. Und natürlich ist alles in Ordnung. Was sollte auch sonst schon groß sein? Von hinten und aus den geschlossenen Türen heraus hört man Kinderstimmen und Kinderlieder und Kinderlachen. Im Grunde ist doch alles wie immer und somit in Ordnung. Nur die Nicole ist tot. Das ist auch schon alles.

Bevor ich hierher gefahren bin, war ich noch ganz kurz bei mir zuhause. Ich bin in den Saustall gegangen, weil ich mir unbedingt noch irgendein Bild machen wollte. Keine Ahnung, weswegen genau. Vielleicht einfach nur, um eine plausible Erklärung zu finden, was zum Teufel sie nur in ihrem blöden Laden gewollt hat. Aber da war keine Erklärung. Da waren nur die Eier mit Speck, und zwar genau so, wie ich sie ihr zuvor hingestellt hatte. Nur war mittlerweile eine fette Fliege auf dem Dotter gelandet und dort pappen geblieben, und auch sie war jetzt tot. Das Kanapee, das der Nicole als Nachtlager gedient hat, ist aufs Ordentlichste aufgeräumt gewesen. Die Wolldecke gefaltet, die Kissen aufgeschüttelt und sortiert. Und sogar das Handtuch, das sie benutzt hatte, war sorgfältig zusammengelegt, Kante auf Kante, und ist ebenfalls auf dem Sofa gelegen. Warum sie sich hier bei mir eine solche Mühe gemacht hat, wo sie doch zuhause bei sich selber ja praktisch gelebt hat wie in einer bemannten Mülltonne, das ist mir wahrhaftig ein Rätsel.

Ich schau mal auf die Uhr, noch zwanzig Minuten.

Aus diversen Gründen heraus ruf ich jetzt mal den Birkenberger an. Weil, zum einen sollte er in die aktuellen Geschehnisse hier schließlich auch einen Einblick bekommen. Zum anderen ist es vielleicht ohnehin nicht direkt verkehrt, mich einfach ganz generell bei ihm zu melden. Nicht dass ich sonst heut Nacht wieder so furchtbare Albträume hab wie in der letzten. Und so wähl ich seine Nummer.

»Na, hattest du eine gute Nacht, du Arsch?«, ist das Erste, was ich höre, so ganz ohne Grußwort.

»Geht so. Und du?«

Ja, eine ganz wunderbare, erzählt er mir gleich, und dabei klingt er äußerst euphorisch. Weil er nämlich gestern Nacht im Landshuter Hauptbahnhof drin noch eine ganz reizende Begegnung gehabt hätte. Und zwar mit einer gewissen Theresa. Ihres Zeichens eine Mitarbeiterin von der dortigen Bahnhofsmission, eine ganz und gar patente Person, die auch schon so das eine oder andere Packerl im Leben abgekriegt hat. Und die hätte sich dann bis in die Morgenstunden hinein sehr rührend und liebevoll um ihn gekümmert, berichtet der Rudi weiter. Und hätte ihn mit allem versorgt, was er halt so gebraucht hat. Da sieht man's mal wieder, der Birkenberger. Was für ein Glückspilz.

Doch im Anschluss muss ich ihm seine sonnige Laune

auch gleich wieder ein bisschen verhageln. Einfach indem ich ihm berichte, was bei uns derweil so alles passiert ist am heutigen Morgen.

»Das … das ist nicht dein Ernst, gell, Franz?«, will er am Ende wissen, und man kann ihm sein Entsetzen nun regelrecht anhören. »Du erzählst Bullshit.«

»Leider nicht, Rudi. Ich wollt, es wär anders.«

Einen Moment lang ist Stille in der Leitung.

»Jetzt fehlen mir direkt die Worte. Ich bin echt fassungslos. Ein Molotowcocktail, und das in eurem Kleinkaff. Das ist doch unglaublich! Großer Gott, wie wird das der Lotto-Otto verkraften? Der hängt doch so an seiner Mutter.«

»Um das herauszufinden, müssten wir erst einmal wissen, wo er ist«, antworte ich.

»Ja, ich bin auch vorher noch mal die ganzen verdammte Strecken zu Fuß abgelaufen, die wir gestern abgefahren sind, aber nix. Der scheint wie vom Erdboden verschluckt zu sein. Wo bist du denn grad, Franz?«

»Ich bin in der Kita, muss das Paulchen abholen.«

Einen weiteren Moment lang schweigt er nun in die Muschel.

»Ein … ein Molotowcocktail, hast du gesagt. Bist du sicher?«, will er dann aber wissen.

»Ja, Rudi. Ich war ja am Tatort.«

»Franz, wenn das stimmt, dann schaut das ja direkt nach einem organisierten Verbrechen aus. Was meinst du? Möglicherweise steckt da sogar die Mafia dahinter. Oder aber dein Vater, der alte Revoluzzer.«

»Ja, wahnsinnig lustig, Rudi.«

»Entschuldige, ich weiß, das war blöd. Aber ehrlich, Franz, so tragisch das Ganze auch sein mag, immerhin bedeutet es auch, dass wir einen neuen Mordfall haben«, sagt er weiter und klingt nun schon wieder viel zuversichtlicher.

»Nicht zwingend, Rudi. An der Ladentür, da hing doch dieses Schild. Vorübergehend geschlossen. Und die Nicole, die war hinten im Nebenzimmer, wie dieser Molotowcocktail durchs Fenster geworfen wurde. Das heißt, wenn der oder die Täter gar nicht gewusst haben können, dass sie im Laden ist, dann …«

»Papperlapapp«, unterbricht er mich schroff. »Ob das jetzt ein Mordanschlag war oder eine Brandstiftung mit Todesfolge, das ist doch im Grunde eh vollkommen wurst. Zumindest für uns. Das muss ja hinterher sowieso bei einer Gerichtsverhandlung geklärt werden. Finden aber müssen schon wir zwei den oder die Täter. Eigentlich so wie immer halt.«

Gut, da liegt er wohl richtig, der Rudi.

So nach und nach treffen nun auch andere Elternteile ein, die dann ebenfalls brav auf den winzigen Bänken hier warten, um gleich ihre diversen Ableger in Empfang nehmen zu können. Und weil ich beim besten Willen nicht über einen möglichen Tatvorgang in deren Anwesenheit reden möchte, verabreden wir uns kurzum für später, der Rudi und ich.

Dann hängen wir ein.

Im Nu und relativ erwartungsgemäß schwirren hier gleich die wildesten Spekulationen unter dem wartenden Volk herum. Weil sich freilich naturgemäß solche Geschichten wie ein Lauffeuer verbreiten. Und weil ich halt im Dorf quasi auch bekannt bin wie ein bunter Hund und sowieso jeder weiß, was ich rein beruflich so treib, werde ich auch gleich mit allen möglichen Fragen bombardiert. Doch im Grunde bin ich ja fast genauso ahnungslos wie wohl jeder andere hier.

»Herrschaften«, sag ich deswegen und schau in die Runde. »Ich steh noch völlig am Anfang der Ermittlungen, und deswegen …«

»Sollten Sie dann nicht endlich anfangen zu ermitteln?«, werd ich aber gleich unterbrochen, und zwar ausgerechnet von meiner aktuellen Lieblingsfeindin. Also dem Karpfen. »Statt hier in der Kita rumzuhängen. Soweit ich weiß, ist doch Ihre Lebensabschnittsgefährtin nur eine kleine Tippse in der Gemeinde. Da hätte die doch wohl viel eher …«

»Ich hab keine Lebensabschnittsgefährtin. Ich hab meine Susi, und die ist Verwaltungsangestellte des Freistaats Bayern. Und Sie halten jetzt mal schön Ihr Fischmaul und erklären mir gefälligst nicht, wie ich meinen Job zu machen habe. Womöglich bin ich ja grad voll am Ermitteln. Woher wollen Sie das wissen? Vielleicht ist ja der Täter sogar hier mitten unter uns. Apropos, wo waren Sie eigentlich heute Morgen zwischen acht und acht Uhr dreißig?«

Eine Antwort krieg ich daraufhin keine mehr, weil nun vorne die Tür auffliegt und prompt zahllose kleine Füße in unsere Richtung tapsen. Der Karpfen greift nach Ansgars Händchen, schnaubt noch irgendwas von Konsequenzen und rauscht von dannen.

Der Heimweg führt mich noch einmal am Lottoladen vorbei, und da ist inzwischen was los, das kann man kaum glauben. Selbstredend ist die Spusi vor Ort und auch ein paar andere Wichtigtuer, die ich schon rein aus meiner Erfahrung heraus einer Versicherung zuordnen würde. Unter die Menge an Schaulustigen haben sich ganz offensichtlich auch noch einige Vertreter der Medien gemischt. Und dort, ziemlich mittig von diesem ganzen Szenario, steht der Bürgermeister vor einem rot-weißen Absperrband und gibt Interviews mit glühenden Wangen. Doch nur einige Augenblicke später werde ich auch schon von einem der Reporter entdeckt. Er rast auf mich zu und trommelt mir dann mit seinem Mikro gegen die Fensterscheibe. Keinen Wimpernschlag später folgt ihm auch schon sein Kollege samt Kamera.

Und das ist jetzt halt blöd.

Weil ich das Paulchen auf meinem Schoß sitzen hab. Das machen wir gern, wir beide. Diese relativ kurze Strecke von der Kita bis zu uns nach Hause, da darf er immer Auto fahren, der kleine Scheißer. Da hat er eine diebische Freude dabei. Und freilich sind wir angeschnallt. Trotzdem befürchte ich jetzt, dass es so gar nicht gut ankommt, wenn morgen davon ein Foto in den Zeitungen ist. Drum am besten erst mal Gas geben und nix wie weg von hier.

Kaum rollen wir auf den heimatlichen Kies, der Paul und ich, da läutet mein Telefon und der Moratschek ist dran. Ich merk's gleich, weil er sich noch vor der Begrüßung eine Prise Schnupftabak genehmigt, was akustisch gut einzuordnen ist.

»Richter Moratschek, habe die Ehre«, sag ich deswegen erstmal, lös den Sicherheitsgurt und lass den Buben aus dem Wagen kraxeln. Die Hinkelotta ist schon auf dem Weg zu uns und springt ihn gleich schwanzwedelnd an. Das macht sie immer so, und zwar dermaßen vorsichtig, dass er dabei nie das Gleichgewicht verliert. Dann laufen die beiden in Richtung vom Wohnhaus.

»Eberhofer«, kann ich nun durch die Muschel vernehmen. »Bei Ihnen draußen, da ist ein Haus explodiert, hab ich das richtig verstanden?«

»Nicht ganz, Moratschek. Es war ein Molli. Also ein Molotowcocktail.«

»Ich weiß, was ein Molli ist, Eberhofer. Bin ja nicht deppert.«

»Hätt ja sein können …«

»Ein Molli … da schau einer an. Ja, dann war's natürlich keine Explosion. Aber einen Toten gibt's trotzdem, hab ich recht?«

»Auch nur zur Hälfte. Es war eine Tote. Also praktisch …«

»Ja, ja, eine Frau. Wie gesagt, bin ja nicht deppert. Und, wissen wir schon was?«

»Bei der Toten handelt es sich um die Ladenbesitzerin«, sag ich und begeb mich nun ebenfalls rüber ins Wohnhaus. Und während ich nun den Richter an meinem spärlichen Wissensstand teilhaben lass, da schau ich der Oma in sämtliche Töpfe und Pfannen. Einen Zigeunerbraten gibt's mit Paprikasoße und ganz vielen Zwiebeln. Bratkartoffeln dazu und einen grünen Salat. Das ist perfekt. Die Susi ist grad dabei, den Tisch einzudecken, und der Paul lässt unten am Boden ein paar Matchboxautos durch die Küche scheppern. Kurz gesagt, es ist ziemlich laut.

»Sagens einmal, Eberhofer«, sagt der Richter deswegen wohl. »Sind Sie grad auf der Wiesn, oder was?«

»Nein«, antworte ich wahrheitsgemäß. »Ich bin nicht auf der Wiesn, ich bin in der Küche. Das Abendessen ist gleich fertig. Es gibt einen Zigeunerbraten.«

»Sie sollten ermitteln, nicht essen. Außerdem müsste es korrekterweise Paprikabraten heißen. Zumindest ethisch gesehen. Aber wie auch immer, Eberhofer. Sie halten mich in jedem Fall auf dem Laufenden, was diesen Fall angeht, gell. Vorausgesetzt, Sie kommen vor lauter Fresserei auch mal zu einer Arbeit.«

Zack, dann hängt er mir ein.

Nach dem wirklich großartigen Mahl, bei dem natürlich auch spekuliert wird, was das Zeug hält, versuch ich noch einige Male, den Rudi zu erreichen. Doch immer und immer wieder geht nur seine dämliche Mailbox ran. »Sie sind verbunden mit der Privatdetektei Birkenberger. Ihr Partner in allen verzwickten Lebenslagen, mögen sie auch noch so delikat sein …«

Himmelherrgott noch mal. Was ist denn mit dem wieder los?

Die Susi meint, ich soll mich nicht aufregen und dass er doch sicherlich zurückrufen würde, sobald er meine Nummer sieht. Ja, das macht Sinn. Zumindest denk ich das um acht Uhr und auch noch um neun. Um halb zehn wird mir die Sache zu blöd. Einerseits, weil ich mir wirklich Sorgen mache. Denn sagen wir so: In der Gegend, wo wir beide gestern gemeinsam unterwegs waren, da ist es nicht besonders klug, sich allein auf den Weg zu machen, und schon gar nicht zu Fuß. Der andere Grund, der ist jetzt vielleicht nicht grade total selbstlos. Doch an einer guten Nachtruhe so ganz ohne Albtraum, da würde mir heut echt viel dran liegen. Also schnapp ich mir halt meinen Autoschlüssel und will mich grad auf den Weg machen, wie die Susi ihr Buch zuschlägt und mich unter ihrer Wolldecke heraus ganz verwirrt anlugt.

»Wo willst du jetzt noch hin, Franz?«, will sie dann wissen.

»Ich … ich muss unbedingt noch kurz nach dem Rudi schauen«, antworte ich, und dabei fällt mir unser Gespräch von heut Morgen wieder ein. »Du, Susi. Du musst dir echt keine Sorgen machen, weißt. Also dieser Fleck hier, der ist von keiner anderen Frau. Der ist vom Rudi.«

»Du sagst, ich soll mir keine Sorgen machen?«

»Nein, das hast du jetzt vielleicht falsch verstanden, Susimaus. Es ist auch gar kein Knutschfleck, es ist ein Kratzer. Wir haben …«

»Nein«, ruft sie nun und hält sich beide Ohren zu. »Ich will es nicht wissen.«

Ich setz mich mal kurz zu ihr auf die Sofakante, nehm ihr die Hände von den Ohren und geb ihr ein Bussi auf die Stirn. Und schon ist er da, der geliebte Schmollmund.

»Susi«, sag ich. »Wie lange sind wir jetzt zusammen?«

»Viel zu lange«, schmollt sie.

»Das stimmt. Und, hast du es jemals bereut?«

»Jeden Tag. Mehrmals.«

»Siehst du«, sag ich und geb ihr ein weiteres Bussi auf die Stirn. »Und damit alles so bleibt, wie es ist, musst du mir jetzt einfach vertrauen. Es gibt kein anderes Weibsbild. Es gibt nur den Rudi.«

»Liebst du mich mehr als den Rudi?«, fragt sie und zieht sich die Decke bis rauf zum Hals.

»Nein«, sag ich, steh auf und geh Richtung Ausgang. »Aber ich arbeite dran.«

»Du Schuft«, lacht sie jetzt, und zack, fliegt mir ihr Buch an den Schädel. Es ist ihr aktuelles Lieblingsbuch und es war ziemlich teuer.

»Warte, bis ich heimkomm«, grins ich beim Rausgehen. »Da wirst du so was von übers Knie gelegt, das hast du noch niemals erlebt.«

»Ui, da hab ich ja jetzt schon Angst«, kann ich sie noch hören, dann fliegt die Tür ins Schloss.

Kapitel 10

Der Rudi bleibt in dieser Nacht genauso unauffindbar, wie es der Lotto-Otto ist. Doch zumindest kann ich bei den Mitarbeitern der Bahnhofsmission in Erfahrung bringen, dass eine Kollegin namens Theresa zuvor von einem »drahtigen Kerl mit wenig Haaren« abgeholt wurde, um anschließend gemeinsam irgendwo einen Tee zu trinken. Das beruhigt mich ein wenig. Und da ich jetzt eh schon mal in Landshut drin bin, kann ich auch gleich noch mal die Runde abfahren, wo ich den Lotto-Otto vermute. Aber nix. Nicht auf den Straßen und in keinem der Casinos, nirgends find ich auch nur die geringste Spur von ihm. Auch auf meine Nachfrage hin hat ihn niemand gesehen oder sehen wollen. Es ist zum Verzweifeln.

Hinterher bin ich dann ziemlich k. o. und hab auch gar keine große Lust mehr, die Susi übers Knie zu legen. Noch dazu, wo sie schläft wie ein Bär und auch dementsprechend schnarcht. Oder ist es der Paul, der schnarcht? Nein, es sind beide. Und auch die Lotta schnarcht, aber das bin ich gewohnt.

So leg ich mich dann eben auch zu den Schnarchnasen hier, stopf mir vorsichtshalber noch zwei Ohropax in die Lauscher und schlaf ziemlich schnell ein.

»Franz«, kann ich am nächsten Morgen und wie durch einen dichten Nebel hindurch vernehmen. Es ist die Susi, und ich werde auch gleich von ihr wachgerüttelt. »Steh auf, dein Telefon läutet schon seit zehn Minuten.«

Jetzt aber muss ich erst einmal duschen. Denn wenn man so wie ich die halbe Nacht lang rumermittelt und am Ende zu keiner einzig brauchbaren Information gelangt ist, dann muss man sich erst mal was Gutes tun, um hinterher wieder zu funktionieren, gell. Und so dusch ich ziemlich lange, und meine Haut ist ganz rosa und schrumpelig, wie ich endlich am Frühstückstisch sitze. Wie nicht anders zu erwarten, berichtet die Tageszeitung ausführlich und mit zahlreichen Fotos von der Geschichte im Lottoladen. Saudummerweise ist aber ausgerechnet auch das Bild vom Paul und mir darunter.

»Schau, Franz«, sagt der Papa und dreht die Zeitung in meine Richtung. »Da ist ein Foto von dir und dem Paulchen.«

Ja, da ist ein Foto von mir und dem Paulchen. Tatsächlich. Der Bub ist ziemlich fotogen, das muss man schon sagen. Wie er da so in die Kamera strahlt, das Lenkrad fest im Griff. Ich dagegen mach ein eher grantiges Gesicht mit sehr vielen Falten. Schau ich wirklich so alt aus?

»Zeig«, sagt nun die Susi und nimmt dem Papa das Blatt aus der Hand. Für einen kurzen Moment starrt sie auf das Foto und blickt dann über den Zeitungsrand hinweg exakt in meine Richtung. »Hab ich dir nicht schon hundertmal gesagt, dass du den Paul nicht mehr auf dem Schoß haben sollst, wenn du fährst? Ich hab dich was gefragt, Frahanz!«

»Ich hab dich schon gehört, Su-husi.«

»Also?«

»Es ist doch nix passiert«, versuch ich sie anzugrinsen. »Wir sind doch angeschnallt und fahren langsam. Und schau, was für ein vergnügtes Gesicht, das er macht. Gell, Paul, Autofahren ist schön?«

»Autofahn is sön, Papa«, sagt der brave Bub und zieht dabei eine Grimasse, dass man ihn vom Fleck weg auffressen könnte. Dann beißt er in seine Buttersemmel.

»Genau«, sag ich weiter und nehm einen Schluck Kaffee. »Und wer ein echter Rennfahrer werden will, der sollte früh genug damit anfangen.«

Jetzt sieht die Oma das Foto.

»Mei, schau, Susi«, lacht sie über den Tisch hinweg. »Unsere zwei Buben, die sind da in der Zeitung drinnen. Das müssen wir uns unbedingt ausschneiden, gell.«

»Seid ihr eigentlich alle plemplem?«, fragt die Susi, steht auf und bringt ihren Teller zur Spüle rüber. »Es ist nicht erlaubt, was du da machst, Franz. Und es ist deswegen nicht erlaubt, weil es gefährlich ist. Noch dazu bist du Polizist und solltest somit ein Vorbild sein. Und überhaupt, ich möchte auf gar keinen Fall, dass du mit meinem Sohn …«

»Susi«, unterbricht der Papa sie nun und greift erneut nach seiner Zeitung. »Wenn du mich fragst, dann machst du da grad ein ziemliches Fass auf. Und aufpassen, gell, es ist nicht nur dein Sohn, sondern auch der vom Franz. Und ich glaub nicht, dass der Franz auch nur ansatzweise irgendwas tut, was für den Paul gefährlich ist.«

»Ha! Er hat ihn im Sommer vom Einmeterbrett geworfen«, erwidert die Susi nun, und zwar ziemlich laut.

»Echt?«, fragt der Papa und schaut zu mir her. Dass sie ausgerechnet das jetzt zur Sprache bringen muss, finde ich unfair.

»Ja, schon«, entgegne ich und zuck mit den Schultern. »Aber erstens hat er Schwimmflügel dran gehabt, und zweitens bin ich ja auch gleich hinterhergesprungen.

»Fahma zum See?«, will das Paulchen jetzt wissen. Hockt dort im Hochstuhl mit seinen zwei eingebutterten Backen und strahlt uns der Reihe nach an.

»Nein, Krümel«, sagt die Susi, während sie ihn nun mit einem Tempo sauber wischt. »Wir fahren jetzt in die Kita, dann kannst du den Ansgar ärgern.«

»Ansga ärgern«, klatscht er kurz in die Hände, streckt die dann seiner Mama entgegen, und kurz darauf sausen die beiden auch schon über den Hof.

Zurück im Saustall merke ich gleich, dass mittlerweile zahlreiche Anrufe eingegangen sind, und beschließe, die Rückrufaktion von meinem Büro aus zu starten. Nicht, dass am Ende der Herr Bürgermeister wieder monieren muss, dass ich zu spät zur Arbeit erscheine. Nein, das wollen wir auf jeden Fall verhindern.

Doch noch bevor ich überhaupt dazu komme, einen einzigen Rückruf zu tätigen, da läutet mein Telefon und der Moratschek ist dran. Er will wissen, ob ich denn noch alle an der Waffel habe, weil auch er das fatale Foto in der Zeitung gesehen hat und offenkundig die Meinung von der Susi teilt. Weil ich aber erstens grad Auto fahre und man da ja nicht telefonieren darf und die Verbindung zweitens eh relativ schlecht ist, häng ich ihm ein. Dass mir wegen diesem depperten Foto so ein Wind entgegenbläst, hätt ich niemals geahnt. Kaum anders ergeht's mir auch kurz darauf beim Eintreffen im Rathaus. Dort nämlich ist die gesamte Belegschaft ebenfalls der Ansicht, dass ein Kind nichts hinter dem Steuer eines Wagens zu suchen hat. Erst recht nicht, wenn es das Steuer eines Streifenwagens ist. Mein Gott, ist die Menschheit verklemmt.

Dann aber erreich ich endlich den Rudi. Der ist allerbester Laune und sagt ganz lapidar, dass er gestern sein Handy ausgestellt hatte, weil er nicht gestört werden wollte.

»Warum?«, frag ich deswegen nach.

»Was warum?«, fragt er retour.

»Ja, warum halt? Oder weswegen? Wieso? Weshalb? Also, Rudi, weshalb wolltest du nicht gestört werden? Hattest du wieder ein straffes Beauty-Programm, oder was?«

»Nein, Franz. Ich hatte eine Verabredung, wenn's erlaubt ist.«

»Du hattest eine Verabredung, soso. Lass mich raten, etwa mit dieser alten Schachtel von der Bahnhofsmission?«, muss ich grinsen.

»Wie kommst du darauf, dass die Theresa eine alte Schachtel ist?«

»Na ja. Das liegt ja wohl irgendwie auf der Hand, oder nicht? Ich meine, Bahnhofsmission ... Und sie hat sich rührend um dich gekümmert ... Und ihr geht zum Tee trinken ... Da hat man schon irgendwie gleich so ein Bild im Kopf, verstehst? Und zwar keines von einem jungen Feger. Also ehrlich, Rudi. Wie alt ist sie? Noch vor oder doch schon in der Rente?«

»Sie ist vierundzwanzig und arbeitet für die Bahnhofsmission, weil ihr selber dort schon ganz enorm geholfen worden ist. Außerdem ist sie ledig, hat eine achtjährige Tochter, die in einer Pflegefamilie lebt, und kennt auch sonst alle nur erdenklichen menschlichen Abgründe, schon allein aus ihren Familienverhältnissen heraus. Darüber haben wir gestern stundenlang geredet, und deshalb und deswegen und darum wollte ich nicht gestört werden. Sonst noch Fragen?«

Nein. Nix. Keine Fragen.

Jetzt bin ich ehrlich gesagt etwas sprachlos. Zum einen,

weil ich bei dieser Theresa tatsächlich von einer älteren Frau ausgegangen bin. Vielleicht einer Witwe, die ihrer Einsamkeit mit dieser Art humanitärer Beschäftigung ein bisschen entgegenwirkt, oder so. Zum andern verwirrt mich aber auch der Rudi selber total. Weil ich mir halt beim besten Willen nicht vorstellen kann, dass er sich stundenlang die Sorgen und Nöte einer jungen, gestrandeten Frau anhört und dabei noch völlig ungestört sein will.

»Bist du noch dran, Franz?«, reißt er mich nun aus meinen Gedanken heraus.

»Du hast sie genudelt, stimmt's?«, platzt es jetzt aus mir raus, einfach weil's mir als die einzige Erklärung erscheint.

»Franz, du bist krank. Ja, du bist wahrhaftig krank. Weißt du, in solchen Momenten, da frag ich mich ernsthaft, warum wir schon so lang befreundet sind, wir zwei.«

»Das frag ich mich ständig, Rudi. Also, hast du sie nun genudelt oder nicht?«

»Nein, und jetzt leg ich auf. Und bitte tu mir einen Gefallen, ruf mich erst wieder an, wenn du dir psychologische Hilfe geholt hast. Ich mein das todernst, Franz«, sagt er noch, und danach ist das Gespräch unterbrochen.

Sag einmal, geht's noch? Was erlaubt sich der eigentlich? Ich werde einen Teufel tun und in meinem ganzen Leben jemals noch mal bei ihm anrufen! Weil, wenn da jemand einen Psychologen braucht von uns beiden, dann ja wohl er! Redet nächtelang mit einer blutjungen Frau und will sie noch nicht einmal pimpern! Da stimmt doch was nicht. Oder aber sie ist einfach nur grottenhässlich. Ja, das wär dann schon wieder was anderes. Aber nicht weniger verwirrend. Denn warum sollte sich der Rudi die Probleme von einer hässlichen jungen Frau anhören? Was würde ihm das bringen? Ich steig da wirklich nicht durch.

Jetzt aber läutet mein Telefon, und ein weiteres Mal werd ich komplett aus meinen Gedanken gerissen. Dementsprechend durcheinander bin ich auch, wie ich rangeh.

»Eberhofer«, melde ich mich und muss mich kurz räuspern.

»Franz, hier ist der Oscar«, kommt es leise und dünn aus der Leitung.

»Welcher Oscar?«, frag ich, weil ich es grad ehrlich nicht weiß.

»Na, der Oscar halt. Der Lotto-Otto.«

Mist! Der Lotto-Otto. Jetzt muss ich mich echt konzentrieren.

»Otto, schön, dass du anrufst«, ist das Einzige, was mir grad in den Sinn kommt.

»Franz, ist es wahr?«

»Was genau meinst du, Otto?«

»Ich hab da grad so einen sonderbaren Anruf bekommen. Ein Kumpel von mir hat angerufen und mir erzählt, dass jemand einen Anschlag auf unseren Laden gemacht hat. Und ... und es gäb ... es gäb eine Tote«, sagt er weiter, und seine Stimme wird dünner und dünner. Am Ende kann ich ihn kaum noch verstehen.

»Ja, mein Beileid, Otto«, sag ich und nehm mal meine Beine vom Schreibtisch. »Es stimmt leider, was du gehört hast. Es ist wahr. Aber wo bist du denn? Wir müssen dringend reden, Otto. Kann ich zu dir kommen?«

Jetzt kommt nur noch ein Schluchzen aus der Leitung. Verzweifelt und bitter. Fast wie von einem Kätzchen, das unter die Räder gekommen ist.

»Otto, bitte. Beruhige dich doch erst mal und ... und lass uns reden. Es ist furchtbar, ich weiß. Aber ...«

»Woher solltest DU denn das wissen? Ich bin fünfundzwanzig, Franz. Und der einzige Mensch, der mir jemals wichtig war, der ist jetzt tot. Fuck!«

»Wo bist du, Otto?«, frag ich noch einmal und nun mit mehr Nachdruck.

»Ich bin am Arsch, fuck! Ich bin komplett am Arsch«, kann ich ihn noch hören, dann legt er auf.

Verdammte, verdammte Oberscheiße!

Nachdem ich zunächst unzählige Male und vergeblich versuche, den Lotto-Otto wieder in die Leitung zu kriegen, muss ich umdisponieren. So wähl ich kurzerhand die Nummer vom Stopfer Karl in der PI Landshut. Das ist ein ehemaliger Kollege von mir, verschwiegen wie ein Grab und hilfsbereit, wo er nur kann. Ich sag ihm, dass ich eine Handyortung brauch. Und er antwortet, dass ich eine Handyortung krieg. So einfach ist das mit dem Stopfer. Da könnte sich der Birkenberger mal eine fette Scheibe davon abschneiden. Außerdem sagt der Karl noch, dass es unglaublich interessant ist, was die Kollegen von der Spusi so alles im Lottoladen sichergestellt hätten. Und dass ich mir doch, wenn ich Zeit und Lust hätte, auch gern selber ein Bild davon machen könnte. Zeit und Lust. Ja, das sind die wesentlichen Dinge, die mir momentan fehlen.

Vor dem Mittagessen fahr ich noch kurz am Tatort vorbei. Um mir einfach generell einen Überblick zu verschaffen oder eher in der Hoffnung, den Lotto-Otto dort zu finden, mag ich gar nicht recht zuordnen. Jedenfalls begeb ich mich dann zuerst ins Obergeschoss zu den Wohnräumen und schau mich um. Es ist zwar noch genauso erbärmlich, abgewohnt und unordentlich, wie ich es in Erinnerung hatte. Jetzt aber fehlt obendrein auch noch dieses kleine bisschen an menschlicher Wärme, das zuvor da war. Es ist schlicht und ergreifend nur trostlos hier.

Unten im Laden ist der Fußboden immer noch feucht, und auch die Ecken der Wände, doch wenigstens ist der Brandgeruch deutlich weniger geworden, und die Luft ist nicht mehr so beißend. Überall kleben Fetzen von Spielscheinen, Zeitungen oder Losen. Und bis auf die Ladentheke hier steht drüben im Nebenzimmer nur noch ein leeres Regal. Alles andere ist weg. Ausgeräumt, durchnummeriert und beschlagnahmt von der Spurensicherung.

»Die Mooshammer Liesl hat eine Karte geschrieben«, sagt die Oma später beim Essen und schiebt mir selbige über den Tisch.

Liebes Lenerl,
bin heute auf Madeira und morgen auf Lanzarote. Hab ein nettes Ehepaar kennengelernt. Also sie ist eher eine Kuh, aber er ist nett. Das Essen ist nicht so gut wie auf der Queen, aber dafür ist die Disco klasse. Ich melde mich gleich, wenn ich zurück bin. Grüße aus der Sonne, Liesl.

»Aha«, sag ich und leg die Karte beiseite. »Ist sie heuer gar nicht mehr mit der Queen Mary unterwegs?«

»Nein«, sagt der Papa und zieht eine Augenbraue hoch. »Da sind ihr die Leute zu alt, hat sie gesagt. Ausgerechnet!«

»Ja«, brummt die Oma. »Alt sind wir ja selber, gell. Und wenn man schon so einen Haufen Geld aus dem Fenster schmeißt für so eine depperte Kreuzfahrt, dann müssen wir uns ja nicht noch unbedingt mit lauter Tattergreisen umgeben, gell. Mag noch jemand ein Zwetschgenkompott?«

Ja, freilich mögen wir noch ein Zwetschgenkompott.

Weil wenn's schon bloß so was wie Reiberdatschi zum Mittagessen gibt, dann wenigstens mit einer ordentlichen Portion Kompott dazu. Immerhin sollte man ja wenigstens kulinarisch gut aufgestellt sein, wenn man schon wieder mal so einen kniffeligen Mordfall an der Backe hat und einen Vermissten obendrein, gell.

Beim vierten Datschi ruft der Stopfer Karl an und sagt, der Lotto-Otto wär wohl in die Tschechei unterwegs. Genauer: das Handy vom Lotto-Otto. Noch genauer: das Handy vom Lotto-Otto wär in der Nähe von Marienbad geortet worden. In einem kleinen Kaff, wo es außer ein paar heruntergekommenen Baracken nur ein Spielcasino gibt. Allerdings, sagt er weiter, ist die Verbindung seit etwa zehn Minuten gekappt, doch kurz vor der Trennung hätte sich der Lotto-Otto – beziehungsweise sein Handy – Richtung Deutschland bewegt.

»Und was heißt das jetzt genau?«, frag ich, wie ich runtergeschluckt habe.

»Was es genau heißt, kann ich dir nicht sagen. Womöglich hat er die SIM-Karte rausgenommen. Ich kann ja noch nicht mal mit Sicherheit sagen, ob es sich dabei überhaupt um die Zielperson handelt, Franz. Ich weiß nur, dass die Nummer, die du mir zuvor durchgegeben hast, mit einiger Wahrscheinlichkeit grad auf dem Weg von der Tschechei nach Deutschland ist. Dem Tempo nach zufolge mit einem Fahrzeug. Das ist alles, mehr hab ich nicht.«

»Danke«, sag ich.

»Gerne«, entgegnet er und hängt ein.

Wenn der Lotto-Otto nun auf dem Rückweg von der Tschechei nach Deutschland ist, dann würde das ja bedeuten, dass er zuvor in diesem Casino gewesen sein muss. Und es würde auch bedeuten, dass er dort gezockt oder im schlimmsten Fall alles verzockt haben dürfte. Dieses ganze Geld, das ich ihm besorgt hab und das seinen verdammten Arsch retten sollte. Falls das alles so passiert ist, wie ich's mir grad denk, dann bring ich ihn eigenhändig um, ich schwör's.

Kapitel 11

Am Nachmittag mach ich mich dann zunächst auf den Weg zur PI nach Landshut rein. Immerhin sollte ich mir schon mal ein Bild davon machen, was die Spusi denn so alles sichergestellt und ausgewertet hat. Der Stopfer Karl ist auch mit von der Partie und erklärt mir alles bis ins Detail. Und ja, ich muss sagen, es ist durchaus beachtlich.

»So wie es ausschaut, Franz«, sagt der Karl, während er mir diverse Unterlagen vor die Nase hält, »ist dieser Feistl Oscar zumindest in den letzten Wochen und Monaten so rein betrugskriminalistisch schwer unterwegs gewesen.«

»Inwiefern?«, frag ich und starr auf die Akten.

»Na ja, ich vermute mal, dass er mit Lotto und Zeitschriften nicht so viel umgesetzt hat, wie er finanziell gebraucht haben dürfte. Jedenfalls hat er ständig übers Internet verschiedene hochwertige Produkte gekauft und die dann wohl so eher unter der Ladentheke weiterverscherbelt. Schmuck, Handys, Fernseher et cetera. Dabei hat er sich rotzfrech an den Konten seiner Kunden bedient. Also zumindest bei denen, die nicht bar bezahlt haben. Ist ja heute kein großes Ding mehr, wenn man weiß, wie's geht.«

»Von welcher Summe reden wir da?«

»Wir sind noch nicht ganz durch, aber sicherlich weit über zwanzigtausend Euro.«

»Karl«, sag ich und schau ihn sehr eindringlich an. »Ganz unter uns, könntest du dir vorstellen, dass es unter den Kollegen hier Leute gibt, die sich illegal und auf ziemlich brutale Weise ihr Taschengeld aufbessern?«

»Nein, kann ich nicht. Aber ich konnte mir auch nicht vorstellen, dass mich meine Frau mit unserem Nachbarn betrügt. Und trotzdem hat sie's getan.«

»Tut mir leid, Karl.«

»Ja, mir auch, Franz.«

»Sonst noch was, das ich wissen müsste?«, frag ich und leg die Unterlagen beiseite.

»Na ja, das Übliche. Sägespäne, Benzin und die Überreste von einem alten Lappen. Ein Molli halt.«

»Ja, ja, ein Molli halt«, sag ich und steh auf. Der Karl bringt mich noch nach vorne zum Ausgang, und wir ratschen ein bisschen Privates, von wegen Eheberatung und so. Dann bin ich weg.

Bevor ich nach Haus fahr, muss ich noch einen kleinen Abstecher beim Moratschek machen. Ich parke vorm Gerichtsgebäude, lauf gleich darauf die Treppen empor und hoffe, dass er nicht grad in einer seiner Verhandlungen rumhängt. Aber nein, ich hab Glück.

»Herein«, kann ich nämlich vernehmen, kaum dass ich an die Tür geklopft hab, und so trete ich ein.

»Eberhofer«, begrüßt er mich gleich und deutet mir an, Platz zu nehmen. »Treibt Sie Ihr schlechtes Gewissen hierher? Wegen diesem delikaten Bild in der Zeitung?«

»Nein, Moratschek«, antworte ich und setz mich nieder. »Es ist eher mein aktueller Fall, der mich hertreibt.«

»Aha. Nur zu«, sagt er und kramt aus seiner Schreibtischschublade eine Dose Schnupftabak. Und während er sich dann genüsslich die Kiemen zudröhnt, berichte ich ihm kurzerhand alles, was bisher passiert ist. Er lauscht aufs Aufmerksamste, nickt dann und wann, und gelegentlich wischt er sich mit seinem Taschentuch über die Nase.

»Allerhand«, sagt er am Ende. »Und womit kann ich Ihnen jetzt weiterhelfen?«

»Eines meiner Probleme ist, dass unter diesen Geldeintreibern ausgerechnet zwei Kollegen sein müssen. Also Polizisten quasi.«

»Was?«, fragt er und schaut mich ungläubig an. »Das kann ich mir nicht vorstellen, Eberhofer. Nicht hier bei uns in Niederbayern. Mein Gott, wir sind doch nicht in Chicago oder Kuba. Nein, nein, nein, das ist völlig ausgeschlossen. Da machen Sie sich lächerlich.«

»Moratschek, das Böse ist immer und überall. Auch hier bei uns.«

»Ein bayrischer Polizist ist weder kriminell noch korrupt. Ende der Durchsage. Und nur, weil Sie in diesem Fall im Trüben fischen, da müssen Sie sich nicht solche Hirngespinste ausdenken.«

»Ich hab mir gar nichts ausgedacht. Das sind alles Informationen vom Feistl Oscar.«

»Ja, von einem spielsüchtigen Kriminellen! Das ist doch wohl ganz offensichtlich, dass der sich jetzt einen Buhmann bastelt, damit er von seinen eigenen Verfehlungen ablenkt. Denken Sie doch einmal nach, Mensch. Und nun raus hier, ich hab in zehn Minuten eine Verhandlung. Totschlag im Affekt. Eine unappetitliche Sache, wirklich«, sagt er noch so, schlüpft in sein richterliches Mäntelchen und lässt mich hier sitzen wie einen Deppen. Gut, dann hilft es wohl nix, und so mach ich mich halt wieder vom Acker.

Irgendwie kommt's mir so vor, als würde der Moratschek langsam, aber sicher zu einer Art Relikt aus der guten alten

Zeit mutieren. Das Königlich Bayrische Amtsgericht lässt grüßen, quasi. Vielleicht kann oder will er es sich einfach nicht eingestehen, dass asoziale Neigungen nicht automatisch mit dem Ablegen des Diensteides verschwinden. Wer weiß? Jedenfalls ist es ja schon fast rührend, mit welcher Leidenschaft er sein juristisches Händchen über den bayrischen Polizeiapparat hält.

Wie ich dann auf dem Heimweg bin, kann ich sehen, dass dem Simmerl sein Auto vor dem Wirtshaus vom Wolfi rumsteht. So park ich kurzerhand mal nebendran und steig aus. Und tatsächlich hockt dort der Simmerl am Tresen, und auch der Flötzinger, und beide trinken Bier. Sonst tun sie nichts. Sie trinken Bier oder starren in ihre Gläser. Eine Weile lang schau ich mir das an, dann aber entdeckt mich der Wolfi.

»Auch eine Halbe?«, fragt er und nimmt schon mal ein Glas zur Hand.

Jetzt drehen sich auch die andern zwei zu mir um und murmeln undefinierbare Grüße.

»Nein«, sag ich und schüttle den Kopf. »Die Stimmung hier ist mir zu trostlos. Wenn ich der Oma beim Kreuzworträtseln zuschau, da hab ich deutlich mehr Spaß, jede Wette. Also, servus miteinander.«

»Aber der Flötzinger hat heut Geburtstag«, sagt der Simmerl.

»Toll, Flötz«, sag ich und hau ihm mal auf die Schulter. »Dann alles Gute. Echt geile Party hier.«

Doch kurz bevor ich dann zurück am Wagen bin, holt mich der Wolfi ein und packt mich am Ärmel.

»Franz, bitte«, sagt er.

»Lass mich los«, sag ich retour mit dem Blick auf seine Hand, und prompt lässt er mich los.

»Du kannst jetzt nicht gehen, Franz.«

»Weil?«

»Weil der Flötzinger heut Geburtstag hat und kein Schwein mit ihm feiert.«

»Wieso, der Simmerl ist doch da?«

»Ja, das ist aber auch nur Zufall. Der ist nämlich vorher nur hierhergekommen, um einen Fuchziger in Kleingeld zu wechseln. Der Flötzinger, der hockt schon seit vier Uhr dort am Tresen und wartet, dass ihm irgendwer gratuliert. Und dann kommt plötzlich der Simmerl, und der Flötzinger freut sich, weil er halt denkt, er kommt seinetwegen. Aber es kommt überhaupt niemand seinetwegen, verstehst. Er hat ja noch nicht mal einen popeligen Anruf von seiner Mary oder den Kindern gekriegt. Kannst du dir eigentlich vorstellen, wie furchtbar trostlos das ist?«

Ja, das klingt scheiße. Da kann man über den Flötzinger sagen, was man will. Aber so einen Geburtstag hat keiner verdient.

»Ich komm gleich«, sag ich zum Wolfi noch knapp und steig in den Wagen.

Glücklicherweise sind alle anwesend, wie ich kurz darauf heimkomm. Und so kann ich die Leidensgeschichte unseres dorfeigenen Gas-Wasser-Heizungspfuschers auch gleich in die Runde posaunen, und erwartungsgemäß stoße ich damit auf offene Ohren. Die Oma, die taut nur noch schnell ein paar Quarkschnitten auf, und die Susi schlüpft in ein sehr schönes Kleid und steckt sich die Haare hoch. Und ein paar Anrufe später sind wir auch schon auf dem Weg samt Papa und Paulchen. Und noch eine halbe Stunde später geht's beim Wolfi zu wie auf dem Jahrmarkt, und das halbe Dorf ist anwesend und bester Laune. Es gibt praktisch keine freie Stelle mehr, wo du dein Bierglas abstellen kannst, und der Flötzinger kann nicht mehr aufhören zu weinen, vor lauter Glück und Rührseligkeit. Später, wie dann die Runde schon wieder deutlich geschrumpft ist, da klebt er an meiner Brust, ist ziemlich besoffen und sagt mir ständig, was für ein toller Freund ich doch wäre. Vielleicht hätte ich mir die ganze Sache zuvor doch besser überlegen sollen. Keine Ahnung. Jetzt jedenfalls ist es dafür zu spät.

»Ich bring dich heim, Flötz«, sag ich, steh auf und versuch auch ihn in die Vertikale zu kriegen.

»Ich liebe dich, Franz. Das war mein allerallerallerschönster Geburtstag überhaupt jemals in meinem Leben. Und du bist mein allerallerallerbester Dings, also Freund. Ich liebe dich, Franz.«

»Flötz, wenn du jetzt nicht aufstehst, dann erschlage ich dich mit der bloßen Hand.«

»Sei nicht so streng mit ihm«, sagt der blöde Wirt Gläser polierenderweise.

»Schnauze«, sag ich. »Du hast dieses ganze Schlamassel doch eingefädelt. Jetzt schau gefälligst auch zu, wie du ihn heimkriegst. Ich bin jedenfalls weg.«

»Aber ich hab gar kein Auto hier«, ruft mir der Wolfi noch hinterher.

»Dann wirst du ihn wohl heimtragen müssen«, ruf ich noch zurück, und schon fällt die Tür ins Schloss.

Der Herbst hat jetzt vollkommen das Wetter übernommen. Es ist neblig und klamm, und ich muss in Schrittgeschwindigkeit fahren, weil man kaum bis zur Stoßstange vor sehen kann. Die Beleuchtung der Straßenlaternen fällt milchig auf die feuchte Straße und spiegelt sich in unzähligen kleinen Pfützen. Die Heizung im Wagen läuft noch nicht richtig und mich friert's bis in die Magengrube hinein.

Und grad wie ich beim Lottoladen vorbeirollen will, da huscht ein Licht durch eins der oberen Fenster. Ob ich mir das nur eingebildet hab? Von den Laternen her kann es jedenfalls nicht gekommen sein, das Fenster ist deutlich höher. Ich tret auf die Bremse.

Die Versiegelung an der Türe ist durchtrennt, allerdings so, dass es zumindest nicht auf den ersten Blick oder schon von weitem her sichtbar sein kann. Da hat sich jemand Mühe gemacht. So leise wie möglich trete ich ein, trotzdem knarzen die Stufen wieder, und obendrein ist es im ganzen Treppenhaus stockmauernfinster. Einen kurzen Moment lang kann ich einen weiteren Lichtstrahl erkennen, dieses Mal kommt er von oben aus der Türschwelle heraus. Ich knarze mich Stufe für Stufe hinauf, zieh dann meine Waffe und öffne die Tür. Doch noch bevor ich überhaupt den Lichtschalter finde oder etwas in den Raum rufen kann, erwischt mich ein harter Schlag auf der Stirn und ich falle zu Boden.

Wie lange genau ich bewusstlos war, das kann ich nicht sagen. Doch als ich endlich wieder aufwach, da dämmert es schon draußen. Ich lieg auf dem Fußboden, der Lotto-Otto kniet direkt daneben, und ein paar Augenblicke lang blinzele ich mich ins Leben zurück.

»Gott sei Dank, da bist du ja wieder«, sagt er und schnauft einmal tief durch. »Fuck, ich hab mir schon ernsthaft Sorgen gemacht.«

»Was … was ist passiert?«, frag ich und versuch, mich aufzurichten. Mein Schädel dröhnt, und der Nacken schmerzt höllisch. Ein nasser Waschlappen fällt mir vom Kopf auf die Brust.

»Du hast mir voll einen Schreck eingejagt«, sagt der Lotto-Otto und wischt sich über seine roten Augen. »Ich hab doch nicht wissen können, dass du es bist, der hier rumschleicht, Franz. Du kannst dir wahrscheinlich vorstellen, wen ich da sonst so im Kopf hatte. Ja, und da hab ich halt voll die Panik bekommen und hab einfach mit diesem Brett zugeschlagen.«

»Verdammt! Au!«, sag ich und werf einen kurzen Blick auf dieses riesige Brett, das dort an der schiefen Wand rumsteht. »Und was zum Teufel hast du hier eigentlich zu suchen?«

»Es ist doch mein Zuhause, Mann. Und wie … wie ich das mit … mit meiner Mutter gehört habe, da hab ich einfach …«

»Es ist ein Tatort, Otto. In allererster Linie ist es jetzt nur ein Tatort. Von der Kripo abgesperrt und versiegelt.«

»Aber genau das ist doch der Punkt, Franz. Dadurch, dass unser Haus nun versiegelt wurde, ist es für mich plötzlich zum sichersten Platz auf der Erde geworden, verstehst du. Hier kann mir nichts passieren, weil einfach keiner reinkommt. Das dachte ich zumindest«, entgegnet er fast tonlos und schaut mich aus seinem weißen Gesicht heraus ziemlich derangiert an.

»Mir platzt gleich der Schädel«, sag ich, steh auf und lass mich in einen grindigen Sessel fallen.

Und während mir der Lotto-Otto anschließend zwei Aspirin in einem Wasserglas auflöst, beginnt er auch zu erzählen. Zwar stockend und müde, doch immerhin. So erfahr ich, dass er tatsächlich gleich, nachdem er dem Rudi entwischt ist, in die Tschechei getrampt ist. Er kannte dieses Casino dort von früheren Besuchen. Sein irrwitziger Plan war es, die sechzigtausend Euro zu vermehren, zu verdoppeln oder weiß der Geier, was sonst. Einfach, weil er halt ums Verrecken keine Schulden mehr haben wollte, bei wem auch immer. Und da dieses Unterfangen in einem der Landshuter Casinos unmöglich und möglicherweise gefährlich gewesen wäre, zumal man sowohl den Lotto-Otto als auch sich untereinander kennt in diesen Kreisen, drum eben die Tschechei. Zunächst, da hätte er sogar auch noch eine fette Glückssträhne gehabt, erzählt er dann weiter, und dabei läuft ihm ab und zu eine Träne über die Wange. Und holterdipolter wären aus den sechzigtausend eben plötzlich siebenundachtzigtausend Euro geworden. Dann aber kam es, wie es wohl kommen musste, und er hat wieder mal nur verloren und verloren. Und wie das eben bei Süchtigen nun mal so ist, war er dann wie in Trance und konnte einfach nicht aufhören zu spielen. Obwohl er dabei ganz genau gewusst hat, wohin die Reise ging. Erst bei dem Anruf von seinem Kumpel, da war er schlagartig wach. Zu diesem Zeitpunkt aber sind nur noch sechsundvierzigtausend Euro in seinem Rucksack gewesen.

Meinem Kopf geht's langsam besser, das Aspirin wirkt.

»Otto«, sag ich, und es tut mir fast leid. »Ich glaub, ich muss dich jetzt festnehmen.«

»Ich weiß«, antwortet er und wischt sich mit dem Ärmel übers Gesicht. »Ich hab das alles ganz schön verkackt.«

»Das hast du jetzt schön gesagt.«

»Und ich hab meine Mama auf dem Gewissen. Das ist das Schlimmste. Mit allem anderen könnte ich ja irgendwie fertig werden. Aber die Mama ...«, sagt er und bricht in Tränen aus.

Herrjemine!

»Komm, Otto«, sag ich, alleine schon um ihn wieder auf die Spur zu bringen. »Du hast im Knast noch genug Zeit zu weinen. Packen wir's.«

»Kann ich ... ich würd gern noch kurz duschen. Und

kann ich zuvor noch schnell aufs Klo?«, will er jetzt wissen, und ich nicke. Was soll's? Die Nacht ist eh schon im Arsch. Und wie wir ja bereits wissen, frisch geduscht ist halb gewonnen, gell. So lehn ich mich mal im Sessel zurück und schließe die Augen. Es hämmert noch immer ein bisschen in meinem Schädel, und ich bin unendlich müde. Von hinten aus dem Badezimmer heraus kann ich nun das Wasser laufen hören. Gleichmäßig und beruhigend. Das ist wohl das Letzte, was ich höre. Das Nächste, was ich vernehm, ist, dass mein Telefon läutet. Es ist die Susi, die anruft.

»Wo warst du die ganze Scheißnacht lang?«, fragt sie, und ich richte mich kurz auf.

»Beim Lotto-Otto.«

Es entsteht eine Pause.

Der Lotto-Otto ist offensichtlich noch immer am Duschen, das dauert mir jetzt aber wirklich zu lang. So geh ich mal nach hinten und trommele an die Tür.

»Schluss mit Duschen, Otto«, ruf ich hinein.

»Franz«, kann ich die Susi nun wieder hören.

»Ja?«

»Franz, sag ehrlich. Bist du schwul?«

»Ob ich was … Ha! Nein! Susi, wie kommst du denn jetzt da drauf?«

»Na, weil du deine Nächte mit dem Lotto-Otto verbringst. Und er jetzt unter der Dusche steht, obwohl du bei ihm bist. Oder weil du was auch immer für seltsame Spuren vom Rudi an deinem Hals hast. Deswegen zum Beispiel.«

Doch das hör ich schon gar nicht mehr richtig. Weil ich inzwischen nämlich die Tür zum Badezimmer aufgemacht hab. Dort prasselt zwar das Duschwasser in die Wanne, genau so wie ich's die ganze Zeit über gehört hab. Allerdings steht weit und breit kein Lotto-Otto unter dem Strahl, dafür aber das Fenster sperrangelweit offen. Dieser elendige Saukerl!

Kapitel 12

Wie man sich wohl unschwer vorstellen kann, bin ich zum Umfallen müde, mein Kopf tut immer noch weh, und mir brennt die Stirn wie die Hölle. Den Lotto-Otto zu suchen erscheint mir in Anbetracht meiner Verfassung ohnehin als sinnlos. Zum anderen wüsste ich beim besten Willen auch gar nicht, wo ich da anfangen sollte. So geh ich zum Wagen zurück und mach mich auf den Heimweg. Wie ich an der Bushaltestelle vorbeifahr, kann ich den Flötzinger sehen. Er hockt dort auf dem Bankerl und ist offensichtlich eingeschlafen.

Ich hupe.

Keine Reaktion.

Dann schalt ich das Martinshorn ein. Ganz langsam scheint er nun zu sich zu kommen, schaut mich dann an und gähnt ausgiebig.

»Flötzinger«, sag ich und schalt das Horn wieder aus. »Was machst du hier?«

»Weiß ich nicht«, entgegnet er, steht auf und kommt auf mich zu. »Kannst du mich heimfahren, Franz?«

Er stinkt. Und ich weiß auch sofort, wonach er stinkt. Ich kenne das schon rein beruflich aus unzähligen Aufgriffen von Besoffenen. Und zwar so dermaßen besoffen, dass sie keinerlei Wahrnehmung mehr haben und sich sogar in die Hosen scheißen. Das ist nicht lustig. Weder für den Betroffenen selbst noch für den diensthabenden Polizisten. Es ist sogar ziemlich ekelhaft.

»Nein, Flötz, das kann ich nicht«, sag ich und bin ehrlich gesagt ziemlich betreten. »Du gehst jetzt zu Fuß nach Hause, hast du verstanden? Die frische Luft wird dir guttun. Und bevor du dann dort deinen Rausch ausschläfst, solltest du unbedingt duschen. Und mach dir einen ganz starken Kaffee.«

»Nein«, sagt er trotzig und geht zur Bank zurück.

Himmelherrgott noch mal!

So steig ich halt aus, hol meine Handschellen hervor und leg ihm die an. Fixier ihn damit am Autogriff, steig wieder in den Wagen und fahr langsam los. Er brüllt zwar wie am Spieß, bis wir an seiner Haustür ankommen, doch immerhin läuft er brav nebenher. Gut, eine andere Möglichkeit steht ihm eh nicht zur Verfügung.

»Also, Flötz«, sag ich, wie ich ihn endlich aus seiner misslichen Lage befreien kann. »Die frische Luft, die hattest du ja jetzt. Bleibt also nur noch die Dusche und der Kaffee. Und zwar exakt in dieser Reihenfolge. Und jetzt, servus.«

»Ja, servus, Arschloch«, kann ich ihn noch hören, während er seinen Schlüssel aus der Jackentasche fischt.

Daheim hocken schon alle miteinander am Frühstückstisch. Und allein schon um die Susi wieder milde zu stimmen und auch irgendwie meine Beule am Hirn zu erklären, berichte ich ausführlich und bis ins kleinste Detail hinein über sämtliche Ereignisse der letzten Nacht. Sonderbarerweise ist es dann nicht die Geschichte vom Lotto-Otto, die meine nähere Verwandtschaft völlig aus der Bahn wirft. Nein, es ist eher die von unserem Gas-Wasser-Heizungspfuscher.

»Das nimmt noch ein böses Ende mit ihm«, sagt die Susi, während sie dem Paulchen sein Pausenbrot schmiert. »Langsam, aber sicher sollte er doch über die Trennung von der Mary hinweg sein. Immerhin sind die zwei ja mittlerweile schon seit Ewigkeiten auseinander.«

»Aha, und nach welchem Zeitraum in etwa sollte man deiner Meinung nach denn da drüber weg sein?«, fragt der Papa, legt seine Zeitung beiseite und schaut die Susi eindringlich an.

»Ja, keine Ahnung. Aber irgendwann geht das Leben doch weiter, oder nicht? Immerhin kann man ja sein Schicksal nicht total von einem anderen Menschen abhängig machen«, sagt sie und packt das Brot sowie ein paar Apfel- und Karottenstücke in eine Tupperbox.

»Jetzt sag ich dir einmal was, Frau Gscheithaferl«, brummt nun der Papa über den Tisch. Ganz leise und ruhig und dennoch sehr hart. »Ich ... ich bin bis heute nicht drüber weg. Und bei mir, da ist das alles schon über vierzig Jahre her. Von heute auf morgen war damals für mich das Liebste weg. Einfach weg, verstehst du? Doch ich hatte wenigstens noch meine Kinder. Der Flötzinger nicht. Der hat gar niemanden mehr. Es kommt ja noch nicht einmal jemand freiwillig zu seinem Geburtstag.«

»Ja, das ist schlimm, ich weiß. Aber andererseits muss er da selber wieder rausfinden«, entgegnet die Susi und schaut auf die Uhr. »Mist, schon so spät. Wir müssen los. Komm, Paulchen.«

Ein paar Minuten lang ist die Küche dann in betretenes Schweigen gehüllt. Vermutlich denken die Oma und der Papa genauso an dem Flötzinger seine verfahrene Situation, wie ich es selber grad tu. Es stimmt ja. Die Mary ist mit ihren drei Kindern nun schon seit Ewigkeiten dort bei ihren

Eltern in England. Und macht obendrein nicht die geringsten Anstalten, jemals wieder zurückzukommen. Der Flötzinger sagt, die Kinder sprechen ja kaum noch Deutsch, wenn er mit ihnen telefoniert. Und die Mary selber, die geht gar nicht erst ran, wenn sie seine Nummer sieht.

Es ist ein Jammertal, in dem er da wandelt.

»Musst du heut nicht zur Arbeit, Franz?«, reißt mich der Papa aus meinen trüben Überlegungen heraus.

»Nein«, sag ich, steh auf und streck mich ausgiebig durch. »Jedenfalls nicht sofort. Ich hab Kopfschmerzen und die ganze Nacht lang durchgearbeitet. Jetzt leg ich mich erst mal aufs Ohr. Wenn der Bürgermeister anruft, dann sag ihm das einfach genau so. Und sei so gut und weck mich zum Mittagessen.«

Drüben im Saustall lieg ich noch nicht mal richtig auf dem Kanapee und schon schlaf ich ein.

Am Nachmittag, wie ich dann endlich im Büro bin, da schreib ich dem Birkenberger erst mal eine SMS. Lieber Rudi, schreib ich. Willst du grade wieder ungestört sein oder könntest du anrufen?

Ich könnte anrufen, mag aber nicht, kommt es prompt retour.

Weil?

Weil du ein Arschloch bist.

Das wissen wir ja beide, und trotzdem telefonieren wir seit Jahren.

Dann endlich läutet mein Telefon und der Rudi ist dran. Na also. Geht doch.

»Was macht deine Theresa?«, frag ich zunächst mal, um eine lockere Stimmung zu erzeugen.

»Das geht dich nichts an, Franz. Ich hab lange mit ihr über unsere Beziehung gesprochen. Also praktisch die von dir und mir. Und die Theresa, die hat gesagt, ich soll dir nix Privates mehr erzählen. Weil du ein Energie-Zuzler bist.«

»Ich bin ein was?«

»Ein Energie-Zuzler. Energie-Zuzler sind Menschen, die anderen ihre Energie rauben, aber keine zurückgeben. Und du gibst nichts zurück. Nichts und an niemanden.«

»Hat deine Theresa einen an der Waffel, oder was?«, frag ich, weil mir weiter nix einfällt.

»Und du bist nicht kritikfähig. Alles Eigenschaften, Franz, die ein privates Miteinander äußerst einseitig und belastend gestalten.«

»Rudi, diese Tussi, die ist vierundzwanzig Jahre alt, du kennst sie grad mal zwei Tage lang und lässt dir dann von ihr erklären, wie unsere jahrelange Freundschaft funktioniert, oder was?«

»Sie hat mir gar nichts erklären müssen, ich hab das alles ja längst gewusst, Franz. Sie hat mir nur die Augen geöffnet, damit ich das in Zukunft nicht mehr verdränge, sondern mich drauf einlasse und die ganze Situation für mich ändere.«

»Gut, lieber Rudi. Dann machen wir das so. Zwischen uns beiden, da gibt's dann in Zukunft halt nur noch berufliche Überschneidungen, und deinen ganzen privaten Müll, den erzählst du ab sofort gefälligst deiner Theresa.«

»Ganz ehrlich, lieber Franz, wüsste ich nicht, warum ich mich beruflich mit dir überschneiden sollte. Was bitteschön hätte ich davon? Ich werde ja noch nicht einmal bezahlt dafür.«

Jetzt bin ich aber echt ziemlich sprachlos. Was soll denn das heißen? Der Birkenberger Rudi, der mich seit einer Ewigkeit durch all meine Fälle hindurch begleitet und der mir auch privat irgendwie ans Herz gewachsen ist, der macht plötzlich Schluss mit mir, oder was? Und das nur, weil da so ein verkommenes Weibsbild vom Hauptbahnhof daherkommt, die ihr eigenes Leben nicht im Griff hat, aber das vom Rudi retten will?

»Rudi«, sag ich deswegen. »Wenn das jetzt dein Ernst ist, dann … Dann …«

»Was dann, Franz?«

»Ja, keine Ahnung. Dann wünsch ich dir halt viel Glück mit deiner neuen besten Freundin und …«

»Was und, Franz?«

»Ich werde dich vermissen. Ja, verdammte Scheiße, Rudi Birkenberger. Ich werde dich wirklich vermissen. Mach's gut, Rudi.«

»Mach's gut, Franz.«

»Warte!«, schrei ich jetzt in den Hörer. Der ist doch wirklich nicht mehr ganz sauber, der Rudi.

»Was noch?«

»Ich finde es schon ziemlich erbärmlich, dass du ausgerechnet am Telefon mit mir Schluss machst. Das hat überhaupt keinen Stil, Rudi.«

»Ich wusste gar nicht, dass du plötzlich auf Stil stehst. Aber gut. Wir können uns natürlich auch treffen, Franz. Dann kann ich dir das Ganze gern noch einmal ausführlich erklären.«

Na, wenigstens etwas. Immerhin dürfte er mir das ja wohl schuldig sein, nach all den Jahren.

So verabreden wir uns kurzerhand für morgen in München. Aller Voraussicht nach dürfte morgen ohnehin die Obduktion von der Nicole abgeschlossen sein, und da muss ich dann eh in die Pathologie rein. Und weil ich persönlich es nämlich immer als sehr praktisch empfinde, wenn man das Nützliche mit dem Angenehmen verbindet, würde das ja prima passen. Selbst wenn es wie in diesem Fall eher unangenehm ist.

Kaum hab ich den Telefonhörer aufgelegt, da klopft es kurz an der Tür und der Bürgermeister erscheint. Wahrscheinlich brummt er mir gleich wieder her, weil ich heut früh die Arbeit geschwänzt hab. Aber nein, ich sollte mich irren.

»Großer Gott, Eberhofer«, sagt er und kommt auch gleich auf mich zu. »Ich hab's schon gehört, Sie waren ja in Todesgefahr heute Nacht, gell. Lassens mal anschauen … Mei, eine riesige Beule! Da habens aber noch mal Glück gehabt, Eberhofer. So was kann ja schnell ganz, ganz schlimm ausgehen.«

»Ja«, sag ich und nehm meine Beine vom Schreibtisch. »Das war brandgefährlich. Und irgendwie ist mir noch immer leicht schwindelig.«

»Schwindelig, gell. Ja, ja, da müssens jetzt vorsichtig sein. Womöglich haben Sie ja eine Gehirnerschütterung.«

»Eine Gehirnerschütterung? Wie macht sich die bemerkbar?«, frag ich, weil ich's wirklich nicht weiß.

»Ja, Übelkeit, Kopfschmerz, Schwindel. Und manchmal sieht man auch doppelt. Kann ich … irgendwie Dings … also was für Sie tun, Eberhofer?«

»Ja, sinds doch so gut und bringen mir einen Kaffee, Bürgermeister.«

»Nein, das tu ich nicht. Weil ich erstens nicht Ihr Laufbursche bin und zweitens ein Kaffee in Ihrem Zustand bestimmt nicht die erste Wahl ist. Lassen Sie sich von einem Arzt durchchecken«, sagt er noch, und dann ist er auch schon wieder verschwunden. So geh ich halt selber nach vorn zu den Verwaltungsschnepfen.

»Kannst du heute das Paulchen von der Kita abholen?«,

fragt die Susi, grad wie ich mich Richtung Kaffeemaschine bewege.

»Nein, das kann ich nicht, Susimaus«, sag ich, bleib abrupt stehen und dreh mich in die Richtung ihres Schreibtischs. »Weil ich nämlich höchstwahrscheinlich eine Gehirnerschütterung habe und deswegen jetzt erst mal zum Doktor Brunnermeier rüberfahr.«

»Franz«, sagt sie gleich ganz besorgt, springt von ihrem Bürostuhl auf und nimmt mein Gesicht in ihre Hände. »Mein Gott, was ist los? Ist dir schlecht? Hast du noch Schmerzen? Soll ich dich rüberfahren?«

»Nein, passt schon. Wir sehen uns dann heut Abend, gell. Servus, Mädels«, sag ich noch so und dreh mich ab.

»Simulant!«, kann ich die Jessy noch hören, und ich zeig ihr hinterrücks meinen Stinkefinger.

Den Weg zum Brunnermeier spar ich mir dann aber lieber. Einfach schon, weil ich gar nicht wissen will, ob ich eine Gehirnerschütterung hab oder nicht. Weil, wenn ich eine hätte, würde das bedeuten, dass ich das Bett hüten muss. Was in Anbetracht meines aktuellen Falles eh grad nicht geht. Und wenn ich keine hab, dann sorgt sich kein Schwein mehr um mich. Nein, nein, die gegenwärtige Situation im Rathaus ist grad perfekt, sieht man mal von der dämlichen Jessy ab.

Die Susi ist am Abend dann doch ziemlich erleichtert, wie ich ihr erzähl, es wär nur eine relativ leichte Gehirnerschütterung und dass ich mich halt nicht übernehmen soll. Ich hock auf dem Kanapee, und sie liegt bei mir und hat ihren Kopf in meinen Schoß gebettet. Schön schaut sie aus. Ein bisschen müde vielleicht, aber schön.

»Ich hab zuvor noch mit der Gisela telefoniert«, sagt sie und unterdrückt ein Gähnen. »Weil die doch ganz eng mit der Mary befreundet war und wohl immer noch ist. Jedenfalls telefonieren die beiden irgendwie ständig. Und da wollte ich halt einfach wissen, was die Mary so macht und ob sie jemals wieder zurückkommen wird. Und ob sie denn ihren Flötzinger so gar nicht vermissen würde.«

»Und was hat die Gisela gesagt?«, muss ich hier nachfragen.

»Was die Gisela gesagt hat? Ha, das kann ich dir schon sagen: Würde ich den Simmerl vermissen, hat sie gesagt. Nein, würde ich nicht. Würdest du den Franz vermissen, Susi. Komm sei ehrlich, würdest du den Franz vermissen, hat sie mich gefragt.«

So ein Miststück, diese Gisela!

»Und was hast du geantwortet?«, frag ich und merk gleich, dass mir heiß wird.

»Sorry, Gisela, hab ich zu ihr gesagt. Aber die Mary und du, ihr seid doch bescheuert. Klar ist der Flötzinger nicht perfekt. Und der Simmerl und der Franz sind es auch nicht. Aber du, die Mary und ich, wir sind ja schließlich auch nicht perfekt. Und unsere Männer, die haben sich nicht groß geändert. Die waren schon immer so, wie sie sind. Und trotzdem haben wir uns doch in sie verliebt.«

Wow! Was für ein Vortrag.

»Susimaus, jetzt musst du dich aufsetzen«, sag ich.

»Warum, es ist grad so gemütlich«, brummt sie.

»Ja, es hilft nix. Ich will dir jetzt in die Augen schauen. Und ich will ein bisschen mit dir schmusen.«

Kichernd setzt sie sich nun auf und kommt ganz dicht an mich ran. Sie riecht wunderbar.

»Das, was du da zur Gisela gesagt hast, hast du das wirklich so gemeint? Das wär ja – das wär ja einfach der Wahnsinn!«, sag ich und küss sie kurz auf den Mund.

»Ja, Franz, aber dieser Text, der war für die Mädels, weißt du. Für euch Männer, da hätt ich eine ganz andere Version«, lacht sie und wirft die Haare in den Nacken.

»Nämlich?«

»Willst du das wirklich wissen, Franz?«

Nein, will ich nicht. Ich will schmusen. Und schnackseln. Wir knutschen wie wild.

»Pass auf deinen Kopf auf«, flüstert die Susi.

»Den brauch ich dazu nicht«, geb ich noch retour …

Kapitel 13

Ich bin ziemlich gut drauf, wie ich am nächsten Tag in der Pathologie aufschlage. Und zunächst mal widmet sich nun der Günter äußerst fürsorglich und ausgiebig meiner Beule und schmeißt mir dabei medizinische Fachausdrücke um die Ohren, dass mir ganz schwindelig wird. Irgendwann aber, da drückt er mir noch ein Haferl heißen Kaffee in die Hand, ehe er endlich mit seinen Ausführungen über unsere tote Nicole beginnt. Ja, sagt er, ein glasklarer Fall von einem Tötungsdelikt mit einem Molli. Natürlich kennt auch er diesen Ausdruck, anscheinend bin ich der Einzige, der ihn vorher noch niemals gehört hat. Innere Verbrennungen, berichtet er weiter. Lunge quasi komplett hinüber. Ansonsten jedoch keinerlei neuere Verletzungen. Der rechte Arm war zwar zweimal gebrochen und die Weisheitszähne fehlen, doch beides liegt schon länger zurück und ist definitiv nicht todesursächlich. Und kaum, dass all diese Informationen zu mir durchgedrungen sind, da steht plötzlich der Rudi im Türrahmen und grüßt in die Runde.

»Hab ich mir doch gedacht, dass ich dich hier finde«, sagt er, während er nun zu uns an den Sektionstisch wandert. »Hätte mich auch gewundert, wenn ein Franz Eberhofer extra wegen einem Rudi Birkenberger bis nach München reinfährt. Nein, nein, immer schön das Nützliche mit dem Angenehmen verbinden. Selbst dann, wenn es wie in diesem Fall eher unangenehm wird. Gell, Franz?«

Es ist wirklich zum Kotzen! Der Rudi kennt mich praktisch besser, als ich es selber wohl tu.

»Bist du aufs Hirn gefallen, oder was?«, will er anschließend wissen und glotzt auf meine Beule.

»Erzähl ich dir später«, sag ich.

»Und?«, fragt er weiter und schaut nun auf die Nicole, die hier vor uns liegt, so schweigsam und blass. »Todesursache: innere Verbrennungen nehm ich mal an?«

Der Günter und ich, wir nicken im Doppel. Ich trinke meinen Kaffee aus und stell das Haferl beiseite.

»Ja, gut, Günter«, sag ich. »Wenn's weiter nix gibt, dann bin ich auch schon wieder weg.«

»Wenn du keine andere Leiche mehr in petto hast, dann gibt's tatsächlich nix weiter«, grinst der Günter und deckt die Nicole wieder zu.

Und keine zehn Minuten später, da sitzen der Rudi und ich dann auch schon in unserem alten Stammlokal. Auf dem Weg dorthin, da haben wir beide geschwiegen. Was weiter kein Drama war, weil es in diesem geschissenen München eh schon rein akustisch kaum möglich ist, sich unterwegs zu unterhalten. Schreiende Kinder, hupende Autos, fluchende Fahrradfahrer und telefonierende Passanten. Ein Lärmpegel ist das hier, das ist kaum zu glauben.

»Was isst du?«, will der Rudi wissen, während eine rothaarige Bedienung mit unseren Getränken am Tisch erscheint, und blickt von seiner Speisekarte auf.

»Ich glaub, ich nehm die Currywurst«, antworte ich.

»Gut, die nehm ich auch«, sagt er und klappt die Karte zu.

»Zweimal Currywurst. Ist schon recht«, notiert der Rotschopf und dreht sich wieder ab.

»Und?«, fragt der Rudi und schaut mich auffordernd an.

»Bevor wir unseren aktuellen Beziehungsstatus erörtern, Rudi, würde ich gern mit dir über den Fall reden«, schlag ich mal vor, um ein wenig Neutralität ins Spiel zu bringen.

»Ich weiß zwar nicht, wozu, Franz. Aber ich habe mir vorgenommen, mich heute komplett nach dir zu richten.«

Irgendwie ist er seltsam, der Rudi. Er strahlt eine geradezu unverschämte Gelassenheit aus, die mir komplett fremd ist an ihm. Sitzt da auf seinem Stuhl, weit nach hinten gelehnt, die Hände lässig im Schoß, und schaut mich mit einer Offenheit an, die ja schon beinah einschüchternd wirkt. Ich kratz mich kurz am Kinn und weiß gar nicht so recht, wo ich anfangen soll. Jetzt nickt er mir auch noch auffordernd zu und lächelt dabei. Und ich muss mich nun total auf die Neuigkeiten konzentrieren, die er noch nicht weiß. Aber schließlich find ich dann doch einen Anfang. Er hört aufmerksam zu und unterbricht mich kein einziges Mal.

»So, das war's«, sag ich abschließend.

»Aha«, entgegnet der Rudi.

»Ist das alles? Aha ...«

»Was möchtest du hören, Franz? Dass es mir schon eine ziemliche Genugtuung ist, dass auch dir der Lotto-Otto durch die Lappen gegangen ist? Oder dass es mir furchtbar leidtut, weil er dir ein Brett vors Hirn geknallt hat? Wolltest du so was hören?«, fragt er und hat einen äußerst süffisanten Tonfall dabei.

»Nein, Rudi, so was wollte ich eigentlich nicht hören. Ich wollte einfach nur über diesen verdammten Fall reden. So wie wir es seit Jahren schon tun.«

»Gut, dann machen wir das«, sagt er weiter, lehnt sich vor und stützt sich jetzt am Tisch ab. »Also, was weißt du denn mittlerweile über diese Polizisten, die da ja angeblich mit verstrickt sein sollen?«

»Nix«, antworte ich wahrheitsgemäß.

»Wie, nichts? Franz, ich meine, du hast doch mit dem Lotto-Otto gesprochen, oder etwa nicht? Und da wirst du ihn ja wohl gefragt haben. Wie sie heißen, wie sie aussehen oder wenigstens, auf welcher Dienststelle sie arbeiten?«

Ich schüttle den Kopf und trink einen Schluck. Meine Kehle ist trocken und mein Kopf tut wieder weh.

»Das glaub ich jetzt nicht! Merkst du was, Franz?«

»Nein«, sag ich, und zwar ziemlich kleinlaut. Der Rudi, der ist heute so was von abgeklärt und tough, dass es schon direkt gruselig ist.

»Dann werd ich's dir sagen, Franz. Du bist ein Nichts ohne mich«, sagt er ganz ruhig, lehnt sich wieder zurück und verschränkt die Arme hinterm Kopf.

»Rudi, über das Private, da wollten wir aber eigentlich später reden. Erst wollten wir doch über ...«

»Aber das hängt doch unmittelbar zusammen«, unterbricht er mich gleich. »Merkst du das denn nicht, Franz? Alles, aber auch alles, was uns beide verbindet, ist eine einzige Einheit und vermischt sich auch ständig. Und das war schon immer so. Allerdings warst du in diesem Spielchen immer der coole Starke und ich dein nervender Lakai, der nur die Drecksarbeit gemacht hat. Anerkennung und Kohle hast du dabei abbekommen. Nicht ich.«

»Rudi, was ist denn in dich gefahren?«, frag ich, weil ich ihn kaum noch erkenne.

»Die Erkenntnis, Franz. Die Erkenntnis ist in mich gefahren.«

»Die Erkenntnis namens Theresa?«

»Wenn du es so theatralisch sagen möchtest, dann ja«,

antwortet er, nachdem er eine kleine Gedenkminute eingelegt und mit den Augen die Decke abgetastet hat.

»Du tauschst eine jahrelange Freundschaft und Partnerschaft gegen einen One-Night-Stand ein? Ist das dein Ernst?«, frag ich und bin grad tatsächlich am Kochen.

»Die Theresa hat mich jedenfalls nicht mitten in der Nacht und in der Kälte aus dem Auto geworfen. Und ihr war es auch nicht scheißegal, ob ich ein Bett abkrieg oder nicht. Und außerdem ist sie alles andere als ein One-Night-Stand, verstehst du.«

»Gut«, sag ich und steh auf.

Die Bedienung kommt mit den Würsten. Ich leg ihr einen Zehner aufs Tablett und geh Richtung Ausgang.

»Wo willst du jetzt hin, Franz?«, hör ich den Rudi noch rufen, doch er kriegt keine Audienz mehr von mir. Mein Schädel hämmert, und ich muss dringend hier raus und an die frische Luft. So geh ich schnurstracks zum Wagen zurück, hock mich hinein und dort dresch ich dann erst einmal voll Wut und Inbrunst auf das Lenkrad. Und ich muss ehrlich sagen, momentan hätt ich keinen sehnlicheren Wunsch nicht, als dass diese blöde Theresa hier direkt neben mir auf dem Beifahrersitz säß. Sämtliche Tötungsarten meiner Laufbahn schießen mir jetzt durchs Hirn. Wirklich alle. Was wieder einmal beweisen mag: Ein jeder kann zum Mörder werden. Wirklich ein jeder.

Ich weiß gar nicht recht, wie lang ich dort sitze und meinen diversen Mordgedanken fröne. Jedenfalls klopft es plötzlich ans Fenster, und da kann ich dem Rudi seine Visage erkennen.

»Warum bedrohst du den Sitz hier mit deiner Waffe, Franz?«, fragt er, und ja, er hat recht. Ich halte meine Dienstwaffe in der Hand, und zwar exakt auf den Beifahrersitz gerichtet. Das ist mir jetzt doch ein bisschen unangenehm, und so steck ich sie wieder weg und starte den Motor. Leg den Rückwärtsgang ein und fahr los.

»Jetzt warte mal, Franz«, schreit nun der Rudi und trommelt mir aufs Autodach. »Du bist zickig und kindisch. Wahrscheinlich kommt das von dem Schlag mit dem Brett, und es vergeht hoffentlich wieder.«

Ich tret auf die Bremse, hol meine Waffe wieder hervor und ziele nun direkt auf ihn.

»Na, mach schon, Franz«, ruft er zu mir herein. Steht vor dem Wagen, breitbeinig wie ein Cowboy, und grinst. Und einen ganzen Moment lang denk ich ernsthaft drüber nach, ob ich ihn nun hier auf offener Straße einfach abknallen soll oder nicht. Allein wegen dem Paulchen entscheid ich mich schließlich dagegen.

»Gut, pass auf, wir machen das so«, sagt der Rudi einen Augenblick später, während er in den Beifahrersitz plumpst. »Da einerseits meine Auftragslage aktuell eh nicht viel hergibt und ich andererseits tatsächlich auch sehr an diesem Fall interessiert bin, kann ich dir meine Unterstützung anbieten. Das wär aber ausschließlich die berufliche Komponente. Rein privat sind wir in Zukunft geschiedene Leute, Franz. Weil du mein seelischer Ruin bist.«

»Hat die Theresa gesagt«, füg ich hintendran.

»Hat die Theresa gesagt. Jawohl. So, und jetzt fahren wir nach Landshut und suchen den Lotto-Otto. Und wenn wir ihn dort nicht finden, dann fahren wir in die Tschechei. Weil irgendwo muss er ja schließlich sein. Und wenn wir ihn dann gefunden haben, dann fragen wir ihn zuallererst nach diesen Polizisten. Weil das Profis nämlich so machen. Was ist jetzt? Fahr los! Mein Gott, ich hab echt den Eindruck, du hast immer noch dieses Brett vor deinem Schädel.«

So fahr ich halt los. Reden tu ich hingegen kein einziges Wort während der Fahrt, auch nicht, wie wir zwanzig Minuten später in einen fetten Stau geraten. Ich zieh mein Handy hervor und fang an zu spielen. Der Rudi trommelt zuerst nervös gegen das Fenster, dann fummelt er an meinem Cockpit umeinander, und irgendwann steigt er aus. Läuft dann wie ein Irrer zwischen den stehenden Autos hin und her und fragt andere Fahrer, ob sie denn wüssten, was da vorne los ist. Aber freilich weiß keiner was.

»Du solltest deinen Akku nicht aufbrauchen, Franz«, sagt er, wie er am Ende doch wieder einsteigt, weil es anfängt zu regnen. »Vielleicht brauchen wir dein Handy ja noch für irgendwas. Meines fällt jedenfalls aus, weil ich's grad beim Richten hab.«

»*Mein* Handy und *mein* Akku sind, wie die Worte schon sagen, *meine* Privatangelegenheit und gehören hier somit nicht her«, antworte ich spielenderweise.

»Ha!«, sagt der Rudi nur und trommelt wieder gegen das Fenster, das nun langsam, aber sicher komplett beschlägt. Eine knappe schweigende Stunde später stehen wir keine hundert Meter weiter vorn, und da läutet mein Telefon.

»Eberhofer«, sag ich, wie ich rangeh.

»Franz, hier ist der Oscar«, hör ich und kann es kaum glauben.

»Otto, du Arschloch! Mann, wo bist du?«, will ich zuerst einmal wissen.

»Frag ihn nach den Bullen«, zischt mir der Rudi her.

»Ich werd dir nicht sagen, wo ich bin. Aber mach dir keine Sorgen, ich bin sicher hier. Ich ruf nur an, weil ich … weil ich wissen muss, wann ich meine … meine Mutter beerdigen lassen kann. Was ist mit dieser Obduktion?«, entgegnet der Lotto-Otto sehr leise.

»Frag ihn nach den Bullen, Franz!«

»Psst«, mach ich und halt die Muschel kurz zu. »Ich kann ihn kaum hören, jetzt sei einmal still.«

»Ist jemand bei dir, Franz?«, will der Lotto-Otto nun wissen.

»Nein, alles in Ordnung, Otto. Ich komm eh grade aus der Pathologie. Die Obduktion ist abgeschlossen. Einer Beerdigung steht also nichts mehr im Wege. Wenn du willst, kann ich veranlassen, dass der Lei… dass deine Mutter nach Niederkaltenkirchen transportiert wird.«

»Ja, mach das bitte. Um alles andere kann ich mich dann von hier aus kümmern.«

»Jetzt frag ihn endlich nach den Bullen, Mann!«

»Du, Otto, noch eine Frage: was weißt du über diese Polizisten? Du weißt schon, die in diesem dubiosen Geldverleih ihre Finger drin haben.«

»Was ich über die weiß? Na ja, einer von denen ist jedenfalls ein mordswichtiger …«

Dann ist die Leitung plötzlich tot.

»Otto? Otto?«, versuch ich es noch mal. Aber nix.

»Was?«, schreit mich der Rudi nun an.

»Akku leer«, sag ich, und am liebsten würde ich jetzt durch den Auspuff verschwinden.

»Akku leer«, sagt der Rudi noch, und dann beginnt er zu weinen.

Es ist schon dunkel, wie wir in Landshut ankommen. Wir sind beide angepisst, müde und hungrig. Und wir haben seit dem Vorfall mit dem dämlichen Akku kein einziges Wort mehr gewechselt.

»Wir machen morgen weiter«, schlag ich mal so vor.

»Womit weiter? Wir haben ja noch nicht einmal angefangen«, gibt der Rudi retour.

»Wo soll ich dich aussteigen lassen?«

»Am Bahnhof. Fahr mich einfach zum Bahnhof.«

Wir schweigen ein weiteres Mal, bis wir schließlich am Bahnhof ankommen.

»Gut, Rudi, wo wollen wir …«

»Lade einfach dein verdammtes Handy auf, okay? Ich ruf dich an.« Spricht's, steigt aus, knallt dann die Tür zu und eilt am Ende die Stufen zum Bahnhof empor. Ein Weilchen bleib ich noch sitzen und schau ihm hinterher. Auch als er längst nicht mehr sichtbar und drinnen verschwunden ist, kann ich einfach nicht aufhören zu starren. Ich sitz nur im Auto und starr in den Regen hinaus. Wer ist denn dieses Weib eigentlich, diese Theresa? Und was hat sie mit ihm gemacht? Und was will er von ihr, wenn schon nicht schnackseln? Das alles heißt es herauszufinden. So stell ich den Wagen kurzerhand ab und begeb mich nun ebenfalls in das Bahnhofsgebäude rein. Dort schau ich mich um, am Schalter, am Kiosk zwischen den Zeitungsständern, und such dieses ganze Foyer hier ab. Aber nix. Es sind viele Leute hier, und offensichtlich haben es alle unglaublich eilig. Vom Rudi jedoch, da fehlt jegliche Spur. Zu guter Letzt durchquere ich noch die Schalterhalle, um mich auf den Weg zu den Gleisen zu machen. Was im Grunde wenig Sinn hat, weil er vermutlich ja nicht verreisen wollte, der Rudi. Und trotzdem scheint mich ein unerklärlicher Impuls aber genau dorthin zu treiben. Und da ist er dann auch. Mit dem Rücken zu mir und vor einer jungen Frau im Parka und mit Mütze, die demzufolge genau in meiner Richtung steht. Zunächst einmal bemerkt sie mich gar nicht. Unterhält sich nur mit dem Rudi und scheint auch ganz auf ihn konzentriert zu sein. Dann aber deutet sie plötzlich mit dem Kopf zu mir rüber, und gleich darauf dreht der Rudi sich um. Er starrt mich kurz an und zwinkert dann ein paarmal ziemlich ungläubig mit den Augen. Einen Moment später jedoch nimmt er das Mädchen an die Hand und beide kommen auf mich zu.

»Die Theresa, der Franz. Der Franz, die Theresa«, sagt er, so als wär's das Normalste auf der Welt.

»Hallo«, sag ich, schau sie kurz an und dann in den Boden.

»Hallo, Franz. Du scheinst ja sehr beliebt zu sein, oder bist du gegen eine Wand gerannt?«, erwidert sie und deutet auf meine Stirn. Offensichtlich hat sie Humor.

»Nein, keine Wand«, sag ich und fass mir kurz und auch ein bisschen hilflos an die Beule.

»Was machst du hier? Willst du verreisen?«, fragt sie weiter, und ich schüttle den Kopf.

»Nein«, sagt der Rudi. »Er ist deinetwegen hier. Deinetwegen und meinetwegen. Und es ist peinlich. Er benimmt sich wie eine eifersüchtige Ehefrau. Wir gehen jetzt was essen, Theresa. Komm.«

»Perfekt«, antwortet sie und zupft sich die Mütze zurecht. »Einen schönen Abend noch, Franz.«

»Ja, schönen Abend«, sagt nun auch der Rudi, hakt sie unter, und Seite an Seite wandern sie Richtung Schalterhalle.

»Ja, euch auch einen schönen … Ja, leckt's mich doch am Arsch, ihr zwei Vollidioten«, sag ich noch so, doch im Grunde wohl mehr zu mir selber. Ich warte noch kurz, bis sie weg sind, und geh danach zurück zum Auto.

Später im Saustall erzähl ich der Susi von diesem seltsamen Tag. Wir liegen auf dem Kanapee und schauen dem Paulchen zu, der permanent versucht, die arme Lotta mit seinem Bobbycar zu überfahren. Was freilich nicht geht, weil sie einfach immer im letzten Moment abdreht. Sie mag dieses Spielchen und wedelt fleißig mit dem Schwanz.

»Wie sieht sie denn aus, diese Theresa?«, will die Susi nach meiner Berichterstattung wissen.

»Wie sieht sie aus? Keine Ahnung«, sag ich und merke dabei, dass ich nicht die geringste Erinnerung habe. Mir fällt ihr Parka wieder ein und auch ihre Mütze. Sie ist in etwa so groß wie der Rudi und ziemlich schlank. Aber so sehr ich auch nachdenke und überleg, sie kriegt beim besten Willen kein Gesicht.

Kapitel 14

Am nächsten Morgen ruf ich gleich mal beim Günter in der Pathologie an, um den Transport von der Nicole zu organisieren. Hinterher sitze ich dann im Büro und warte im Grunde nur auf den Anruf vom Rudi, während ich die Akten von der Spusi noch einmal unter die Lupe nehm. Es ist kurz vor halb neun, wie der Bürgermeister in meinem Büro erscheint, und irgendwie macht er einen feierlichen Eindruck dabei.

»Schönen guten Morgen, Eberhofer«, sagt er und zieht sich mal den Stuhl visavis hervor.

»Wissen Sie, was heuer noch ansteht?«, fragt er ziemlich geheimnisgeladen.

»Allerheiligen, Weihnachten und Silvester?«, schlag ich mal so vor, doch er winkt postwendend ab.

»Papperlapapp, das alles wissen wir doch, und immerhin ist es auch alljährlich. Was aber nicht alljährlich ist und unbedingt gefeiert werden muss, das ist Ihr zehnjähriges Dienstjubiläum.«

»Ich bin schon über zwanzig Jahren lang Polizist, Bürgermeister. Das weiß ich zufällig genau, weil mir da nämlich eine Urkunde zugeschickt worden ist.«

»Das mag schon sein, Eberhofer«, sagt er, steht auf und geht rüber zum Fenster. Dort schaut er hinaus und verschränkt die Arme im Rücken. »Aber bei uns hier in Niederkaltenkirchen, da sind Sie jetzt exakt zehn Jahre lang, gell. Sieht man mal von diesem kurzen Intermezzo ab, das Sie in München abgehalten haben. Menschenskind, Eberhofer. Das ist doch großartig, oder? Zehn Jahre erfolgreiche Ermittlungsarbeiten in Niederkaltenkirchen. So was, das muss doch gefeiert werden, finden Sie nicht?«

»Nein«, sag ich wahrheitsgemäß.

»Doch, doch. Das wird gefeiert, da können Sie einen drauf lassen. Und im Zuge dieser Feierlichkeiten, da bereite ich grade eine Rede auf Sie vor.«

»Grundgütiger«, sag ich noch.

Dann aber läutet mein Telefon und der Rudi ist dran. Er sagt, er kommt grad aus dem Phone-Shop, hätte sein Handy nun repariert zurück und wär somit telefonisch wieder erreichbar. Gut, geb ich retour und dass ich mich gleich melden würd, sobald ich in Landshut drin bin. Dann leg ich auf.

»Sagen Sie, Eberhofer. Haben Sie denn eine bestimmte musikalische Vorliebe? Ich mein, für diese Feier. Dann könnten wir ja schauen, ob sich da was Passendes finden lässt. Vielleicht eine kleine Band oder ein Duett, was meinens?«

»Ja«, sag ich, steh auf und schlüpf in die Jacke. »AC/DC wär prima.«

»Sie Kasperl! Wo wollens denn jetzt hin, Herrschaftszeiten?«

»Weg. Ach, apropos, Bürgermeister. Wenn Sie schon vorhaben, so ein Spektakel hier zu veranstalten, dann sinds doch so gut und machen dieses Fest für den Birkenberger Rudi und mich gemeinsam. Weil immerhin waren wir es ja immer zu zweit, wo diese großartigen Ermittlungserfolge verbuchen konnten. Und jetzt: Habe die Ehre.«

Bevor ich dann nach Landshut reinfahr, da mach ich noch einen kurzen Boxenstopp beim Lottoladen, genau so wie ich es gestern Abend auch noch gemacht hab, wenn auch erfolglos. Doch immerhin hatte ich ja schon einmal das Glück und konnte den Lotto-Otto dort antreffen. Möglicherweise ist mir das Schicksal ein zweites Mal gnädig. Wer weiß? Aber leider wieder nix.

Kein Lotto-Otto.

Kein Rucksack.

Kein Geld.

Es ist zum Verrücktwerden. Und zwar nicht nur, weil sich dieses depperte Kerlchen ja in höchste Gefahr bringt. Nein, er ist auch selber kriminell und gehört somit hinter Gitter. Selbst wenn er noch so sympathisch ist und sein Leben bislang eher tragisch verlief. Doch es gibt halt Gesetze und Regeln, und die gelten nun mal für alle.

Gleich wie ich jetzt aus dem Laden gehe, kann ich den Flötzinger an meinem Streifenwagen erkennen. Er lehnt dort an der Fahrertür, schaut in meine Richtung und hat die Hände tief in den Hosentaschen vergraben.

»Servus, Flötz«, begrüß ich ihn mal. »Und? Wieder nüchtern?«

»Servus«, antwortet er, und ich merk gleich, wie verlegen er ist. »Franz, sag ehrlich, hast du mich mit Handschellen an deinem Auto befestigt und dann heimgeschleift oder hab ich das in meinem Suff nur geträumt? Und bitte sei ehrlich.«

»Nein, Flötz, sorry. Aber das hast du nicht geträumt.«

»Du lügst!«

»Warum sollte ich?«

»Keine Ahnung. Weil du mich vielleicht zum Deppen machen willst, oder so?«

»Dazu brauchst du meine Hilfe nicht, Flötzinger. Das schaffst du momentan prima alleine. Mann, du warst so dermaßen besoffen, dass du dir in die Hose geschissen hast. Ich glaub, du hast grad ein paar echte Probleme und solltest langsam mal wirklich was daran ändern. Deine Frau ist weg und deine Kinder. Und jetzt bist du auch noch den Führerschein los. Was muss denn noch alles passieren, damit du endlich wieder funktionierst?«

»Ich … ich muss sie wohl leider auch noch angerufen haben, da in dieser Nacht.«

»Wen? Die Mary?«, frag ich, und er nickt.

»Neunmal, Franz. Ich hab sie neunmal angerufen und kann mich an kein einziges Mal davon erinnern. Ich hab's dann halt nur gestern Abend auf meinem Handy gesehen. Einmal haben wir sogar ganze drei Minuten lang geredet. Kannst du dir das vorstellen? Und ich weiß beim besten Willen nicht, worüber. Ich schäm mich so.«

»Ja, Flötz, das solltest du auch.«

Dann aber läutet mein Telefon, und der Zierner Harald ist dran. Er will wissen, ob alles in Ordnung ist und wann er denn seine Kohle zurückkriegt. Ich bin dran, kann nicht mehr lang dauern, sag ich. Und dass er sich bitte entspannen soll.

»Ja, Flötz, du siehst es ja selber. Die Pflicht ruft, ich muss los. Vielleicht gehst ja rüber zum Simmerl und erzählst dem dein ganzes Elend. Der hat nämlich deutlich mehr Zeit zum Ratschen. Und reiß dich jetzt endlich mal zusammen, dann wird das schon wieder«, sag ich, klopf ihm noch kurz auf die Schulter und steig schließlich ins Auto.

Keine zwanzig Minuten später, da hol ich den Rudi am Bahnhof ab, und anschließend machen wir den ganzen

Vormittag lang die gleiche trostlose Tour wie wir sie neulich schon gemacht haben. Und auch mit demselben Resultat, nämlich keinem. Weil der Lotto-Otto weder im Casino aufzufinden ist noch auf der Straße und auch in keinem der Hinterhöfe. Ihn telefonisch zu erreichen funktioniert ebenso wenig. Gegen halb eins holen wir uns noch schnell eine Brotzeit und essen im Wagen.

»Wir sollten in die Tschechei rüberfahren«, sagt der Rudi, während er in seine Semmel beißt. »Weil wenn er hier nicht ist, dann sicherlich dort drüben.«

»Ich glaube, dass wir die Sache einfach aussitzen sollen. Ich hab heute den Transport von der Nicole veranlasst. Und das heißt, dass die Beerdigung in den nächsten Tagen stattfinden wird. Und dort wird er auftauchen, jede Wette.«

»Ja, wenn er bis dahin noch lebt.«

»Außerdem muss er die Beerdigung ja wohl von Deutschland aus organisieren«, vermute ich mal.

»Nein, das muss er nicht, Franz. In der heutigen Zeit, da kann er eine Beerdigung in Niederkaltenkirchen völlig problemlos sogar von Timbuktu aus organisieren.«

Himmelherrschaftszeiten noch mal! Ich hab weder Bock noch Zeit, jetzt ausgerechnet in die Tschechei rüberzufahren.

»Ich weiß nicht recht«, sag ich so und pack meine letzte Semmel aus.

»Gut. Was wäre Plan B? Was sollen wir heute Nachmittag tun, wenn wir nicht rüberfahren? Es ist der einzige Anhaltspunkt, den wir haben. Was bitteschön sollten wir denn sonst ermitteln?«

»Ja, keine Ahnung. Vielleicht sollten wir wegen dieser Polizisten ...«

»Was wissen wir von denen, Franz? Nichts. Wir wissen

gar nichts über die. Und warum wissen wir nichts? Weil du es zum einen versäumt hast, den Lotto-Otto danach zu fragen. Und wie du dann endlich gefragt hast, da war dein geschissener Akku leer.«

Weil mir jetzt ums Verrecken kein anständiges Gegenargument einfallen will, beschließen wir dann eben doch, in die Tschechei rüberzufahren. Es hilft ja alles nix.

Während der Fahrt reden wir wenig, und wenn doch, dann ausschließlich über den Fall. Und bevor wir dieses dämliche Kaff endlich erreichen, das wir von der Handyortung her wissen, da werden wir sage und schreibe dreimal von den tschechischen Kollegen aufgehalten, weil die logischerweise erfahren wollen, was wir hier so treiben. Zu unserem Glück ist wenigstens die Verständigung einigermaßen reibungslos, weil sie der deutschen Sprache mächtig sind. Zumindest ein bisschen. Der Ablauf ist jedes Mal wieder relativ ähnlich und läuft ungefähr so ab:

»Du, deutsch Polizist? Was hier machen?«

»Frau weggelaufen. Von ihm«, sag ich und deute rüber zum Rudi, der Gott sei Dank einwandfrei mitspielt und dementsprechend jämmerlich dreinschaut. »Mit Geld. Sein Geld. Viel Geld. Spielen. Casino, weißt du. Müssen Frau suchen.«

»Gut. Frau suchen. Schnell. Viel Gluck!«

»Danke«, sag ich noch, und schon dürfen wir wieder weiterfahren. Sehr kooperativ, diese tschechischen Kollegen, das muss man schon sagen.

Das Dörfchen ist winzig und besteht im Grunde tatsächlich aus nur einem einzigen Casino und ein paar schäbigen Baracken, vor denen ein paar Kinder spielen. Einige zerrupfte Hühner flattern hoch und laufen über den Schotter oder scharren darin. Auf einer ausrangierten Couch vor einer der Hütten hockt eine sehr alte Frau drauf mit Schürze und Kopftuch, die einen Zigarillo raucht und uns argwöhnisch mustert, wie wir aus dem Wagen steigen. Hier ist kein Ort, wo man sich gern länger aufhält. Was aber im Grunde auch keine Notwendigkeit darstellt, weil wir dieses ganze Szenario hier nämlich im Nullkommanix überprüft haben dürften. In der Spielhalle selber sind neben zwei relativ gelangweilten Croupiers nur noch zwei weitere Männer und eine Frau anwesend. Die beiden Typen sind völlig auf ihre Einarmigen Banditen konzentriert, die Frau dagegen wohl mehr auf die Typen. Sie trägt unglaublich hohe Hacken, eine Strumpfhose mit Laufmasche, und ihr ist die ganze Schminke verschmiert. Zwar riecht sie stark nach Alkohol und Zigaretten, ist aber die Einzige hier, die uns überhaupt freiwillig, relativ glaubhaft und in holprigem Deutsch einige Fragen beantworten kann. Und so erfahren wir, dass sie fast täglich hier rumhängt und unseren Lotto-Otto deshalb auch schon gesehen hat. In den letzten Tagen allerdings war er gar nicht mehr hier, das weiß sie genau.

Gut, das ist wenig. Aber immerhin können wir nun wohl getrost davon ausgehen, dass sich der Lotto-Otto eher in unseren eigenen Breitengraden aufhalten dürfte. Und somit war der Weg hierher doch nicht ganz umsonst. Und grad, wie wir dann das Casino wieder verlassen und zurück zum Wagen wollen, da fährt ein Polizist vor den Laden, mit dem wir zuvor schon mal das Vergnügen hatten.

»Und Frau gefunden? Geld zurück?«, fragt er durch das offene Fahrerfenster hindurch. Der Rudi, der funktioniert auf Kommando, hebt seinen Daumen kurz nach oben und zückt dann seinen Geldbeutel von hinten aus der Hosentasche. Daraus fischt er nun einen Fuchziger und lässt ihn hocherfreut durch die Luft wedeln. Ein bisschen irritiert ist er jetzt schon, unser tschechischer Gefährte. Dann aber fährt er seine Scheibe hoch, schüttelt dabei den Kopf und rattert anschließend über den Schotter.

»Fünfzig Euro?«, sag ich und schau den Rudi an.

»Ja, was? Ich hab halt nicht mehr Geld dabei. Ist das verboten, oder was? Immerhin glaubst du doch nicht ernsthaft, dass ich einen Sack voll Geld dabei hab, ausgerechnet wenn ich in der Tschechei in ein Casino fahr? Ich bin ja nicht bescheuert«, sagt er, und ein bisschen bockig steigt er dann in den Wagen. »Und überhaupt, wie viel hast du denn dabei, Franz? Jetzt sag schon, wie viel?«

»Das ist meine Privatsache«, sag ich noch so und starte den Motor.

Knappe drei Stunden später sind wir zurück in Landshut, es regnet wieder und dämmert bereits. Und es ist das nächste Mal, wo ich zum Rudi was sage.

»Bahnhof?«, frag ich.

»Bahnhof«, antwortet er. Wenn ich mal bedenke, dass wir kaum was Brauchbares ermitteln konnten und uns obendrein ja noch nicht mal ansatzweise unterhalten, dann muss ich mich schon ernsthaft fragen, warum ich ihn eigentlich überhaupt noch weiter mitschleppen soll.

»Bis morgen«, sagt er dann beim Aussteigen.

»Du, Rudi«, entgegne ich und schau ihn dabei noch nicht einmal an. Ganz im Gegenteil. Ich starr durch die Frontscheibe hinaus in die Dunkelheit und auf die vielen Menschen, die sich dort tummeln.

»Ja?«, fragt er und beugt sich zu mir hinein.

»Weißt du was, Rudi? Ich glaube, wir lassen das besser bleiben. Ich mein, wenn wir uns den ganzen Tag lang nur anschweigen, dann macht das ja auch überhaupt keinen Spaß.«

»Oh, Verzeihung. Ich konnte ja nicht wissen, dass ich dich zu deiner Bespaßung begleite. Eigentlich hab ich viel eher geglaubt, du brauchst mich zu deiner Entlastung.«

»Mei, Rudi, so eine große Entlastung bist du jetzt ehrlich gesagt auch wieder nicht. Vielleicht sogar eher eine Belastung.«

»Ich bin eine was …? Das ist ja jetzt wirklich der Hammer, Franz«, schreit er prompt zu mir herein. »Ich bin eine Belastung für dich? Ha! Wie lange schon, Franz? Sag, wie lange bin ich denn schon eine Belastung für dich? Einen Tag oder zwei? Einen Monat? Ein Jahr? Weißt du was, Franz? Geh einfach scheißen!«

»Rudi!«, kann ich nun plötzlich eine ganz andere Stimme vernehmen. Sie ist zärtlich, leise und versöhnlich und kommt von dieser Theresa, die plötzlich neben dem Rudi steht und ihm die Hand auf den Unterarm legt. »Rudi, beruhige dich doch bitte. Was haben wir zwei denn die ganze Zeit über besprochen? Na, was? Erinnerst du dich? Er ist es nicht wert, dass du dich über ihn ärgerst. Weil er gar nicht schätzt, was er an dir hat. Und jetzt komm.«

Dann drehen sie sich ab und schreiten davon. Und sind noch nicht mal in der Lage, zuvor noch die geschissene Autotür hier zu schließen.

»Tür zu!«, ruf ich deswegen noch einige Male hinaus in die Kälte. Doch die zwei machen keinerlei Anstalten umzukehren. So hock ich jetzt da, komm mir vor wie ein Depp, und es ist einfach zum Kotzen.

Und so weit ich mich dann auch über den Beifahrersitz hinweg und zur Tür rüberbeug, ich komm einfach nicht an diesen Drecksgriff heran. Also Gurt abschnallen, aussteigen, um das Auto rumlaufen, Tür zumachen und den gleichen Weg retour. Aber nur wenige Wimpernschläge später, wie ich dieses seltsame Paar schließlich passiere, da kann ich den Wagen so dermaßen geschickt durch eine Pfütze lenken, dass sie von oben bis unten nassgespritzt sind, alle beide.

Im Anschluss tret ich noch kurz auf die Bremse, einfach um in die verdutzten Gesichter zu schauen. Tipp mir noch wie ein Soldat an die Stirn und bin relativ zufrieden, wie ich am Ende wieder Gas geb und weiterfahr. Was glauben die eigentlich, wer sie sind? Und woher will diese blöde Tussi denn bittesehr wissen, was ich dem Rudi wert bin oder auch nicht? Die kennt ihn doch kaum und mich schon gleich gar nicht!

Daheim in der Küche, da ist heute was los, das kann man kaum glauben. Ganz offensichtlich ist die Mooshammer Liesl aus ihrem Urlaub zurück. Jedenfalls sitzt sie hier wie eine Breze an unserem Esstisch und hat in etwa auch dieselbe Hautfarbe. Meine bucklige Verwandtschaft ist ebenfalls anwesend, und alle zusammen trinken sie Sekt. Alle außer dem Paulchen natürlich. Der hockt mit einer Schneekugel unten am Boden, schüttelt sie pausenlos mit leuchtenden Augen und nimmt noch nicht mal von meinem Erscheinen Notiz.

»Mooshammerin, wieder im Lande?«, frag ich, geh rüber zum Kühlschrank und hol mir ein Bier.

»Ja, Gott sei Dank«, entgegnet die Liesl und leert ihr Sektglas in einem einzigen Zug.

»Hat's dir nicht gefallen dort auf deinen Kanarischen Inseln?«, frag ich weiter, während die Liesl ihr Glas wieder füllt.

»Doch hat's ihr gefallen«, mischt sich nun die Oma ein. »Sehr gut hat's ihr sogar gefallen, gell, Liesl.«

»Aber?«, frag ich, merk jedoch gleich, dass nun alle miteinander zu grinsen anfangen.

»Einen Verehrer hat sie halt gehabt, unsere Liesl«, erzählt der Papa dann weiter. »Einen älteren Herrn an die achtzig, und mit dem hat sie dann die Nächte lang durchgetanzt, dort auf der Aida. Weil seine Frau, die hat ja nicht können, die ist nämlich schon am Rollator gelaufen.«

»Und schneidig ist er fei schon gewesen, gell, Liesl«, kommt nun die Oma wieder zum Einsatz.

»Ja, ja, schneidig war er eigentlich schon«, sagt die Liesl nachdenklich und ext dann ihr Glas ein weiteres Mal.

»Hat die Geschichte noch eine Pointe?«, frag ich, weil mir diese Story echt allmählich langweilig wird.

»Hat sie, pass auf«, grinst mich die Susi jetzt an. »Irgendwann, da hat dieser alte Sack dann nämlich mitten in der Nacht und ziemlich angetrunken bei der Liesl an die Türe geklopft. Und wie sie aufgemacht hat, da ist er gleich durch die Tür gestürzt und über sie hergefallen.«

»Und das in meinem Alter«, ergänzt die Mooshammerin und schenkt noch mal nach.

»Na, jedenfalls hat die Liesl daraufhin freilich das ganze Schiff zusammengebrüllt. Das kannst du dir ja vorstellen. Und zwar so lange, bis der Kapitän höchstpersönlich bei ihr aufgeschlagen ist«, schmunzelt die Susi und prostet der Mooshammerin zu.

»Das ganze Schiff hat das mitgekriegt. Das war vielleicht ein Skandal, das kann man kaum glauben«, schnauft die Liesl.

»Ein Gammelfleischskandal sozusagen«, sag ich und ernte prompt böse Blicke.

»Jedenfalls hab ich jetzt einen Gutschein für eine Städtereise«, fügt die Liesl noch hintendran.

»Gratuliere! Was gibt's denn zum Essen?«, frag ich, weil mir mittlerweile langsam der Hunger hochkommt.

»Papa!«, ruft nun das Paulchen, steht auf und hält mir seine Schneekugel unter die Nase.

»Ja, was hast denn da Schönes?«, will ich gleich einmal wissen.

»Eine Schneekugel ist das. Die hat mir die Tante Mooshammer geschenkt. Und da ist Gran Canaria drin. Und eine Palme und ein Schiff. Und wenn man die Schneekugel schüttelt, dann schneit's. Aber in Gran Canaria, da schneit's ja gar nicht, weißt.«

Jetzt schmeißt die Susi ihr Sektglas um. Die Liesl bekreuzigt sich. Und die Oma und der Papa starren wie vom Donner gerührt auf den Buben runter.

»Paulchen«, sag ich und nehm ihn mal auf meinen Schoß. »Was hast du da grade gesagt?«

Erst einmal verdreht er die Augen in alle Richtungen und schnauft theatralisch ein und wieder aus.

»Das da ist eine Schnee-ku-gel«, sagt er daraufhin wieder. »Und die ist von der Tante Moos-ham-mer. Und da ist Gran Canaria dri-hin. Und eine Palme ist auch drin. Und wenn man sie schüttelt, dann schneit's. Aber in Gran Canaria, da schneit's ja gar nicht. Nur in der Ku-gel.«

»Er spricht in ganzen Sätzen«, flüstert die Susi ganz ungläubig. Steht auf, geht um den Tisch rum und nimmt mir den Buben vom Schoß.

»Paulchen«, sagt sie weiter und geht mit ihm rüber zum Fenster. »Paulchen, sag doch noch was! Bitte sag noch was! Komm, was steht denn da draußen?«

»Das Auto vom Papa ist da draußen. Das ist ein Streifenwagen, weil der Papa ein Polizist ist und alle Verbrecher abknallt. Und die Lotta ist auch draußen: Sie hat einen großen Knochen. Aber jetzt hab ich Hunger. Was gibt's zum Essen?«

Wir sind alle ziemlich fassungslos. Stolz und fassungslos trifft es wohl am besten. Weil unser Paul bis dato nämlich eigentlich nur in einer Art selbstgebastelten Babysprache so vor sich her gebrummelt hat. Noch nie hat er auch nur einen einzigen zusammenhängenden Satz von sich gegeben. Das ging ja fast schon so weit, dass ich mir deswegen beinahe ernsthafte Sorgen gemacht hab. Nur die Susi, die ist da immer total drübergestanden und völlig cool geblieben. Die einen lernen es früher, die anderen später, hat sie immer gesagt. Und selbst, wenn der Paul nur diesen Wortschatz behält, den er momentan hat, dann wird sie ihn trotzdem noch lieben, bis hin zum letzten Atemzug. Gut, ich persönlich weiß ehrlich gesagt nicht, ob ich dazu in der Lage gewesen wäre. Aber diese Frage stellt sich ja nun auch nicht mehr.

Hinterher gibt's dann eine feine Brotzeit, und das Paulchen redet und redet. Man könnte beinah meinen, irgendjemand hat ihm den Schalter umgelegt oder so. Er will eine Gelbwurst ohne das Grüne drin, sagt er. Und noch einen Apfelsaft. Die Mama soll die Kruste vom Brot runterschneiden. Und der Opa soll noch mal rülpsen, weil das so lustig ist. Hinterher, wie wir ihn endlich ins Bett bringen können, da brummt mir direkt der Schädel. Eigentlich war es zuvor auch gar nicht so übel. Wie er nur so zufrieden und leise vor sich hin geplappert hat.

Kapitel 15

Drei Tage lang kommen wir keinen einzigen Schritt weiter, und das aus verschiedenen Gründen heraus. Zum einen, weil grad Wochenende ist, und da ist man ja rein dienstlich gesehen eh schon irgendwie raus. Zum anderen wüsste ich ohnehin nicht, was ich ermitteln oder wen ich vernehmen sollte. Ohne endlich mit dem Lotto-Otto reden zu können, habe ich nichts. Nicht den leisesten Anhaltspunkt. Die Spuren am Tatort sind freilich längst ausgewertet und bringen doch wenig. Im Lottoladen, da sind nämlich so viele davon, was logisch ist, wenn man nur kurz überlegt, wie viele Personen dort täglich ein und aus gegangen sind. Quasi ganz Niederkaltenkirchen, könnte man sagen. Und einen Molotowcocktail basteln, das kann im Grunde ein jeder, der des Lesens mächtig ist und über einen Internetanschluss verfügt.

Am Montag hock ich also ziemlich ratlos über den Akten und bin trotzdem froh, heute endlich wieder im Büro sein zu dürfen. Einfach weil das Paulchen die letzten zwei Tage lang all das nachgeholt hat, was er uns in den Wochen und Monaten zuvor an verbaler Zuwendung vorenthalten hat. Und so sehr wir uns auch über seine Fortschritte freuen, es kann durchaus anstrengend sein.

Obendrein bin ich auch noch sehr froh, dass morgen endlich Dienstag ist. Denn da ist die Beerdigung von der

Nicole. Und ich würde meinen Arsch drauf verwetten, dass den Lotto-Otto nichts und niemand davon abhalten könnte, dort zu erscheinen.

Irgendwann gegen Mittag klopft es kurz an der Tür, doch es kommt niemand rein. Das ist seltsam, weil bei mir sowieso kaum jemand anklopft, und wenn doch, wird im Zuge dieser Bewegung auch gleich die Tür aufgerissen. Dieses Mal nicht. Komisch. Wer das wohl sein mag? Vermutlich ein Fremder. Es klopft ein weiteres Mal, und jetzt vehementer.

»Herein«, sag ich deswegen, und jetzt bin ich ehrlich gespannt. Den Typen, der nun reinkommt, den kenn ich von irgendwoher. Er macht die Tür hinter sich zu und kommt dann relativ nah an meinen Schreibtisch heran.

»Wir hatten schon mal das Vergnügen«, sagt er und öffnet den obersten Knopf von seinem Trenchcoat. Und jetzt weiß ich auch prompt, wo ich ihn verankern muss, und zwar in der Ecke der Veganer. Ja, genau, es ist dieser Typ, der neulich bei der Gisela war und eine Leber gerieben haben wollte. Für seine Katzen. Und es ist auch derselbe, der sich ein paar Wochen zuvor über seinen rasenmähenden Nachbarn aufgeregt hat. Mal sehen, was ihn denn heute so ärgert.

»Na ja, Vergnügen wär jetzt zu viel gesagt«, entgegne ich. »Was kann ich für Sie tun?«

»Ich habe gerade einen sehr ausgiebigen Spaziergang gemacht«, beginnt er zu erzählen. »Und bin dabei auf Personen gestoßen, die Weinbergschnecken gesammelt haben.«

»Sagen Sie bloß«, frag ich und weiß beim besten Willen nicht, auf was er hinauswill.

»Ja, ja«, sagt er weiter und kommt einen kleinen Schritt näher. »Und dieses Eimerchen mit den Schnecken drin, das war schon gut voll. Da war mit Sicherheit ein volles Dutzend drin, wenn nicht sogar mehr.«

»Herr …?«, muss ich jetzt nachhaken.

»Geißenbacher. Alfred Geißenbacher.«

»Herr Geißenbacher«, sag ich und nehm mal meine Beine vom Schreibtisch. »Seien Sie doch so gut und kommen endlich auf den Punkt.«

»Aber ich bin doch bereits längst auf dem Punkt. Ich möchte eine Anzeige machen. Da bin ich doch hier richtig, oder?«

»Richtiger geht's nicht. Aber ich weiß noch immer nicht, wen Sie anzeigen wollen und weswegen«, erkläre ich und achte noch auf einen relativ freundlichen Tonfall.

»Ja, diese Personen natürlich, von denen ich gerade erzähle. Die mit den Schnecken. Weil sie ganz eindeutig gegen die Weinbergschneckenverordnung verstoßen haben.«

»Was für eine Verordnung?«, frag ich und merk, dass mir langsam, aber sicher der Gaul durchgeht.

»Na, diese Weinbergschneckenverordnung eben, davon müssten Sie doch wissen.«

»Ich weiß von nix.«

»Großer Gott! Aber in dieser Verordnung, da ist das Sammeln der Tiere explizit erklärt und ganz exakt auf einen genauen Zeitraum begrenzt, von dem wir allerdings gerade sehr weit entfernt sind! Und in dieser Verordnung, da heißt es nämlich auch weiter, dass das Sammeln nach Paragraph …«

»Stopp«, muss ich ihn aber jetzt unterbrechen. »Sie wollen hier nun tatsächlich eine Anzeige machen, weil irgendwer ein Dutzend Schnecken eingesammelt hat? Ist das Ihr Ernst? Haben Sie eigentlich keine anderen Hobbys, als ständig Ihre Mitbürger zu denunzieren?«

»Also, ich muss doch sehr bitten!«

»Ja, bitten Sie, aber hauen Sie ab!«

»Aber … aber es muss doch wohl alles seine Ordnung haben.«

»Dafür bin ich ja zuständig, gell. Herr Geißenbeck …«

»Bacher. Geißenbacher.«

»Auch recht. Wissens was, gehens einfach Golf spielen, holen Sie sich meinetwegen einen netten Hund oder suchens eine Frau. Aber kümmern Sie sich um Himmels willen nicht mehr um so einen Scheißdreck. Und jetzt raus hier. Ich hab einen Mord aufzuklären.«

Jetzt schaut er aber, mein lieber Schwan!

»Ich … ich werde mich über Sie beschweren.«

»Na, da sinds ja dann schon mal ein Weilchen beschäftigt, Herr Geißendings. Die Schlange ist nämlich lang«, sag ich noch so. Er schnauft einmal tief durch, macht den oberen Knopf von seinem Trench wieder zu, und dann ist er auch schon von dannen. Also Leut gibt's …Das kann man wirklich kaum glauben.

Kaum ist er weg, da will ich mir noch einen Kaffee holen. Und ich bin grad auf dem Weg zu den Verwaltungsschnepfen, wie ich den Bürgermeister lautstark aus seinem Büro hören kann. Offenbar ist er am Telefonieren, weil es nur seine Stimme ist, die ich vernehm.

»Ja, ja«, sagt er ganz frenetisch. »Wenn ich's Ihnen doch sage. Einen solchen Überschuss haben wir ja noch nie erwirtschaften können, gell. Und da sieht man mal wieder, dass der Fortschritt sich auszahlt. Die Neubausiedlung und das Industriegebiet drüben … Hähähä, ja, da habens recht … Ja, keine Ahnung, vielleicht für die Bushäusl an der Hauptstraße. Oder das Vereinsheim Rot-Weiß. Ja, genau, da müsste wirklich langsam einiges gemacht werden.

Da sind ja die Sanitäranlagen praktisch noch aus der Dings, also aus der Steinzeit, wissens. Ja, freilich halt ich Sie auf dem Laufenden … Ja, ja … Grüß Sie Gott und auch an die werte Gattin, gell. Auf Wiederschauen«, kann ich noch hören, und gleich darauf steht er vor mir in seiner ganzen Herrlichkeit.

»Eberhofer«, sagt er, grad wie er zur Tür rauskommt. »Was machens denn da?«

»Einen Kaffee holen.«

»Ja, ja, verstehe.«

»Haben wir einen rechten Überschuss in der Gemeindekasse?«, frag ich, weil mich das wirklich interessiert.

»Mei, was heißt Überschuss? Wir stehen halt nicht ganz so schlecht da wie in den Vorjahren, sagen wir mal so«, entgegnet er.

»Sie wollen die Scheißhäuser vom Rot-Weiß erneuern?«

»Herrschaft, Eberhofer. Das sind vertrauliche Gespräche. Und was lauschen Sie eigentlich an meiner Bürotür?«

»Ich hab nicht gelauscht, Bürgermeister. Sie haben gebrüllt.«

»Geh, sinds doch so gut und holen sich da vorn einen Kaffee. Und lassen Sie mich meine Arbeit machen und machen Sie die Ihre. Habens denn eigentlich schon was rausgefunden, da in dieser Lotto-Sache?«

»Ja, wir sind praktisch kurz vorm Finale«, lüg ich so vor mich hin.

»Wer sind wir?«

»Mei, wie immer halt. Der Birkenberger und ich. Und ganz ehrlich, Bürgermeister. Wenn Sie schon so ein Theater veranstalten wollen von wegen Zehnjähriges und so, da sollten Sie sich echt mal was Originelles einfallen lassen. Eine Verdienstmedaille meinetwegen mit einer kleinen Sonderprämie, oder so. Was meinens?«

»Es gibt keine Verdienstmedaille in Niederkaltenkirchen. Und die hat's auch noch nie gegeben.«

»Dann sollten Sie die vielleicht mal erfinden, eh ein anderer auf diese geniale Idee kommt. So rein wegen dem ganzen Fortschritt, wissens«, sag ich noch so, und dann bin ich weg.

Wie ich nach dem Mittagessen zurück im Büro bin, ruf ich den Rudi an. Das heißt, im Grunde genommen brauch ich eineinhalb Stunden, ehe ich ihn überhaupt anrufen kann. Weil ich jedes Mal wieder den depperten Hörer in die Hand nehm, die ersten paar Tasten drück und dann doch wieder aufleg. Einfach, weil ich nach der besten Strategie suche, um nach unserem letzten und eher unerfreulichen Kontakt die Wogen möglichst flach zu halten. Doch wie ich dann endlich am Start bin, dauert es immer noch eine knappe Stunde, bis wir endlich reden können. Weil er mich nun entweder einfach wegdrückt oder gleich nur der AB rangeht. Aber freilich bin ich beharrlich und gebe nicht auf. Und irgendwann kapituliert er tatsächlich und geht endlich ran.

»Was?«, schreit er mir in den Hörer.

»Ich bin's, Rudi. Der Franz«, flöte ich in die Muschel.

»Das weiß ich. Was willst du?«

»Du, Rudi. Morgen ist die Beerdigung von der Nicole.«

»Das weiß ich auch. Ich kann lesen. Und es steht ja in den Todesanzeigen.«

»Ja, gut. Ich konnte ja nicht wissen, dass du unsere Tageszeitung liest.«

»Tu ich aber. Und um dieses Gespräch hier abzukürzen:

Ja, ich werde da sein. Aus ganz und gar eigenem Interesse. Weil ich jetzt endlich einmal wissen will, wer diese verdammten Bullen sind. Und wenn du es nicht auf die Reihe kriegst, das herauszufinden, dann muss ich das wohl selber machen.«

Uiuiuiui! Der ist aber heute ein Zwiderwurz!

»Wunderbar«, sag ich relativ locker. »Wollen wir uns vorher noch treffen?«

»Weder davor noch danach. Du nimmst die südliche Seite vom Friedhof und ich die nördliche. Wenn was ist, dann schreiben wir uns. Keine Telefonate. Nichts, was stört. Professionell halt. Kriegst du das hin?«

»Hallo, lieber Rudi. Dich haben sie damals suspendiert, nicht mich. Schon vergessen?«

»Vermassle es morgen nicht wieder«, sagt er noch knapp. Dann legt er auf.

Rudi, Rudi, Rudi! Jetzt kenn ich ihn doch schon ein halbes Leben lang. Und irgendwie hat er ja immer die eine oder andere Meise gehabt, das ist völlig klar und hat ihn auf eine ganz besondere Art auch sympathisch gemacht. Doch was jetzt mit ihm abgeht, das ist und bleibt mir wahrhaftig ein Rätsel. Und ich frag mich ganz ernsthaft, ob diese Theresa ihn möglicherweise einer Gehirnwäsche unterzogen hat, oder so. Anders ist das ja kaum mehr zu erklären.

Ich hab über dieses Rudi-Theresa-Phänomen auch schon mit der Susi geredet. Das war am Samstagabend, wie sich das Paulchen endlich in den Schlaf gequasselt hatte. Sie hat mir ganz aufmerksam zugehört und hinterher ernsthaft in Erwägung gezogen, dass ich womöglich eifersüchtig bin. Was freilich das Dämlichste ist, was ich jemals gehört hab. Dann hat sie vorgeschlagen, mich mit dieser Theresa einmal auszusprechen.

»Verbünde dich mit deinen Feinden, wenn du sie nicht besiegen kannst«, hat sie gesagt.

»Sie ist doch kein Feind, dieses blöde Weib«, hab ich da entgegnet.

»Siehst du, Franz«, hat sie gesagt. »Du kannst ja noch nicht mal ihren Namen aussprechen.«

»Kann ich doch.«

»Nein, kannst du nicht. Du sagst immer nur: ›dieses Weib‹, ›dieses blöde Weib‹ oder ›diese Theresa‹. Du sagst nie, wie du es sonst sagen würdest, ›die Theresa‹. Aber du sagst doch auch: ›der Papa‹, ›die Oma‹ oder ›der Simmerl‹. Du würdest doch niemals ›diese Oma‹ sagen, oder etwa doch?«

Das ist mir aber dann zu blöd geworden, und so bin ich zum Wolfi gegangen. Und da sind sie dann auch alle miteinander da gewesen. Dieser Wolfi war natürlich da. Und auch dieser Simmerl. Dieser Flötzinger sowieso. Und völlig unerwartet sogar diese Gisela. Und ein bisschen später, da ist auch noch diese Susi gekommen. Aber das nur so am Rande.

Jedenfalls ist nun endlich die Beerdigung von der Nicole, die Andacht ist schön, es singt ein klangvoller Chor, und am Ende läuten die Turmglocken. Die Trauergemeinde verlässt gemeinsam die Kirche, um hinaus auf den Friedhof zu schreiten. Der Sarg wird von sechs jüngeren Männern getragen, der Lotto-Otto ist allerdings nicht unter ihnen. Auch unter den anderen Anwesenden kann ich ihn nicht finden, genauso wenig, wie ich den Rudi entdecke. Doch freilich halte ich mich strikt an seine gestrige Anweisung und begeb mich deswegen auf die südliche Seite des Friedhofs. Dort steh ich dann relativ abseits und hab somit einen einwandfreien Blick auf das ganze Szenario hier. Wie schon zu erwarten war, ist die Gemeinde Niederkaltenkirchen beinah geschlossen anwesend. Und sogar aus den umliegenden Dörfern kann ich den einen oder anderen noch sehr gut zuordnen. Was aber weiter kein Wunder ist, war der Lottoladen doch der einzige weit und breit. Und obendrein gelten die Nicole und ihr Otto im gesamten Umland als äußerst freundlich und beliebt. Von einer Verwandtschaft allerdings ist wie erwartet weit und breit nichts in Sicht. Und während der Pfarrer nun die Verstorbene in den Himmel rauf lobt, kreist mein Blick über all diese Leute hier und ihre Gesichter, in der Hoffnung, endlich den Lotto-Otto ausfindig machen zu können. Doch so sehr ich mich auch anstreng, ich kann ihn einfach nirgends entdecken. Was aber auch daran liegen mag, dass sich die Herbstsonne heute so dermaßen schräg über uns aufgestellt hat und somit fast jeder hier eine Sonnenbrille trägt oder einen Hut. Wodurch ja so ein Mensch gleich ganz anders ausschaut. Ich geh noch ein paar Schritte weiter, um das Umfeld aus einer anderen Perspektive heraus beäugen zu können. Doch leider mit ebenso wenig Erfolg wie zuvor. Dann hol ich mein Handy hervor.

Bist du da?, schreib ich dem Rudi.

Logisch.

Ich kann dich nicht sehen.

So sollte es im Idealfall auch sein. Ich seh dich schon.

Kannst du den Lotto-Otto irgendwo sehen?

Nein. Aber es nähert sich gerade eine weitere Person. Vom Nebeneingang auf zehn Uhr. Männlich, groß, schlank, dunkler Anzug. Sonnenbrille. Kannst du ihn sehen? Schreibt der Rudi retour, und ich schau mal auf zehn Uhr. Ja, tatsächlich. Der Rudi hat recht. Da ist so ein Kerl, der sich sehr langsam nähert, und schon auf den ersten Blick macht er den Eindruck, als wär er nicht wegen der Beerdigung hier. Vielmehr benimmt er sich ähnlich, wie ich es selber grad tu. Weil er ebenfalls mit den Augen die Trauergemeinde absucht. Gesicht für Gesicht. Apropos Gesicht, von irgendwoher kenn ich diesen Typen. Bloß woher, zum Teufel?

Während der Sarg nun langsam im Erdreich verschwindet, nebeln die Ministranten mit ihren Weihrauchgefäßen alles um uns herum ein. Und obwohl man inzwischen kaum noch was sehen kann, bilde ich mir ein, da würde sich jemand aus diesem Pulk herauslösen. Ich kneif mal die Augen zusammen und komm ein paar Schritte näher. Und ja, ich täusche mich nicht. Offenbar ist es eine Frau, die sich zunächst noch in ganz kleinen Schritten und so unauffällig wie möglich zwischen all den Trauernden hindurch einen Weg nach draußen bahnt. Doch kaum hat sie den Kiesweg erreicht, da beginnt sie zu rennen, so was hab ich noch niemals gesehen. Grad so, als wären Bluthunde hinter ihr her. Während ich mich noch so frage, warum sie das tut, da seh ich auch schon den Rudi hinter ihr herrennen. Und keinen Wimpernschlag später, da folgt dann noch dieser Kerl den beiden, der grad noch so als Letzter hier aufgeschlagen ist. Plötzlich fällt's mir wie Schuppen von den Augen. Das hier, das ist gar keine Frau. Sondern der Lotto-Otto in Kleidern, vermutlich denen seiner Mutter. Und dieser Kerl, das ist in der Tat auch kein Trauergast. Sondern er ist ein Kollege von mir. Zwar kenn ich ihn nicht persönlich, hab ihn in der PI Landshut jedoch schon öfters gesehen. Grundgütiger, denk ich noch so und fang dann ebenfalls an zu rennen. Draußen vor dem Friedhofstor kann ich keine Menschenseele mehr finden, dafür aber das Mofa vom Lotto-Otto gut hören. Es knattert von der Landstraße her, aus der Richtung, die nach Frontenhausen führt. Und so spring ich kurzerhand in den Wagen, starte den Motor und geb Gas. Gute hundert Meter weiter, da kommt mir dieser Kerl im Anzug entgegen. Er geht am linken Fahrbahnrand und scheint ziemlich außer Atem zu sein. So halt ich mal an und kurbele das Fenster runter.

»Was war das gerade?«, frag ich zu ihm hinaus.

»Was wollen Sie von mir?«, fragt er retour und wischt sich über die Stirn.

»Komm schon, Kollege. Wir kennen uns doch. Also Frage: Was tust du hier auf dieser Beerdigung, und warum läufst du wie ein Irrer hinter dem Lotto-Otto her?«

»Ich kenn Sie nicht und möchte von Ihnen auch nicht geduzt werden. Und ebenso wenig kenn ich einen Lotto-Otto. Und ich laufe auch niemandem hinterher. Ich hab einfach gerade gemerkt, dass ich auf der falschen Beerdigung war. Das war alles. Und jetzt entschuldigen Sie mich bitte.«

Natürlich würde ich ihn an dieser Stelle niemals entschuldigen, das ist ja wohl klar. Aber nun läutet mein Telefon, und der Rudi ist dran. Und wenn ich im Leben eines gelernt habe, dann ist es, Prioritäten zu setzen. Und in diesem Fall hat der Rudi nun mal eindeutig Priorität.

»Wo bist du?«, frag ich und merk gleich, dass die Verbindung unglaublich laut ist.

»Ich hock beim Lotto-Otto auf dem Mofa. Hintendrauf«, schreit der Rudi in den Hörer. So mach ich mein Autofenster wieder zu, weil ich merk, dass diese Information nicht nur für mich relevant sein dürfte, und tret dann aufs Gas.

»Du hast den Lotto-Otto?«, frag ich, weil ich kaum glaub, was ich da hör.

»Momentan hat er eher mich.«

»Wo fahrt ihr hin?«, frag ich jetzt nach.

»Ich bring ihn zuerst mal in Sicherheit. Wir fahren zur Theresa. Ich melde mich später, Franz. Ab sofort werden unsere Handys nicht mehr funktionieren. Meins nicht und auch das vom Lotto-Otto nicht.«

»Aber wie soll ich dich denn dann erreichen?«

»Hab ich doch grad gesagt. Ich melde mich später«, sagt er noch knapp, dann ist er weg.

Kapitel 16

Auf dem Rückweg ins Büro fahr ich an der Trauergemeinde vorbei, die ganz offenkundig den Heimatwinkel anpeilt. Auf Höhe der Mooshammerin schalt ich einen Gang runter und öffne mein Fenster ein weiteres Mal.

»Gibt's eine Gremess, oder was?«, frag ich zu ihr hinaus.

»Ja, ja«, sagt sie unter ihrem schwarzen Kopftuch hervor. »An der Kirchentür, da war so ein Aushang. Und da ist draufgestanden, dass im Heimatwinkel drüben zum Leichenschmaus geladen wird. Unterschrieben hat es der Lotto-Otto. Da hat er sich nicht lumpen lassen. War doch die Beerdigung selber auch schon so aufwendig, gell.«

Ja, da hat sie recht, die Liesl. Da sind schon viele sehr Reiche im Dorf gestorben, die von ihrer Verwandtschaft am Ende mit deutlich weniger Aufwand verscharrt worden sind als jetzt unsere Nicole.

»Geh, komm mit«, sagt die Liesl noch, doch ich schüttle den Kopf.

»Nein, Liesl, keine Chance. Immerhin muss ja irgendwann der zur Verantwortung gezogen werden, der für diese ganze Veranstaltung hier zuständig ist«, entgegne ich noch, fahr wieder los, und zwar Richtung Rathaus.

Und nachdem ich mir dann erst mal aus den völlig verwaisten Räumen einen Kaffee geholt hab, setz ich mich an meinen Computer und fahr die Datenbank hoch, in der alle

Kollegen von der PI Landshut abgespeichert sind. Und die geh ich jetzt der Reihe nach durch. Foto für Foto, sehr konzentriert und systematisch. Und plötzlich ist er da, dieser Kerl vom Friedhof soeben. Michael Kuglmayer, Oberkommissar. Gut, das Foto ist nicht das aktuellste, seine Stirnglatze ist mittlerweile deutlich nach hinten gewandert, und dennoch kann ich ihn glasklar erkennen. Jetzt muss ich den Stopfer Karl anrufen, und glücklicherweise kann ich ihn umgehend erreichen.

»Der Kuglmayer Mike?«, fragt er, nachdem er sich mein Anliegen angehört hat. »Was willst du über den wissen?«

»Alles«, sag ich wahrheitsgemäß.

»Okay, gib mir ein paar Minuten, Franz. Ich ruf dich gleich zurück«, entgegnet er prompt, und natürlich geb ich ihm die. Ich geh nur kurz aufs Klo, und grad wie ich mir die Hände wasche, da kommt er auch schon, der versprochene Rückruf.

»Also gut, pass auf«, sagt der Karl, und so pass ich halt auf. »Der Kuglmayer ist Baujahr '79, seit 21 Jahren im Dienst der Bayrischen Polizei, verheiratet, zwei Kinder und wohnhaft in Essenbach. So weit die personellen Fakten. Wenn dich meine privaten Erkenntnisse noch interessieren, dann kann ich dir sagen, dass er ein äußerst unangenehmer Zeitgenosse ist. Arrogant, hinterfotzig und ziemlich unkollegial. Außerdem schnüffelt er ständig herum und will über alles Bescheid wissen. Und wenn es der Kuglmayer Mike ist, nach dem du mich da neulich gefragt hast, dann muss ich dir sagen, ja, dem würde ich so beinahe alles zutrauen. Hab ich dir damit irgendwie helfen können?«

»Aber so was von. Danke, Karl, und servus«, sag ich noch und häng ein.

Und während ich nun dieses Foto ausdrucken lass, ruf ich schnell beim Moratschek an, um mein zeitnahes Erscheinen kundzutun. Auf dem Weg zum Wagen kommt mir dann noch die gesamte Gemeindeverwaltung entgegen, fröhlich ratschend und wie ich vermute, auch ein wenig angetrunken.

»Das war eine ganz und gar herrliche Dings. Also Gremess, wirklich ganz herrlich. Da hättens dabei sein müssen, Eberhofer. Warum sinds denn nicht da gewesen?«, fragt mich der Bürgermeister, und ja, er riecht nach Alkohol.

»Weil ich der Meinung bin, es sollte wenigstens einer zur Arbeit gehen in diesem depperten Kaff«, antworte ich und steig in den Wagen.

»Franz«, kann ich die Susi nun hören. »Könntest du vielleicht heute das …«

»Nein, Susi. Ich kann das Paulchen heut nicht von der Kita abholen«, unterbrech ich sie gleich und starte den Motor. Ganz kurz macht sie noch ihren wunderbaren Schmollmund, wirft die Haare zurück und verschwindet dann mit den anderen hinter der Rathaustür.

Der Richter erwartet mich schon. Sitzt in seinem juristischen Sessel weit nach hinten gelehnt und hat ein dampfendes Haferl vor sich auf dem Tisch stehen.

»Basentee«, sagt er und nimmt einen Schluck. »Ich mach da grad so eine Entgiftung. Meine Frau, die ist da neulich auf so einer Kur gewesen, wissens. Und hinterher, wie sie wieder daheim war, da hat sie gemeint, so was könnte mir ja auch nicht schaden. Mögens auch eine Tasse?«

»Nein, danke. Ich bin nicht vergiftet«, sag ich und zieh mir den Stuhl gegenüber hervor.

»Gut, dass Sie da sind, Eberhofer. Ich wollt Sie eh schon anrufen.«

»Aha. Wegen was?«

»Weil das so nicht weitergeht mit Ihnen. Also, das mit Ihrer Uniform, mein ich. Immerhin sind Sie ein Repräsentant unseres Freistaats, gell. Und laufen ständig mit Ihrer grindigen Jeans herum und dieser … dieser legendären Lederjacke. Die ist doch schon gewiss fuchzehn Jahr alt.«

»Neunzehn«, sag ich.

»Neunzehn, Grundgütiger! Also, Sie fahren jetzt nach München in die Kleiderkammer rein und lassen sich dort eine von diesen brandneuen und schneidigen blauen Uniformen geben, haben Sie mich verstanden? Damit Sie endlich mal ausschauen wie ein Gendarm, den man achtet und respektiert. Und nicht wie ein Dorfsheriff aus einem drittklassigen Comic heraus.«

»Blau steht mir nicht. Zumindest nicht als Farbe.«

»Bleibens bitteschön seriös, Eberhofer.«

»Moratschek, ich bin eigentlich nicht hierhergekommen, um mit Ihnen über mein Outfit zu diskutieren, sondern weil ich rein dienstlich gesehen dringend Ihre Unterstützung brauch«, sag ich, und jetzt nickt er mir auffordernd zu. Und so informier ich ihn so ausführlich wie nötig und so knapp wie möglich über den Status quo.

»Herrschaftszeiten, hab ich Ihnen nicht das letzte Mal schon gesagt, dass wir nicht in Chicago leben? Es gibt keine kriminellen Beamten hier, und die wird's auch nie geben. Zumindest nicht in unseren Breitengraden. Da halt ich meine Hand ins Feuer, und zwar für jeden Einzelnen von euch. War das jetzt deutlich?«, knurrt er mir über den Schreibtisch.

»Ihre Einstellung, Moratschek, die spricht freilich ganz für Sie. Und es zeugt auch davon, was für ein loyaler und ehrenwerter Richter Sie doch sind. Trotzdem gibt's schwarze Schafe, das dürfen Sie mir ruhig glauben. Auch in unseren Reihen.«

»Jetzt will ich Ihnen einmal was sagen, Eberhofer. In meiner ganzen vierzigjährigen Karriere als Richter, da hab ich so was noch nicht erlebt. Und ich will es auch nicht mehr erleben, haben Sie mich verstanden? Ich ziehe meinen Hut vor Ihnen und Ihren Kollegen. Nennen Sie es naiv. Meinetwegen. Aber es ist auch ein Grund dafür, warum ich meine Arbeit so gern mache. Weil ich auf Leute, wie Sie es sind, einfach zähle. Das war schon immer so, und so soll es auch bleiben.«

»Aber manches verändert sich halt. Schauens, die Uniformen, die waren doch auch immer grün, und jetzt sind sie blau. Bitte, Richter Moratschek ...«

»'zefix. Und was ... was wollens jetzt ausgerechnet von mir?«, fragt er am Ende und nuckelt wieder an seinem Tee.

»Schauens, Moratschek«, sag ich und hol mal den Zettel mit diesem Foto aus der Jackentasche meiner legendären Lederjacke hervor. Falte ihn sorgfältig auf und leg ihn auf das juristische Pult. »Ich brauch eine richterliche Genehmigung. Für eine Haussuchung und für die Bank.«

»Was wollens denn mit dem Kuglmayer? Den kenn ich. Also dienstlich ja sowieso, aber der hat auch zwei Häuser neben meiner Nichte gebaut. In Essenbach draußen. Und wenn ich mich nicht täusch, dann sind die sogar miteinander befreundet. Anständiger Mann, verheiratet, zwei Töchter. Bei dem ist alles im Reinen, das könnens mir glauben«, erzählt er, öffnet dabei eine Schreibtischschublade und holt sich seinen Schnupftabak hervor.

»Muss die Nase nicht entgiftet werden?«, frag ich hier mal nach.

»Nein«, antwortet er knapp, schnupft eine Prise und nimmt dann dieses Foto zur Hand.

»Richter Moratschek«, sag ich und lehn mich weiter nach vorne. »Wenn Sie den Kuglmayer schon so gut kennen, wie würden Sie denn dann seine finanzielle Lage so einordnen? Also rein so nach dem Motto: mein Haus, mein Auto, mein Pferd.«

»Ist das jetzt ein Verhör, oder was?«

»Ich ermittle in einem Mordfall, Richter Moratschek. Und da müsste es ja schon allein in Ihrem eigenen Interesse sein, dass ich …«

»Todesfall, Eberhofer. Obacht, gell. Das ist ein Unterschied, das müssten Sie eigentlich …«

»Ja, ich weiß«, muss ich den Korinthenkacker aber hier unterbrechen.

»Ist ja schon gut, Eberhofer. Und wenn Sie mich jetzt so fragen, dann … dann muss ich mich ehrlich gesagt tatsächlich doch ein bisschen wundern. Weil meine Nichte, die hat mir irgendwann mal erzählt, dass die Kuglmayers die Einzigen in der ganzen Siedlung wären, die ihr Haus schon abbezahlt hätten. Und das, obwohl beide Töchter sehr kostspielige Hobbys haben und die Familie auch ziemlich häufig in den Urlaub fährt.«

»Kennen Sie auch seine Frau? Also die Frau Kuglmayer?«

»Nein, kennen wär zu viel gesagt. Ich hab sie halt zwei- oder dreimal gesehen.«

»Aber wissen Sie zufällig, was die so arbeitet?«, muss ich hier noch wissen.

»Großer Gott, gar nichts. Mit diesen Fingernägeln, da kann man ja auch gar nichts arbeiten.«

»Also?«, frag ich nach.

»Was also?«

»Also wenn der Kuglmayer der Einzige in der Familie ist, der Geld verdient, und alle anderen es nur raushauen, dann dürfte sein Gehalt dafür wohl nicht ausreichen, oder?«

»Wer weiß, womöglich haben die ja was geerbt?«, überlegt er noch so, doch ich merk gleich, dass er selber nicht recht daran glaubt.

»Und genau das heißt es jetzt herauszufinden. Krieg ich nun eine richterliche Genehmigung, oder nicht?«

»Ja und nein«, sagt er und steht auf. »Von mir kriegen Sie die jedenfalls nicht. Weil, wenn am Ende an dieser Sache gar nichts dran ist, dann möchte ich dafür meinen Namen nicht hergegeben haben. Schon allein meiner Nichte zuliebe. Und einer Haussuchung würde ich ohnehin erst zustimmen, wenn Sie bei der Bank fündig geworden sind. Und jetzt warten Sie gefälligst einen Moment, ich geh kurz nach nebenan zu einem Kollegen.«

Und keine fünf Minuten später, da kommt er auch schon wieder zurück.

»Hier«, sagt er und drückt mir endlich meine heißbegehrte Verfügung in die Hand. »Damit können Sie jetzt zumindest erst mal seinen finanziellen Status abklopfen.«

»Wunderbar«, sag ich. »Und herzlichen Dank auch.«

»Gerne«, entgegnet er und schreitet zu seinem Schreibtisch zurück. »Und im Gegenzug dazu holen Sie sich nun freundlicherweise eine von diesen blitzsauberen und anständigen Uniformen. Und jetzt raus hier. Sie gehen mir gehörig auf die Nerven, Eberhofer. Habe die Ehre.«

»Ganz meinerseits. Habe die Ehre, Richter Moratschek«, entgegne ich noch, und schon schlüpf ich durch die Tür hinaus.

Und nachdem der Stopfer Karl im Anschluss auch

gleich noch so kooperativ ist, mir die Bankverbindung vom Kuglmayer telefonisch durchzugeben, mach ich mich prompt auf den Weg nach Essenbach raus.

»So etwas hatten wir hier ja noch nie«, sagt der Filialleiter als Erstes, blickt von meiner Verfügung auf und wirkt ziemlich hilflos dabei.

»Na ja, für alles gibt es ein erstes Mal«, antworte ich und versuch einen aufmunternden Tonfall in meine Stimme zu legen.

»Da haben Sie wohl recht, Herr Kommissar. Was also kann ich nun genau für Sie tun?«

»Ich brauch einfach alles, was die Kuglmayers hier haben. Konten, Sparbücher, Aktien. Ein eventuelles Schließfach. Einfach alles, verstehen Sie?«

Er nickt ein bisschen verwirrt und gibt mir meine Verfügung zurück. Eine gute Stunde später, da kann ich die Bank auch schon wieder verlassen, bin deutlich schlauer und hochzufrieden. Und als gäbe es keinen besseren Zeitpunkt als diesen, ruft mich nun auch noch der Rudi an.

»Also«, sagt er, grad wie ich in den Wagen steige. »Der Lotto-Otto ist jetzt hier in der Wohnung von der Theresa. Er ist grad ziemlich fertig, weil er halt gedacht hat, wenn er in den Klamotten von seiner Mutter erscheint, dann würde ihn dort am Friedhof niemand erkennen und er könnte die ganze Beerdigung über mit dabei sein. Aber offensichtlich ist es dann anders gekommen.«

»Ich muss ihn verhaften, Rudi.«

»Das weiß ich, und er weiß es auch. Aber immerhin hat er heute seine Mutter unter die Erde gebracht. Und somit den einzigen Menschen, den er überhaupt hatte. Lass ihn einfach noch einen kleinen Moment lang zufrieden, Franz. Du kannst ihn morgen haben.«

»Er wird dir wieder ausbüchsen, Rudi.«

»Nein, wird er nicht, das hat er versprochen.«

»Das hat er versprochen, du Witzbold?«

»Hör zu, Franz. Ich hab grade lange mit ihm darüber geredet. Ihm war es einfach nur wichtig, diese Beerdigung ordentlich und schön vorzubereiten, und das hätte er vom Knast aus nicht tun können.«

»Was ist mit der Kohle?«, frag ich, weil der Zierner sicherlich allmählich sein Geld zurückhaben will.

»Na ja«, sagt der Rudi und schnauft einmal tief durch. »Alles ist nicht mehr da. Er hat ja zuvor noch einiges davon verspielt, und die Beerdigung, die war eben auch nicht grad billig.«

»Wie viel ist noch übrig?«

»Zweiundvierzigtausendeinhundertsiebzig Euro.«

Verdammte Scheiße! Es fehlen fast achtzehntausend. Der Harry wird mich töten.

»Ist das Geld in Sicherheit?«, muss ich hier nachfragen.

»Absolut sicher. Und bei dir, Franz? Gibt's da nennenswerte Neuigkeiten, oder hast du dich etwa auf dem Leichenschmaus gut amüsiert?«

»Jetzt pass mal gut auf, Watson. Dieser Typ, der da grad auf dem Friedhof hinter dem Lotto-Otto her war, das ist ein Kollege von der PI Landshut. Und zwar ein gewisser Kuglmayer Michael. Und um auf deine Frage zu antworten, nein, ich hab mich nicht auf dem Leichenschmaus amüsiert, sondern ich hab derweil dem Kuglmayer seine Bank auseinandergenommen.«

»Und, Sherlock. Fündig geworden?«, fragt er leicht ironisch, und trotzdem merk ich genau, wie beeindruckt er ist.

»Das Konto selber ist auf den ersten Blick sauber. Aber,

und jetzt kommt's, im Schließfach, da waren über einhunderttausend Euro und ein USB-Stick.«

Nun sagt er nix mehr. Vermutlich ist ihm das grad zu viel an Erfolg.

»Da bist jetzt beeindruckt, gell?«, frag ich und muss grinsen.

»Nein, bin ich nicht. Immerhin ist das auch dein Job, so etwas herauszufinden. Allerdings deckt sich das ziemlich exakt mit dem, was mir der Lotto-Otto gerade erzählt hat. Ich hab es im Gegenteil von dir nämlich schon auf die Reihe gekriegt, ihn nach diesen Bullen zu fragen«, entgegnet der Rudi. Hör ich da einen klitzekleinen spöttischen Unterton raus?

»Ja, jetzt mach's nicht so spannend, Rudi. Was hat er dir erzählt, der Lotto-Otto?«

»Insgesamt sind es drei Männer gewesen, mit denen er wegen der Kohle gelegentlich in Kontakt gewesen ist. Und darunter müssen wohl auch zwei Polizisten gewesen sein. Der Lotto-Otto, der ist sich da deshalb so sicher, weil es einmal einen Streit zwischen den dreien gegeben haben soll. Und dabei hat eben einer von denen zu den beiden anderen ›Bullenschweine‹ gesagt. Irgendwelche Namen sind eigentlich niemals gefallen, sagt der Lotto-Otto. Aber dieser Typ vom Friedhof, also der Kuglmayer, der war auf jeden Fall dabei.«

»Okay«, sag ich und starte den Motor. »Ich hab mir in der Bank von dem USB-Stick gleich noch eine Kopie gemacht, das schau ich mir heute noch an. Und du, lieber Rudi, passt auf, dass dir der Lotto-Otto nicht wieder abhandenkommt. Und vielleicht machst ihm auch noch einen schönen Abend, es wird vermutlich sein letzter sein für längere Zeit.«

»Um den schönen Abend musst du dich wirklich nicht kümmern, dafür wird die Theresa schon sorgen«, antwortet er, und dann legt er auf.

Ja, das war klar, dass diese Theresa dafür sorgen wird. Doch das verhagelt mir jetzt nicht meine Laune. Auf gar keinen Fall. Zum einen, weil nun endlich etwas vorwärtsgeht in diesem unsäglichen Fall. Und weil ich zum anderen auch unglaublich neugierig bin, was auf diesem Stick drauf ist. Ich kann es echt kaum erwarten, das herauszufinden.

Meine Ungeduld muss ich dann allerdings erst noch mal zügeln, weil nun der Papa anruft. Er sagt, dass sein depperter Admiral grad ums Verrecken nicht anspringen mag, obwohl er doch zuvor noch damit gefahren ist. Über diesen Vorfall scheint er äußerst verwundert, was mir gleich gar nicht einleuchten will. Sein altes Vehikel hätte nämlich schon längstens mal wieder überholt werden müssen. Doch leider ist der letzte Mechaniker, der mit so einer alten Kiste vertraut gewesen wär, mittlerweile schon sechs Jahre lang tot. Aber wurst. Jedenfalls hätt er die Oma eben vorher noch zum Frisör rübergefahren, und jetzt müsste sie halt von dort auch wieder abgeholt werden. Und das mach ich natürlich, gar keine Frage.

So roll ich kurz darauf vor Monis Frisörsalon, stell den Wagen ab und begeb mich hinein. Der Salon selber ist, wie die Besitzerin, in die Jahre gekommen. Und die Oma, die geht da seit hundert Jahren schon hin, und zwar auch sehr gerne. Immerhin erfährt man dort wie sonst an keinem anderen Ort den lokalen Tratsch und kann in diversen Illustrierten rumstöbern, wer grad mit wem fremdgeht oder welche royalen Geburten anstehen. So was in der Art halt. Die Moni ist im Alter vom Papa und muss früher der heißeste Feger im ganzen Revier gewesen sein. Heute trägt sie fleischfarbene Seidenkniestrümpfe, die ihre Durchblutung stark einschränken dürften, eine viel zu sexy rosafarbene Schürze wie eh, und mittlerweile hat sie Winkearme.

»Was macht's?«, fragt die Oma, steht vom Frisörstuhl auf und holt ihren Geldbeutel aus der Tasche.

»Waschen und legen. Achtzehn, wie immer«, sagt die Moni, stellt ihren Besen beiseite und kommt an die Kasse.

»Dann machst neunzehn«, sagt die Oma. »Wie immer.«

Kapitel 17

Nach dem Abendessen bringt die Susi das Paulchen ins Bett, und danach richtet sie sich her, weil sie nämlich ihren Mädelsabend hat. Ich mag das gern, mal so einen ganzen Abend nur für mich alleine. Und heut ganz besonders, weil ich dadurch an ihren Laptop rankomm. Freilich hab ich auch meinen ganz eigenen Computer, doch der steht im Rathaus und ist dort fest fixiert. Und weil es meine Neugierde nicht mehr bis morgen aushält, endlich diesen USB-Stick unter die Lupe zu nehmen, drum muss eben der Laptop von der Susi herhalten.

Ich hol mir noch schnell ein Bier aus dem Kühlschrank, hock mich damit auf die Eckbank, und dann fahr ich die Kiste hoch. Mal schauen, was ich finde. Und so schau ich und schau. Doch so lang ich auch schau, ich werde nicht schlau. Diese ganzen Daten und Tabellen, die sich da vor mir auf dem Bildschirm auftun, die sind in der Tat alle in lateinischen Buchstaben und arabischen Zahlen. Und trotzdem hab ich den Eindruck, viel eher auf etwas Chinesisches gestoßen zu sein.

»Was machst denn du noch hier, Franz?«, kann ich irgendwann den Leopold vernehmen, der hier grad aus dem Fußboden gewachsen sein muss. »Hast du schon mal auf die Uhr gesehen?«

»Nein«, sag ich und schau auf die Uhr. Es ist drei viertel zwölf. Und drüben vom Wohnzimmer her laufen die Beatles. »Scheiße, schon so spät. Und Gegenfrage, was macht du selber hier bei uns heraußen?«

»Ich muss doch morgen früh um halb fünf die Panida mit den Kindern vom Flughafen abholen«, antwortet er. »Die Herbstferien sind ja vorbei. Und weil es von hier aus viel näher zum Flughafen ist als von uns daheim, da hab ich mir gedacht …«

»Verstehe«, sag ich, steh auf und geh noch mal rüber zum Kühlschrank. »Für dich auch eine Halbe?«

»Gern«, sagt er, während er sich nun auf den Platz hockt, wo ich grad gesessen bin. »Was ist das?«

»Wenn ich das nur wüsste. Für mich sind's böhmische Dörfer. Irgendwelche Tabellen mit irgendwelchen Zahlen und Buchstaben. Ich werd da einfach nicht schlau draus«, entgegne ich, stell ihm sein Bier hin und nehm selber einen ganz großen Schluck.

»Brauchst du das dienstlich, oder was?«, will er nun wissen.

»Vermutlich schon. Wissen kann ich das aber erst, wenn ich rausgefunden hab, was dahintersteckt.«

Jetzt geht die Tür auf und der Papa kommt rein. Bleibt kurz stehen, drückt sich das Kreuz durch und gähnt.

»Habts ihr kein Bett, ihr zwei?«, fragt er dann und schaut vom Leopold zu mir und wieder zurück.

»Und selber?«, frag ich, während ich merk, dass der Leopold inzwischen ganz konzentriert auf diesen Bildschirm hier starrt.

»Was macht er denn da?«, fragt der Papa.

»Keine Ahnung«, antworte ich und zuck mit den Schultern.

Mittlerweile scheint der Leopold völlig weggetreten zu

sein. Scrollt mit der Maus wie ein Wilder und hat vermutlich noch nicht mal die Anwesenheit vom Papa bemerkt.

Und selbst wie ein paar Augenblicke später ans Küchenfenster geklopft wird, scheint er davon nichts mitzukriegen, sondern macht unbeirrt weiter.

»Für dich«, sagt der Papa, nachdem er das Fenster aufgemacht hat. Draußen steht die Susi, und auch sie ist ein bisschen verwundert über das nächtliche Treiben hier.

»Was ist los?«, fragt sie und zurrt ihren Schal etwas enger. »Ist was passiert?«

»Nein, nix. Ich bin hier bloß über ein paar Dokumenten gesessen und dabei nicht recht weitergekommen. Und nun versucht halt der Leopold sein Glück.«

»Kommst du ins Bett?«, fragt sie weiter, und ich nicke.

»Bin gleich da«, verspreche ich noch, und dann mach ich das Fenster wieder zu.

Zwischenzeitlich ist der Papa weg, und auch die Beatles sind nun verstummt. Somit kann man wohl getrost davon ausgehen, dass er sich auf den Weg in die Heia gemacht hat.

»Du, Leopold …«

»Pst! Warte, ich hab's gleich«, unterbricht er mich mit glühenden Wangen. Und so setz ich mich halt noch mal kurz nieder und warte. Weil, wenn er hier tatsächlich was rausfinden kann, dann erspart er mir damit vermutlich einen ganzen Haufen Arbeit. Ganz abgesehen davon, dass es fraglich ist, ob ich überhaupt jemals den Geheimnissen dieses Sticks auf die Schliche gekommen wäre.

»Also hier bei dieser ersten Datei, da ist alles relativ einfach, Franz«, sagt er gleich darauf und macht einen sehr stolzen Gesichtsausdruck dabei. »Im Grunde ist das alles nur eine Art Buchhaltung, verstehst du? Eigentlich genau so, wie ich sie für meinen Laden ja auch immer machen muss. Hier zum Beispiel, in der ersten Spalte, das müssen wohl die Kundennamen sein. Wahrscheinlich unter einem Pseudonym, weil ich keinen kenne, der Warzenohr heißt oder Pferdeschwanz. Dann geht's weiter. Die zweite Spalte Datum, dritte Uhrzeit. Danach kommen ein paar Spalten mit verschiedenen Summen, siehst du? Hier vermute ich mal die Auszahlungen, weil ein Minus davor steht. Dann Zinsen in schwindelerregender Höhe, und das hier müssen demzufolge wohl die Einzahlungen sein. Die letzte Spalte hier, die ist mir allerdings ein Rätsel. In den meisten Fällen ist sie leer. Nur viermal steht ein Buchstabe dahinter. Bei einem gewissen Glücksklee sind es drei. Und zwar einmal ein A, weiter unten ein B und dann noch ein C. Und bei dem Warzenohr steht einmal ein A drin. Was das bedeuten soll, das kann ich wie gesagt nicht rausfinden. Aber sonst ist eigentlich alles glasklar«, sagt er noch und klappt den Laptop zu.

»Danke, Mann«, sag ich und bin ehrlich beeindruckt.

»Gerne«, entgegnet er, während er sich erhebt.

»Du entwickelst dich grad zu meinem Lieblingsbruder«, grins ich ihn an.

»Das hört man gerne«, grinst er zurück. »Du, Franz, ich hau mich im Wohnzimmer drüben noch ein paar Stunden aufs Ohr, ehe ich losmuss. Gute Nacht.«

»Ja, gute Nacht«, sag ich, zieh den USB-Stick raus und steck ihn in meine Jackentasche.

Da sieht man's mal wieder. Man kann ja über den Leopold sagen, was man will. Dass er ein Gscheitschmatzer ist vor dem Herrn. Eine alte Schleimsau sowieso. Und dass er einem so tierisch auf die Eier gehen kann, bis hin zur Weißglut. Doch ganz offenbar hat auch er so seine Vorzüge und Talente und somit eine glasklare Daseinsberechtigung. Schleimsau hin, Gscheitschmatzer her.

Die Geheimnisse der letzten Spalte allerdings, die sind ihm dann doch verborgen geblieben. Gut, woher sollte er das auch wissen, gell? Ich dagegen hab das sofort durchschaut. Die letzte Spalte ist bestimmt die für die Bestrafung, wenn das Geld nicht pünktlich zurückgezahlt wurde. Und bei diesem Glücksklee, da dürfte es sich vermutlich um den Lotto-Otto handeln. Und somit würde das A meinetwegen bedeuten, jemanden krankenhausreif zu schlagen. Und das B steht dann für die Finger. Das C für das Ohr. Ja, ganz gewiss. So in etwa muss das wohl sein.

Nun aber kommt eine Nachricht übers Handy, und zwar von der Susi.

Ich warte auf dich, schreibt sie.

Komme, schreib ich zurück. Schnapp mir noch den Laptop und schalte das Licht aus.

Obwohl ich schon zugeben muss, dass ich in Anbetracht des nächtlichen Arbeitspensums durchaus noch etwas müde bin, freue ich mich heute irgendwie sehr aufs Büro. Dementsprechend heiter bin ich dann auch, wie ich vorher das Paulchen noch schnell bei der Kita abgebe. Leider stoß ich dort bei den Umkleiden ausgerechnet auf den Karpfen und den dazugehörigen Ansgar, was meine Laune dann schon gleich wieder ein bisschen drosselt. Doch glücklicherweise ist der Paul mittlerweile imstande, sich selber ziemlich gut an- und ausziehen zu können, nur bei den Schuhbändern braucht er noch erwachsene Hilfe. Ganz im Gegensatz zum Ansgar natürlich, weil der bindet, als hätte er bereits mit der Nabelschnur aufs Ausgiebigste geübt. Und während sich das Paulchen nun seiner Klamotten entledigt, geh ich mal ein paar Schritte beiseite und schau auf das schwarze Brett. Dort hängt nämlich ein brandneuer Zettel in Neonorange, und zwar vom FC Rot-Weiß Niederkaltenkirchen. Den muss ich kurz lesen. Aha. Offensichtlich sind die wohl aktuell auf der Suche nach Nachwuchskickern. »Bewegungsfreudige Talente« ab drei Jahren werden da aufgefordert, sich beim Verein zu melden. Beziehungsweise die Eltern davon, was ja irgendwie logisch ist. Ein Schnuppertraining soll es auch geben. Und zwar … Ja, heute.

»Was meinst, Paul«, sag ich, geh in die Hocke und bind ihm die Bänder von seinen Hausschuhen zu. »Gehen wir heute zum Fußball?«

»Aber heute ist doch gar nicht Wochenende«, sagt das schlaue Kerlchen.

»Nein, nicht zum Zuschauen, Paul. Sondern zum Selberspielen.«

»Ui, ja!«, ruft er und klatscht ganz aufgeregt in die Hände.

»Ich möchte auch Fußball spielen«, sagt nun der Ansgar zum Karpfen.

»Nein, Ansgar«, entgegnet das Muttertier und holt eine Brotzeitbox aus der Handtasche. »Wir spielen Tennis und Golf. Fußball ist was für Proleten.«

»So, du kleiner Prolet«, sag ich nun zum Paulchen und geb ihm ein Bussi. »Der Papa, der muss jetzt ein paar Verbrecher erschießen, und du gehst schön da rein und ärgerst den Ansgar. Bis heut Abend.«

»Ja, bis heut Abend, Papa«, ruft er noch, und schon saust er den Gang hinunter.

Wie ich dann kurz darauf im Rathaus sitze, ein dampfendes Kaffeehaferl direkt vor mir, da schau ich mir die Tabellen von gestern Nacht noch mal an. Und kann dabei relativ erfreut feststellen, dass sowohl dem Leopold seine Thesen als auch meine eigene zu hundert Prozent stimmen dürften. Die Namen sind getürkt, das ist sonnenklar. Die Summen beträchtlich und die Zinsen einfach nur Wucher. Und was meine Mutmaßung mit den Strafen angeht, da dürfte auch keinerlei Zweifel auftreten. Es ist aber noch eine weitere Tabelle auf diesem Stick. Und nach den Erkenntnissen der gestrigen Nacht kann ich die auch relativ schnell auswerten. Wieder sind Namen und Geldbeträge eingetragen, wenn auch nicht in dieser Höhe. Allerdings gibt es neben dieser Spalte, wo nur ein Buchstabe drin ist, zusätzlich noch eine mit Gewichtsangaben. Und so mutmaße ich mal, dass es sich hierbei um Drogendelikte handeln dürfte. So schnapp ich mir jetzt kurzerhand den Telefonhörer, weil ich den Moratschek darüber in Kenntnis setzen muss.

»Sie haben mir soeben den Glauben an die Menschheit geraubt, Eberhofer«, sagt er am Ende, und zwar ziemlich tonlos.

»Das tut mir leid, Richter Moratschek«, entgegne ich wahrheitsmäßig.

»Wie geht es nun weiter?«, fragt er. »Brauchens einen Haftbefehl?«

»Nein, keinen Haftbefehl, Moratschek. Zumindest nicht für den Kuglmayer. Immerhin haben wir bislang ja nur was gegen *ihn* in der Hand. Doch vermutlich geht es hier nicht nur um den Kuglmayer. Der Feistl Oscar hat ja von mindestens drei Männern gesprochen. Da hängt noch ein ganzer Rattenschwanz hintendran, jede Wette.«

»Ja, ja, dass er kein Einzeltäter ist, davon ist relativ sicher auszugehen. Bei solchen Geschichten, da handelt es sich ja meistens um irgendwelche Banden«, stimmt er mir zu. »Wollens dann vielleicht noch eine Haussuchung machen?«

»Nein, ich möchte keine schlafenden Hunde wecken. Bisher weiß er ja noch gar nicht, dass wir überhaupt etwas gegen ihn haben. Ich hab auch bei seinem Schließfach ganz genau drauf geachtet, dass ich alles wieder so verlasse, wie ich es vorgefunden hab. Solange er sich unertappt fühlt, wird er sich auch so benehmen.«

»Ja, da habens wohl recht.«

»Einen Haftbefehl bräucht ich aber trotzdem«, sag ich jetzt, und es fällt mir nicht leicht. »Weil ich nämlich den Feistl festnehmen muss.«

Der Moratschek schnauft und schreitet zur Tat.

Und schon eine gute Stunde später übergibt mir der Rudi dann an unserem vereinbarten Treffpunkt am Bahnhof den Lotto-Otto mitsamt dem Geld. Auch diese Theresa ist mit von der Partie. Und wie sich die drei im Anschluss voneinander verabschieden, da könnte man fast den Eindruck bekommen, ein Elternpaar schickt seinen einzigen Sohn hinaus an die Front.

»Wenn ihr dann so freundlich sein würdet und zu einem Ende kommt«, sag ich irgendwann mal, wie mir die ewige Drückerei allmählich wirklich zu blöd wird.

»Wann kann man ihn besuchen?«, will diese Theresa noch wissen.

»Keine Ahnung«, entgegne ich und steig in den Wagen. »Aber ich werd's rausfinden.«

»Versprochen?«

»Versprochen«, sag ich noch, und dann fahren wir los.

Im Rückspiegel kann ich die beiden noch winken sehen.

»Wink zurück«, sag ich zum Lotto-Otto. Und er öffnet das Fenster und winkt zurück.

Am Nachmittag fahr ich dann zuallererst mal zum Ziener Harry in die Bank. Also nicht etwa, weil es mir wichtig und notwendig erscheint, dass er endlich seine Kohle zurückkriegt, wenn auch nicht die ganze. Nein, es ist eigentlich eher, dass ich mich selber nicht recht wohlfühl, mit so einem Haufen Geld herumzulaufen.

»Ach, der Herr Eberhofer«, begrüßt mich das Fräulein Babsi gleich freundlich, steht auf und macht ihren Knicks.

»Grüß Gott, Fräulein Babsi«, entgegne ich, nehm ihre Hand und geb ihr einen Kuss drauf.

»Ich schau mal gleich, ob Sie reinkönnen«, kichert sie.

»Da brauchens gar nicht zu schauen«, sag ich und geh an ihr vorbei, Richtung Türe. »Der Harry, der wird sich nämlich riesig freuen, wenn er mich sieht. »Und bringens uns doch bitte noch schnell zwei Tassen Kaffee rein.«

»Sehr wohl«, antwortet sie noch, während ich schon kurz anklopf.

»Ja, bitte«, hör ich, doch da bin ich schon drinnen.

Und zunächst, da freut er sich auch wirklich sehr, der Harry. Er umarmt mich sogar, was ich ja schon rein generell gar nicht haben kann. Aber wurst.

Jedenfalls erscheint kurz darauf das Fräulein Babsi mit einem Tablett und verschwindet gleich wieder genauso leise, wie sie grad reingekommen ist. Und während ich nun den Kaffee genieße, ist der Harry dabei, seine Scheine zu zählen. Insgesamt zählt er sie ganze drei Mal und wird jedes Mal weißer und weißer.

»Da … da fehlen fast achtzehntausend Euro, Franz«, sagt er schlussendlich und fällt in seinen Sessel zurück.

»Allerhand«, entgegne ich.

»Wann krieg ich den Rest?«

»Gar nicht«, sag ich und trink meinen Kaffee aus. »Betrachte es einfach als eine Art Schweigegeld für diese Sache in Berlin. Und sei mal ehrlich, Harry, es trifft auch keinen Armen.«

»Was … was ist mit diesem Video?«

»Es gibt kein Video, Harry. Und es hat auch nie eins gegeben. So, ich pack's. Du kannst jetzt den Mund wieder zumachen.«

Und gleich darauf, wie ich beim Fräulein Babsi zurück bin, da können wir ihn durch die geschlossene Tür hindurch noch schreien und fluchen hören.

»Gottverdammter Dreckswichser« ist noch das Netteste, was ich versteh.

»Ehrlich gesagt glaub ich nicht, dass er sich so arg über Ihren Besuch gefreut hat, Herr Eberhofer«, sagt sie nun und schaut besorgt Richtung Tür.

»Das wird schon wieder, Fräulein Babsi«, erwidere ich noch, und dann bin ich weg.

Kapitel 18

Der Paul ist ganz außer sich, wie wir uns am Abend auf den Weg zum FC Rot-Weiß machen. Schon hundert Meter, bevor wir am Fußballstadion eintreffen, da reißt er sich von meiner Hand los und beginnt zu rennen, so was hab ich noch niemals gesehen. Die Lotta läuft hinter ihm her und hat mit ihrem verkümmerten Haxen gut zu tun, auf seiner Höhe zu bleiben. In der Umkleidekabine geht's dann praktisch zu wie im Gewandhaus für Zwerge, und der Kindergarten scheint so gut wie vollzählig anwesend zu sein. Buben sowie Mädchen, allesamt Proleten, nur den Ansgar kann ich erwartungsgemäß nirgends entdecken. Es ist sehr eng hier, weil sich obendrein noch etliche Elternteile mit reingequetscht haben. Und wie schließlich alle Kinder in Stutzen und Trikots stecken und auch das letzte Paar Schnürsenkel gebunden ist, da geht ein Pfiff durch den Raum und der Jocheder Lucki erscheint im Türrahmen. Das ist der Libero von unserer ersten Mannschaft und neben dem Buengo vielleicht so was wie unser Lokalmatador.

»Auf geht's, Jungs«, brüllt er durch die Menge aus Zwergen und Eltern hindurch. »Zum Warmmachen einmal um den Platz rumlaufen. Und zwar in Zweierreihen.«

»Und was ist mit den Mädchen?«, fragt eine süße Kleine mit Sommersprossen und einem Schnuller in der Hand.

»Ja, die natürlich auch, aber ohne den Dietzel«, entgegnet der Lucki und bläst ein weiteres Mal in seine Trillerpfeife. »Also, Rasselbande, raus mit euch.«

Anschließend tapsen unzählige winzige Füße durch die Tür hindurch, die Treppen hoch und danach am Rande des Fußballplatzes entlang. Die Stimmung ist gut, obwohl das mit der Zweierreihe noch nicht so einwandfrei klappen will. Auch wir Eltern gehen nun freilich raus, um nicht ganz ohne Stolz die sportlichen Ambitionen unserer Sprösslinge beobachten zu können. Die Susi ist ziemlich beschäftigt, unsere Lotta an der kurzen Leine zu halten, weil die halt ums Verrecken gern mitlaufen tät. Und der Paul, der ist gut unterwegs, und zwar im vordersten Drittel der laufenden Truppe. Und wenn er sich nicht ständig nach uns umdrehen würde, um zu winken, da wär er vermutlich noch viel weiter vorne. Aber wurst. Wie dann dieser Spurt der jungen Athleten irgendwann zu Ende geht, da bricht ein frenetischer Jubel aus, das kann man kaum glauben. Olympische Spiele quasi Scheißdreck dagegen. Ohnehin sind unglaublich viele Leute anwesend, das gesamte Gelände ist rappelvoll. Im Grunde sind fast mehr da, als wenn unsere erste Mannschaft spielen würde. Und es sind durchaus nicht nur Eltern darunter. Auch die Oma steht gemeinsam mit der Mooshammerin auf der Tribüne, und beide haben rot-weiße Schals um den Hals gewickelt. Weiter oben kann ich den Papa sehen, der sich grad ein Tütchen dreht. Auch die Familie Simmerl ist da, und zwar heute samt Sohnemann Max und somit geschlossen. Und sie verkaufen Leberkässemmeln aus dem Bauchladen heraus.

»Servus, Franz«, kann ich plötzlich den Buengo vernehmen, der mit sportlich wippenden Schritten grad auf uns zukommt. Er trägt einen schneeweißen Trainingsanzug zu seinen schneeweißen Zähnen, der sein Gesicht gleich noch viel dunkler erscheinen lässt, als es in Wirklichkeit ist.

»Servus, Buengo«, grins ich ihn an. »Na, macht unsere schwarze Perle den Assistenztrainer, oder was?«

»Nein«, sagt er, während er die Susi kurz abknutscht. »Die schwarze Perle ist Headcoach, Franz. Lucki nur kurz einspringen, weil ich zuvor noch meine Zumba-Kurs fertig mach.«

»Buengo«, ruft nun der Lucki über die ganzen Leute hinweg. »Übernimmst du jetzt bitte? Ich muss echt langsam los.«

»Logisch, kimm glei«, ruft der Buengo retour, klopft mir auf die Schulter und schwingt dann seinen athletischen Hintern Richtung Fußballplatz. Dort überreicht ihm der Lucki noch kurz seine Pfeife, ehe er selber einen Abgang macht.

»Okay, alle mal hören«, ruft der Buengo, nachdem nun auch er gepfiffen hat. Und gleich darauf haben die kleinen Kicker auch schon einen Kreis um ihn gebildet. Ich zähl sie mal durch. Es sind siebzehn. Jedenfalls sind sie es ein paar Augenblicke lang. Plötzlich aber bahnen sich zwei Väter einen Weg zu der Gruppe hindurch.

»So weit kommt's noch«, sagt der Kleinere davon aus seinem Jogginganzug heraus. »Dass ausgerechnet ein Neger unsere Buben trainiert.«

»Ganz genau. Komm, Leander. Wir sprechen mit dem Vorstand«, pflichtet nun der Größere bei, und schon machen sich die beiden samt ihren Buben vom Spielfeld. Ich kenn diese Typen nicht, vermute aber, dass es sich dabei um einen weiteren Zuwachs aus dem Neubaugebiet drüben handelt. Doch immerhin hab ich sie vorher kurz gesehen, wie wir hier angekommen sind und sie ihr Auto eingeparkt haben. Direkt vor dem Vereinsheim haben sie geparkt, das weiß ich genau.

Mittlerweile haben sie auch tatsächlich unseren Vereinsvorstand, also den Andy, ausfindig machen können. Der steht nämlich mit verschränkten Armen dort am unteren Tribünenrand und hört diesen beiden Wichtigtuern grad aufmerksam, wenn auch eher unbeeindruckt zu. Unter all den anderen Leuten ist inzwischen Stimmengewirr zu vernehmen, und jeder scheint sich auf die eine oder andere Weise mit einbringen zu müssen. Ich geh mal rüber zum Simmerl Max.

»Max«, sag ich und deute mit dem Kopf zu den beiden Querulanten rüber. »Pass auf, da draußen vor dem Vereinsheim, da steht ein dunkelgrüner Opel rückwärts an der Hausmauer, und der hat eindeutig viel zu viel Reifendruck drauf. Würdest du die Sache in Ordnung bringen?«

»Echt? Auf allen vier Rädern, oder was?«, fragt er grinsend, hat mich offenbar sofort verstanden und nimmt schon mal seinen Bauchladen ab.

»Auf allen vier Rädern«, bestätige ich und mach mich dann auf den Weg zum Andy.

Die zwei Väter reden noch immer ungebremst auf ihn ein, während ihre Buben sehnsüchtig auf das Spielfeld blicken, wo alle anderen Kinder ganz fleißig ihre Bälle hin und her schieben und dabei ganz offensichtlich mächtig viel Spaß haben.

»Aber es kann doch wohl nicht angehen«, knurrt der Jogginganzug, grad wie ich hinkomm. »Dass unsere Kinder nicht angemessen trainieren können, nur damit euer Quoten-Neger eine Beschäftigung hat. Hat er denn eigentlich einen Trainerschein?«

»Er trainiert Dreijährige, großer Gott«, sagt der Andy und wirkt echt genervt.

»Also hat er keinen. Ja, das war klar.«

»Er wird einen machen.«

»Glauben Sie ernsthaft, wir bezahlen hier Beiträge, damit Sie diesem Bimbo einen Trainerschein finanzieren?«

»Jetzt gehen Sie mal bitte runter vom Gas. Und ganz ehrlich gesagt, ist es mir vollkommen egal, was Sie glauben oder nicht«, sagt nun der Andy und wird auch deutlich lauter dabei.

»Was denken Sie eigentlich, warum wir hier aufs Land gezogen sind? Damit wir eben endlich einmal Ruhe haben von diesem ganzen Gesocks.«

»Brauchst du irgendwie Hilfe, Andy?«, muss ich mich jetzt mal einmischen.

»Darfst du sie erschießen?«, fragt er zurück.

»Ich befürchte, nein«, antworte ich wahrheitsgemäß.

Nun schnauft der Andy einmal tief ein und dann wieder aus, und für einen Moment wandert sein Blick zu mir und danach auf die Nachwuchskicker. Dort bleibt er hängen.

»Herrschaften«, sagt er am Ende. »Sie wollen keine Neger haben und wir keine Rassisten. Ich glaube, somit dürfte unsere weitere Zusammenarbeit wohl gescheitert sein. Und jetzt habe die Ehre.«

Danach sagen sie nichts mehr. Werfen nur noch einen kurzen abschätzigen Blick in die Runde und verlassen wutschnaubend das Stadion samt ihren traurigen Buben.

Aus den Augenwinkeln heraus kann ich sehen, wie der Max nun zurückkehrt. So dreh ich mich ab und geh ihm ein paar Schritte entgegen.

»Bingo?«, frag ich, während er sich seinen Bauchladen wieder umschnallt.

»Bingo!«, antwortet er knapp und zufrieden. Und so schnapp ich mir nur noch schnell eine von seinen göttlichen Leberkässemmeln und begeb mich damit zur Susi zurück.

»Magst beißen?«, frag ich, doch sie schüttelt den Kopf.

»Zwei Kilo müssen runter«, sagt sie, ohne jedoch den Paul aus den Augen zu lassen.

»Ich wüsst da schon was, wo man einige Kalorien verbrennt.«

»Tatsächlich?«, grinst sie jetzt so vor sich hin.

»Und«, will ich wissen. »Wie macht er sich so?«

»Er ist schnell. Sehr schnell sogar. Aber so rein vom Ballgefühl her, da hat er echt keine Ahnung.«

»Das wird schon. Wirst sehen, das wird der Buengo schon hinkriegen«, sag ich grad noch, dann eilt der Bürgermeister auf mich zu. Irgendwie wirkt er ganz aufgeregt und ist hocherfreut, dass unser Paulchen jetzt auch schon Fußball spielen kann und mit Sicherheit bald der Torschützenkönig sein wird. Jede Wette, sagt er. Das kann man doch bereits jetzt ganz eindeutig sehen, so souverän, wie er am Ball ist. Ein Naturtalent, quasi. Blitzschnell und geschmeidig. Fast wie der Messi. Und wenn der Paul erst mal ein paar Wochen lang trainiert hat, da können wir uns auf einiges gefasst machen, die Susi und ich. Weil, da würde es bestimmt gar nicht lang dauern, und die ersten Scouts von den Sechzigern würden an unserer Haustür scharren. Oder vielleicht sogar die von den Bayern, wer weiß.

»Bürgermeister«, frag ich, weil ich so rein gefühlsmäßig schon irgendwas im Urin hab. »Was wollens denn eigentlich von mir?«

»Nix, Eberhofer. Ich will gar nix. Oder fast nix«, sagt er und versucht es mit einem heiteren Tonfall. »Es ist halt nur wegen unserem Dings … Also unserem Martinsumzug, wissens. Wie halt jedes Jahr. Fahrbahn absperren und so was in der Art. Damit halt nichts passiert, gell.«

Doch noch bevor ich überhaupt eine Antwort parat hab, da erscheinen unsere brandneuen Lieblingsfeinde ein weiteres Mal hier bei uns am Spielfeldrand, und ihre Gesichter sind alles andere als fröhlich.

»Wer von euch Vollidioten hat uns die Luft aus den Autoreifen gelassen?«, schreit der Jogginganzug durch die Menschenmenge hindurch, und ich glaub, er hat Schaum vor dem Mund.

»Das …«, kann ich den Simmerl Max nun glasklar vernehmen und will es trotzdem kaum glauben. »Das war ich.«

Mit riesigen Schritten eilt nun der Jogger in die Richtung vom Max, seinen Komplizen dicht auf den Fersen.

»Stopp«, schrei ich und zieh meine Waffe. »Die Anweisung dazu, die hat er allerdings von mir bekommen.«

Völlig abrupt bleiben die beiden nun stehen und starren zu mir her.

»Ach, und Sie wollen uns nun mit einer Waffe bedrohen, oder was?«

»Nein«, sag ich und geh auf sie zu. »Ich glaub, das wird's gar nicht brauchen. Weil ihr zwei Hanseln, ihr werdet euch nämlich nun ganz und gar freiwillig von hier verabschieden und vom Acker machen. Und zwar umgehend. Eure Buben, die könnt ihr gern dalassen. Die können ja nix dafür, dass ihre Väter Schwachköpfe sind. Aber ihr zwei hauts endgültig hier ab. Und zwar hurtig, weil sonst der Watschenbaum umfällt.«

Anschließend bricht ein erneuter Jubel aus, dass es beinahe unglaublich ist. Und unter dem ganzen Getöse und

Lärmen unserer Niederkaltenkirchner, da verlässt dieses dämliche Pack nun schließlich den Fußballplatz vom FC Rot-Weiß.

»Das hast du ganz toll gemacht, Franz«, sagt die Susi später beim Heimweg und ist damit nicht die Einzige, die mir heute Abend auf die Schulter klopft.

»Ich hab das auch ganz toll gemacht«, sagt der Paul, den ich jetzt tragen muss, weil er müde ist und ihm die kleinen Füße wehtun.

»Natürlich hast du das ganz toll gemacht, Paulchen«, sagt die Susi und kneift ihn in die Wange. Er legt seinen Kopf an meine Schulter, und keine zehn Schritte weiter, da ist er auch schon eingeschlafen.

Eine gute Stunde später, die Susi und ich liegen grad voll gemütlich und entspannt auf dem Kanapee, da läutet mein Telefon.

»Nicht rangehen«, murmelt die Susi aus ihrer Wolldecke heraus.

»Doch, ich muss, Susi. Nur ganz kurz. Es ist der Rudi, der dran ist. Und wenn ich da jetzt nicht abheb, dann ist er wieder beleidigt für Minimum ganze zwei Wochen, verstehst?«, erklär ich noch schnell, und dann heb ich ab.

Diese dämlichen Besuchszeiten will er wissen, der Rudi. Also praktisch die für den Lotto-Otto. Mist, daran hab ich irgendwie überhaupt nicht gedacht.

»Du, Rudi, das ist jetzt grad ein bisschen schwierig …«, murmele ich so in den Hörer.

»Was ist daran schwierig?«

»Ja, keine Ahnung …«

»Hast du es etwa vergessen?«, unterbricht er mich gleich. »Du hast es vergessen, Franz. Du hattest eine einzige popelige Aufgabe, mein Gott. Und zwar die, nach diesen Besuchszeiten für den Lotto-Otto zu fragen. Ist denn das zu viel verlangt? Aber, nein, lieber Franz. Mach dir bitte keine Mühe, ich werde das selber herausfinden.«

»Du, Rudi«, sag ich und setze mich mal auf. »Ich glaube, wir haben da langsam, aber sicher ein erhebliches Problem, wir beide. Und zwar genau genommen, seit dir diese Theresa an deinen Arschbacken klebt. Wir sind jetzt seit gefühlten hundert Jahren ein Team. Vielleicht erinnerst du dich. Ich bin morgen um neun Uhr am Bahnhof. Und da wirst du gefälligst auch da sein. Und zwar allein. Und dann, lieber Rudi, dann werden wir mal ein bisschen Tacheles reden.«

»Ist das jetzt eine Bitte oder eine Anweisung?«, fragt er nach einer kurzen Gedenkminute.

»Such es dir aus«, antworte ich, und dann leg ich auf.

»Was hat er denn wieder?«, will die Susi nun wissen, während sie ihre Fingernägel feilt.

»Einen Vogel hat er, der Rudi. Einen Vogel in der Größe von einem Düsenjet«, entgegne ich noch und mach mir ein Bier auf.

Kapitel 19

Bevor ich am nächsten Tag nach Landshut reinfahr, da lauf ich im Rathaus saudummerweise und ausgerechnet noch in die bürgermeisterlichen Arme hinein. Und nachdem er mir ein weiteres Mal und ziemlich frenetisch zu den außergewöhnlichen Talenten meines Filius gratuliert hat, da kommt er auch schon auf den Punkt. So hätte er ein paar Tagesordnungspunkte auf seiner Agenda und die würde er nun gern mit mir durchhecheln, sagt er. Mein zehnjähriges Dienstjubiläum würde da beispielsweise ganz oben auf der Liste stehen oder auch der leidige Martinsumzug. Da kann man dann direkt von Glück reden, wenn man ein Verbrechen aufklären muss und somit ein vernünftiges Alibi hat.

»Bürgermeister«, sag ich deswegen und schau ihm direkt in die Augen. »Sie wissens doch wohl selber am besten. Nix würd ich jetzt lieber tun, als diesen Umzug mit Ihnen zu planen. Oder meinetwegen auch das Jubiläum. Wir würden uns vorn bei den Verwaltungsmädels noch einen schönen Kaffee holen und danach in der warmen Stube ganz gemütlich Punkt für Punkt miteinander durchgehen. Aber nein, ich muss raus in die Kälte, weil ich einen Fall aufzuklären hab. Es ist zum Verzweifeln.«

So recht weiß er jetzt nicht, was er mit dieser Aussage anfangen soll. Man sieht's ihm direkt an, dass er stark am Überlegen ist. Meint er das jetzt ehrlich, der Eberhofer, oder verarscht er mich grad? So jedenfalls steht's ihm in die Stirn gemeißelt. Und ich nutze diesen kurzen Augenblick der Verwirrung und mach mich auf den Weg zu meinem Wagen.

Der Rudi ist pünktlich am Bahnhof, und ich bin es Gott sei Dank auch, sonst wär ja bereits der Startschuss unseres Treffens ein einziges Fiasko geworden. Und kurz darauf sitzen wir auch schon in einem kleinen Bäckerei-Cafe und bestellen Cappuccino und Butterbrezen. Völlig gegen meine Erwartung verläuft das Gespräch daraufhin äußerst sachlich und kompetent. Wobei ich der Ehrlichkeit halber schon zugeben muss, dass wir bis dato nur über den Fall gesprochen haben, kein einziges Wort war privater Natur. Nach dem dritten Cappuccino wird mir langsam schlecht, und ein Blick auf die Uhr zeigt mir deutlich, dass es allmählich auf Mittag zugeht. Und mittags wär ich eigentlich schon ziemlich gern daheim. Weil's bei uns heute nämlich ein Welcome-back-Essen gibt für die Panida und die Kinder. Freilich liegt mir nichts ferner, als mit dem Leopold gemeinsam Mittag zu essen, ganz klar. Aber andererseits hab ich halt auch gesehen, dass die Oma heut früh einen Guglhupf in den Ofen reingeschoben hat. Und der Guglhupf von der Oma, der ist einfach der bloße Wahnsinn. Und wenn man da nicht schnell genug ist, dann kann man hinterher nur noch die Krümel zusammenkratzen, und das war's dann.

»Gut, Rudi, ich muss los«, sag ich jetzt deshalb in Gedenken an den Guglhupf und zieh meinen Geldbeutel hervor.

»Wir haben bisher nur über diesen Kuglmayer und seine dubiose Schließfachgeschichte gesprochen, Franz. Ich dachte, du wolltest mit mir über unsere Beziehung reden.«

Ja, das wollte ich tatsächlich. Gestern Abend. Da hatte ich irgendwie das Bedürfnis dazu. Aber heute, nach diesem entspannten Meeting von soeben, da möchte ich halt einfach, dass die Stimmung nicht wieder kippt und wir uns ein weiteres Mal wie ein altes Ehepaar streiten.

»Lass gut sein, Rudi«, sag ich noch so, während er sein Telefon zückt und eine Nummer wählt.

»Theresa, du kannst jetzt kommen«, vernehme ich dann und frag mich grad ernsthaft, ob er denn wirklich keine einzige freie Minute mehr ohne dieses Weibsstück verbringt.

»Es geht mich ja nix an, Rudi«, muss ich deswegen noch kurz loswerden. »Aber ehrlich gesagt, mach ich mir grad schon ein bisschen Sorgen deinetwegen.«

»Da musst du dir gar keine Sorgen machen. Weil die Theresa, die kommt jetzt nicht meinetwegen hierher, Franz. Sondern deinetwegen. Sie will mit dir sprechen, das ist alles.«

Das ist alles? Was will die von mir? Und was in aller Welt hätte ich mit der zu besprechen? Sie ist ein blutjunger Hüpfer, und ich kenne sie doch kaum. Im Grunde gibt es nur eins, was mich echt interessiert, und zwar, was sie vom Rudi möchte. Und warum sie ihn so dermaßen aufhetzt gegen mich. Doch noch bevor ich mich überhaupt weiter beschäftigen könnte damit, geht vorne die Tür auf und sie erscheint auch schon im Café. Samt ihrem Parka, einem Rucksack und einer Mütze auf dem Kopf, ganz weit nach hinten geschoben. Sie begrüßt uns beide und gibt dem Rudi einen Kuss auf die Wange.

»Na, wie weit seid ihr beide gekommen?«, fragt sie, nachdem sie den Parka abgelegt und Tee bestellt hat.

»Wir haben über den Fall geredet«, sagt der Rudi.

»Ja«, muss ich ihm nun beipflichten und nicke artig. »Das war prima. Und jetzt muss ich leider auch schon los.«

»Franz, bitte setz dich wieder«, sagt diese Theresa, grad wie ich am Aufstehen bin und so rein verabschiedungstechnisch dreimal auf die Tischplatte klopf. Und so setz ich mich wieder nieder. Kleinlaut und brav wie ein Primaner. Der Rudi grinst kaum merklich, aber er grinst. Was passiert hier gerade? Warum befiehlt mich hier ein Mädchen auf meinen Stuhl zurück? Einen erwachsenen Mann, einen Polizisten und Vater. Und warum hockt sein Freund und Partner daneben, der ebenfalls längst erwachsen ist, und grinst? Bin ich hier grad im falschen Film, oder was?

»Du, Theresa …«, sag ich deswegen und will grad wieder aufstehen, wie sie mich prompt unterbricht.

»Okay, gib mir zwei Minuten, Franz. Zwei Minuten dürfte dir die Freundschaft zum Rudi doch wohl wert sein, glaub ich.«

Der Rudi schaut mich jetzt an. Erwartungsvoll und doch voller Zweifel. Und so nick ich halt kurz, und dann beginnt sie zu erzählen. Anfangs schau ich noch im Sekundentakt auf die Uhr. Und mit jedem Mal, wo der Zeiger weiter nach vorn rückt, da seh ich den Guglhupf schrumpfen. Ja, er schrumpft vor meinem geistigen Auge und wird mit jedem Tick-Tack Stück für Stück kleiner und kleiner. Kurz darauf aber bin ich schon so dermaßen gefangen, dass ich ihr regelrecht an den Lippen häng. Ganz abgesehen davon, dass mich ihre Geschichte schon rein aus meinem beruflichen Interesse im gleichen Maße fesselt wie abstößt, ist es auch rein persönlich betrachtet eine einzige Tragödie.

Den Vater, den hat sie gar nicht erst kennengelernt, die Theresa. Und ihre Mutter war die meiste Zeit über völlig zugedröhnt und ist irgendwann mal mit einer Band durchgebrannt, da war das Mädchen noch keine zehn Jahre alt. So ist ihr am Ende nur die Großmutter geblieben, die im Haus ihres Sohns Stefan und dessen Familie im Frankfurter Umland gelebt hat. Die Frau vom Onkel Stefan, die hatte es ja schon gehasst, als sie nur mit ihrer Schwiegermutter unter einem Dach leben musste. Noch dazu, wo die nur eine ganz kleine Rente hatte und somit zum Lebensunterhalt kaum was beitragen konnte. Wie dann aber auch noch die Theresa dazugekommen ist, da war bei ihr der Ofen komplett aus. Vom ersten Tag an hat sie das Kind behandelt wie den letzten Dreck. Und trotzdem hat sie sehr schnell begriffen, wie brauchbar das Mädchen doch war. Und nur ein paar Wochen später, da hat sie dann den kompletten Haushalt geschmissen und sich darüber hinaus noch täglich dafür bedanken müssen, dass sie überhaupt hierbleiben konnte. Die Großmutter war schlicht und ergreifend abhängig in ihrer gesamten Situation, hat ihr zwar Trost gespendet, aber nicht wirklich einschreiten können. Auch nicht ein halbes Jahr später. Als sich zunächst der Onkel Stefan nachts in Theresas Zimmer geschlichen hat. Und kaum, dass ihre beiden Cousins die Pubertät erreichten, dann auch diese.

An dieser Stelle krampft sich nun schon mein Magen zusammen, und der Gedanke an den Guglhupf ist in unendliche Entfernung gerückt.

»Warum hast du sie nicht angezeigt?«, frag ich nun fast tonlos.

»Ich hab sie angezeigt«, sagt die Theresa mit ganz fester Stimme, und aus den Augenwinkeln heraus kann ich sehen, dass der Rudi aus dem Fenster blickt und Tränen in den Augen hat.

»Ich hab sie alle angezeigt, gleich wie ich volljährig war. Alle miteinander, nur die Großmutter nicht. Und alle haben ihre Strafe bekommen«, sagt sie, holt tief Luft und schaut mich eindringlich an. Und ganz ehrlich weiß ich nicht, ob ich das alles überhaupt hören will. »Ich hab ein Kind von einem der drei, und es ist mir völlig egal, von wem es ist«, fährt sie fort. »Die Kleine ist gut untergebracht, das war mir wichtig. Vier Jahre lang hab ich auf der Straße gelebt, das solltest du vielleicht wissen, Franz. Vielleicht verstehst du dann, dass du dich wie ein Arschloch verhältst. Und ich kenn mich aus mit Arschlöchern, ich hab so unendlich viele davon getroffen. Kein Bett zu haben für die Nacht, das ist grausam. Besonders wenn es kalt ist. Das wünscht man seinen Feinden nicht. Und schon gar keinem Freund. Ich bin ziemlich entsetzt gewesen, als mir der Rudi davon erzählt hat. Und seither frag ich mich, wie ein so treuer und herzlicher Mensch, wie der Rudi es ist, schon so lange ausgerechnet mit einem Arschloch befreundet sein kann.«

»Du, Theresa …«, start ich einen vagen Versuch, weil ich jetzt schon irgendwie verstehen will, warum sie tickt, wie sie tickt.

»Du musst dich nicht rechtfertigen, Franz«, unterbricht sie mich aber gleich. »Zumindest nicht mir gegenüber. Ich wollte nur, dass dir mal ein Außenstehender die Augen öffnet, das ist alles. Und vielleicht auch jemand, der sich mit Menschlichkeit und Unmenschlichkeit auskennt, wie es zum Glück nur wenige tun, okay?«

»Okay«, entgegne ich relativ kleinlaut. Jetzt legt der Rudi seine Hand auf die meine, und immer noch hat er Tränen in den Augen.

Großer Gott, hol mich weg von hier!

»Gut, dann Themenwechsel«, sagt die Theresa weiter und nimmt nun ihre Mütze ab. »Vielleicht kann ich euch mit den Casinos weiterhelfen. Ich kenn diese Szene.«

»Du hast ihr von unserem Fall erzählt?«, frag ich den Rudi, und jetzt bin ich fassungslos. Er merkt es auch gleich und schaut erneut aus dem Fenster.

»Ja, hat er«, antwortet sie statt seiner. »Aber er war betrunken. Er war übrigens deinetwegen betrunken, und er hat mir alles erzählt. Eben auch die aktuellen Sachen. Außerdem hab ich ja auch den Lotto-Otto kennengelernt, wie du weißt.«

»Das sind interne Ermittlungen, Mann. Rudi, wie lange warst du bei der Polizei? Du wirst doch wohl noch wissen …«

»Was passiert ist, ist passiert«, unterbricht sie mich wieder. »Jetzt sollten wir das Beste draus machen.«

»Sorry, Theresa. Aber du wirst in dieser Sache gar nichts machen. Kümmere du dich um sozial oder geistig Unterbemittelte und lass gefälligst deine Finger von irgendwelchen Kriminalfällen«, sag ich nun und merke, dass mir langsam der Kamm schwillt. Bei allem Verständnis für ihre furchtbare Vergangenheit, hier schießt sie klar übers Ziel hinaus.

»Siehst du, so ist er immer«, quengelt der Rudi.

»Ich mache jetzt …«, versucht sie es noch mal.

»Mach, was du willst, aber lass mich zufrieden«, sag ich jetzt und steh auf.

»Kannst du mir wenigstens noch einen Besuchstermin beim Lotto-Otto organisieren?«, fragt sie hier nach und ist schon nicht mehr so souverän wie gerade.

»Was zum Teufel willst du von ihm?«, möchte ich wissen.

»Keine Ahnung. Aber irgendwie sind wir seelenverwandt, der Lotto-Otto und ich. Wir hatten eine ähnlich trostlose Kindheit und haben beide den einzigen Menschen verloren, der sich je was um uns geschissen hat. Vielleicht ist es das. Aber es spielt doch auch gar keine Rolle.

Ich möchte ihn einfach besuchen, und zwar bald. Oder ist das verboten?«

Himmelherrschaft noch mal!

So ruf ich halt noch kurz in der JVA an, organisier diesen dämlichen Besuchstermin, und zwar schon für morgen, und geb ihn an die Theresa weiter. Sie nickt und lächelt zaghaft. Setzt sich die Mütze auf, schlüpft in ihren Parka, und dann ist sie auch schon wieder verschwunden.

»Da hast du dir ja ein nettes Früchtchen angelacht«, sag ich zum Rudi, der ihr, genauso wie ich selber grad, hinterherschaut.

»Sie ist Mitte zwanzig, Franz. Und hat schon mehr erlebt als wir beide zusammen. Und sie hat noch nie ein fettes Stück vom Kuchen abgekriegt, immer nur die Krümel. Und selbst die hat sie sich bitter erkämpfen müssen«, entgegnet er nachdenklich. Und ja, da hat er wohl recht.

»Du, Rudi. Ich muss los«, sag ich, weil mir grad der Guglhupf wieder in den Sinn gekommen ist.

»Aber wie machen wir denn weiter in diesem Fall?«

»Das ist nicht die richtige Frage, Rudi. Die richtige Frage ist: Wann machen wir weiter? Und die Antwort darauf ist: morgen. Ich ruf dich morgen in der Früh an«, sag ich noch so beim Rausgehen. »Ach ja, und hast du ein Bett für die Nacht?«

»Hab ich«, grinst er. »Aber danke.«

Wie man sich wohl unschwer vorstellen kann, bin ich ziemlich platt, wie ich mich auf den Heimweg mache. Weil ich es erstens ganz generell schon unglaublich nervtötend finde, wenn mir jemand einen moralischen Einlauf verpasst. Besonders wenn mir zweitens dieser Jemand noch vollkommen fremd ist und somit mich und meine Charakterzüge überhaupt gar nicht kennen kann. Es drittens obendrein eine Göre ist, die rein altersmäßig beinah meine Tochter sein könnte. Das kann dir die Stimmung schon ziemlich verhageln, frag nicht.

Das wird auch nicht besser, wie ich kurz darauf in die Küche reinkomm. Weil die so dermaßen voll ist, man kann kaum noch atmen. Unter einem riesigen »Herzlich-willkommen-Banner« und unzähligen bunten Luftballons hockt nämlich die komplette Verwandtschaft um die Eckbank herum und ist so fleißig am Ratschen, dass von meiner Ankunft hier kaum jemand Notiz nimmt. Nur die kleine Sushi, die entdeckt mich und springt mir auch gleich mit einem Freudenschrei in die Arme.

»Onkel Franz!«, ruft sie, und nun begrüßt mich auch der Rest dieser Sippschaft.

»Sushilein, endlich wieder im Lande«, sag ich.

»Der Paul kann jetzt reden.«

»Ich weiß.«

»Das ist schön, dann kann er mir jetzt immer alles erzählen.«

»Ja, und er erzählt ziemlich viel, wenn er mal anfängt.«

»Ich hab dir was mitgebracht, Onkel Franz.«

»Was denn?«, frag ich, und schon hüpft sie von meinem Schoß runter, flitzt in die Diele hinaus und kommt mit einem Karton zurück. Den trägt sie, als wären rohe Eier drin, und überreicht ihn mir dann aufs Feierlichste.

»Vorsicht, Onkel Franz«, sagt sie währenddessen. »Da ist Glas drin.«

Und so öffne ich die Schachtel äußerst behutsam und kann auch gleich feststellen, dass sie recht hat. Ja, da ist Glas drin. Und zwar eine Flasche mit thailändischem Bier und dem Namen Chang auf dem Etikett. Zwei Elefanten sind ebenfalls drauf. Ich weiß ehrlich gesagt nicht, warum man Bier ausgerechnet von Thailand nach Bayern importieren muss, aber ich freue mich trotzdem. Oder besser gesagt, tu ich so, als würd ich mich freuen.

»Ein Chang-Bier«, frohlocke ich, und die Sushi strahlt. »Ja, wunderbar. So was hab ich mir ja schon immer gewünscht.«

»Ui, das hat der Papa gewusst«, sagt sie und klatscht vor Freude in die Hände.

»Da siehst du einmal, was für einen gescheiten Papa du hast«, sag ich und schau derweil mal in die Töpfe. Finden tu ich die Reste von einem Hirschgulasch und eineinhalb Knödel, die wohl schon mal besser ausgesehen haben.

»Was ist mit dem Guglhupf?«, frag ich und deute auf eine leere Kuchenplatte, die ich in der Spüle finde.

»Mei, Bub. Der Guglhupf, der ist schon weg«, kommt nun die Oma zum Einsatz und dabei auf mich zu. Sie trägt ein seltsames Seidentuch um den Hals in himmelschreienden Farben. »Aber ich mach dir das Gulasch schnell warm.«

Und schon schreitet sie zur Tat. Und während ich anschließend beginne, das Wild zu verspeisen, samt diesen datschigen Knödeln, erfahre ich von einigen anderen Souvenirs, die nun ebenfalls bei uns Einzug gehalten haben. So ist nun auch die Susi im Besitz eines Seidenschals in ähnlich schrillen Farben. Und das Plüschtier, das der Paul gekriegt hat, ist nicht weniger bunt. Allerdings stinkt das auch noch wie ein Chemielabor nach einer Explosion.

»Magst du dein Bier jetzt trinken, Onkel Franz?«, will die Sushi nun wissen und hat auch schon einen Flaschenöffner parat.

»Nein, Mäuslein, lieber nicht. Ich möchte die Flasche gern aufheben, weißt. Dann hab ich immer eine Erinnerung an dich.«

»Aber du kannst doch auch die leere Flasche aufheben«, schlägt sie nun so vor, und allein bei dem Gedanken an dieses Gesöff wird mir schlagartig hundeelend zumute. Doch so schnell kann ich gar nicht schauen, wie sie nun den Verschluss aufmacht und mich erwartungsfroh anschaut. Also nehm ich mal einen Schluck, und meine Befürchtungen werden aufs Enormste übertroffen. Dass so eine Flüssigkeit tatsächlich den Begriff Bier tragen darf, das ist mit der Verletzung der Menschenrechte durchaus vergleichbar. Ich muss dringend was nachessen. Normalerweise ist das ja umgekehrt, gell. Man kennt das ja, dass man irgendwo was ganz Fürchterliches zu essen bekommt. Und wenn man nicht unhöflich sein will, dann trinkt man halt was nach, damit der Fraß irgendwie nach unten rutscht. Heute ist es aber eben umgekehrt. Weil die Sushi nämlich so begeistert über ihr Geschenk ist und nicht aufhört, mich freudig anzustarren, muss dieses Zeug eben in meine Gurgel. Und nach jedem Schluck folgt eine große Gabel voll Fleisch. Oder Knödel mit Soße. Hinterher ist mir schlecht, das kann man gar nicht erzählen.

»Siehst, Uschi«, sagt dann der Leopold, wie diese Drecksflasche endlich geleert ist. »Hab ich dir doch gesagt, dass sich der Onkel Franz am allermeisten über ein Bier freuen wird.«

Ich werfe tödliche Blicke über die Eckbank hinweg und ganz exakt in seine Visage.

»Ist was?«, fragt er mich dann.

»Was wär denn sonst noch so infrage gekommen? Ich mein, außer dem Bier«, muss ich jetzt noch wissen.

»Eine Krawatte, Onkel Franz«, sagt die Sushi, wie aus der Pistole geschossen. »Ich wollte dir lieber so eine schöne Krawatte mitbringen. So eine bunte mit den gleichen schönen Farben wie die Tücher von der Oma und der Tante Susi. Aber der Papa, der hat dann halt am Telefon gesagt, das Bier wär vielleicht besser.«

»Das Bier war perfekt, Sushilein. Schade, dass die Flasche schon leer ist«, sag ich und zwinkere ihr zu.

»Aber wir haben noch mehr davon«, ruft sie nun ganz begeistert, und das ist jetzt wie ein Faustschlag direkt in meine Magengrube.

Kapitel 20

Dieses Chang-Bier ist nicht nur beim Verzehr unerträglich. Nein, auch später beim Abgang. Bis in die Morgenstunden hinein häng ich nämlich über der Kloschüssel und hab das Gefühl, dass alles, was ich jemals zu mir genommen habe, jetzt rauskommt.

Dementsprechend spät treff ich dann auch beim Rudi ein. Er sitzt wie vereinbart im gleichen Café wie schon gestern, liest in der Zeitung und hat einen Cappuccino vor sich stehen. Und kaum setz ich mich nieder, da wird die Tür aufgerissen und die Theresa erscheint.

»Sag mal, Rudi, ist es möglich, dass wir mal alleine reden können?«, frag ich deswegen erst mal.

»Ich hab sie nicht herbestellt«, antwortet er.

»Ich lass mich auch nirgends hinbestellen«, sagt sie, schlüpft aus ihrem Parka und zieht sich einen der Stühle hervor. »Ich hab euch durchs Fenster gesehen, wie ich grad aus dem Bus gestiegen bin. Und ich glaub, ich muss euch was sagen. Vielleicht ist es wichtig.«

»Ja, dann lass hören«, sag ich noch so, und schon fängt sie an zu erzählen.

Sie kommt grad unmittelbar von der JVA zurück, sagt sie. Wo sie den Lotto-Otto besucht hat. Und das war irgendwie sonderbar. Zunächst einmal wär er schon generell nicht außerordentlich gesprächig gewesen, und obendrein hatte sie auch den Eindruck, er wär ohnehin alles andere als erfreut über ihren Besuch. Beim Abschied aber, da hat sie ihn dann einfach ganz spontan umarmt, allein schon, weil sie ihn irgendwie aufmuntern wollte. Doch genau bei dieser Umarmung wär er plötzlich zusammengezuckt. So als hätte er furchtbare Schmerzen. Und wie aus einem inneren Reflex heraus hat sie ihm dann sein Hemd hochgerissen, und da hat sie's gesehen. Der Lotto-Otto hat schwerste Blessuren am ganzen Oberkörper. Blaue, schwarze und rote Flecken, und es sieht aus, als wär er äußerst brutal zusammengeschlagen worden.

»Hast du ihn gefragt, was passiert ist?«, muss ich jetzt wissen.

»Ja, logisch«, entgegnet sie. »Er behauptet, dass er tollpatschig war und eine Treppe runtergefallen ist. Aber ich sag euch was, das ist eine fette Lüge. Ich weiß genau, wie Verletzungen von Schlägen aussehen, das könnt ihr mir glauben. Und die vom Lotto-Otto, die fallen eindeutig in diese Kategorie.«

»Na ja, und sagen wir einmal so. Wenn er tatsächlich eine Treppe runtergestürzt wäre, dann hätte das ja vermutlich jemand von den Wärtern mitkriegen müssen. Und dann hätte er doch zumindest einen Verband bekommen, oder nicht?«, mutmaßt nun der Rudi, und ich nicke zustimmend.

»Gut«, sag ich und trink meinen Kaffee aus. »Da muss ich mir wohl selber ein Bild davon machen. Ich fahr in die JVA raus und melde mich später.«

Dann bin ich auch schon weg.

Der Lotto-Otto ist jetzt doch ziemlich verwundert, dass er schon wieder Besuch kriegt, und vermutlich ahnt er bereits, dass die Theresa der Grund dafür ist.

»Es war wirklich eine Treppe«, ist nämlich das Erste, was er sagt, gleich nach dem Grußwort.

»Otto«, sag ich und schau ihm direkt in die Augen. »Eigentlich hab ich geglaubt, wenn du erst mal im Knast hockst, dann bist du in Sicherheit. Da hab ich mich wohl geirrt. Diese Typen, die dich hier nun mundtot machen wollen, die haben offensichtlich ihre Fühler sehr weit ausgestreckt. Und sie sind definitiv nicht zimperlich.«

»Franz, hey, bitte lass mich einfach in Ruhe. Fuck«, sagt er und will grad wieder aufstehen.

»Die haben deine Mutter auf dem Gewissen, Otto. Denkst du nicht, dass du mir allein schon ihretwegen alles sagen solltest, was du weißt? Willst du denn nicht, dass der Mörder deiner Mutter seine gerechte Strafe abkriegt? Das bist du ihr doch schuldig, oder nicht?«

Jetzt sitzt er da wie ein Häufchen Elend und starrt auf seine Hände runter, die da auf der Tischplatte liegen. Eine ganze Weile lang.

»Doch«, sagt er dann irgendwann, wenn auch kaum hörbar. »Ich weiß nicht, wie er in Wirklichkeit heißt. Aber sie nennen ihn ›Rambo‹. Er hat mich gestern im Waschraum abgepasst. Und er hat gesagt, dass er mir schöne Grüße von meinen Gläubigern ausrichten soll. Und wenn ich das Maul aufmache, dann wär ich das nächste Mal tot. Fuck!«

»Na also, geht doch. So, und jetzt ziehst du dein Hemd aus, ich brauch ein paar Fotos von deinen Verletzungen«, fordere ich ihn auf, und er gehorcht mir auf Anhieb.

»Ich hab Angst, Franz«, flüstert er, während ich nun die Bilder mach.

»Das weiß ich, Otto. Aber ich kümmere mich drum, versprochen. In spätestens einer Stunde musst du dir darüber keine Sorgen mehr machen«, sag ich noch so, und dann steh ich auf.

»Du kannst dem Flötzinger ausrichten, dass er mein Mofa haben kann. Der Schlüssel dazu ist unter dem Sitz«, sagt er noch so, und dann verabschieden wir uns.

Einen Termin beim Gefängnisdirektor zu bekommen ist allein schon wegen der Fotos ein Klacks. Er bittet mich in sein Büro, und anschließend hört er mir sehr aufmerksam zu. Am Ende meines Vortrages verlange ich eine Einzelzelle für den Lotto-Otto und dass er den Hofgang in Zukunft allein machen kann. Nun öffnet mein Visavis eine Dose mit Weihnachtsplätzchen und hält sie mir einladend entgegen. Da ich persönlich aber der Meinung bin, dass es schon ziemlich pervers ist, Plätzchen vor Anfang Dezember zu essen, schüttele ich den Kopf.

»Wissen Sie, Kommissar Eberhofer«, sagt er nun und greift dann selber in die Dose. »Es ist ja nicht das erste Mal, dass so etwas passiert. Es gibt immer wieder Rangeleien unter den Häftlingen, so sind die ungeschriebenen Gesetze in Strafanstalten nun mal. Das war so und wird wohl immer so bleiben. Ich kann und will da jetzt auch kein großes Ding daraus machen.«

»Wenn dem Feistl Oscar hier noch mal was passiert, werden Sie persönlich dafür verantwortlich sein, und dann mach ich ein Fass auf, das können Sie sich gar nicht vorstellen.«

»Wollen Sie mir jetzt drohen, oder was? Das hätte allerdings juristische Konsequenzen, mein Freund«, raunt er mir nun über den Tisch hinweg zu und bringt mich dadurch prompt auf eine Idee. So tipp ich kurzerhand die Nummer vom Moratschek in mein Handy und schick schon mal ein Stoßgebet, dass ich ihn auch wirklich erreiche.

»Moratschek«, kann ich dann aber hören und schnauf einmal tief durch.

»Richter Moratschek! Gut, dass ich Sie erwisch«, sag ich noch so, und dann klär ich ihn in aller Kürze über den Status quo auf. Und keine Minute später kann ich den Hörer auch schon an meinen derzeitigen Zimmergenossen weiterreichen, und dieser kriegt nun einen richterlichen Einlauf, der sich gewaschen hat.

»Also gut, Eberhofer«, sagt er, wie er mir im Anschluss mein Telefon wieder zurückgibt. »Einzelhaft und alleiniger Hofgang, das geht in Ordnung. Hätten Sie denn sonst noch irgendwelche Wünsche?«

»Keine Wünsche, aber durchaus noch Fragen. Wer zum Beispiel ist dieser ›Rambo‹?«, will ich nun wissen und schnapp mir jetzt doch eins von diesen Plätzchen aus der Dose. Sie riechen einfach zu gut, um dauerhaft die Finger davon lassen zu können. Ein Spitzbub, sehr fein.

»Der Rambo«, sagt er nun, steht auf und geht rüber zum Fenster. Sogar sein eigenes hat ein Gitter davor. Im Grunde ist er wohl auch irgendwie so was wie ein Gefangener, wer weiß. »Der Rambo, das ist ein Tscheche. Einer der übelsten Sorte und eigentlich heißt er Welzl. Jakub Welzl, um genau zu sein.«

»Und weswegen sitzt er ein?«

»Fragen Sie lieber, weswegen nicht. Für Geld, da würde der vermutlich so ziemlich alles tun, gar keine Frage.«

»Ich brauch die Besucherliste von ihm. Ich muss wissen, wer in den letzten Tagen hier bei ihm gewesen ist.«

»Das ist kein Problem«, sagt er noch und greift zu seinem Telefon.

Und nachdem ich dann noch einige von diesen wirklich ganz göttlichen Plätzchen hier vertilgt habe, krieg ich auch schon eine Antwort auf meine allerletzte Frage. Offenbar hat es nur einen einzigen Besucher im letzten Zeitraum gegeben. Und das ist wohl ein gewisser Meerbusch gewesen. Kevin Dennis Meerbusch. Na, immerhin etwas. So bedank ich mich noch kurz für die großartige Zusammenarbeit, und dann mach ich mich auch schon wieder auf die Socken. Und noch bevor ich überhaupt meinen Wagen erreicht hab, da ist auch der Birkenberger Rudi über den allerneuesten Stand der Entwicklungen informiert.

Ein knappes Stündlein später, ich sitz grad so mordskonzentriert an meinem Computer, um eben über diesen Meerbusch was in Erfahrung zu bringen, da geht die Tür auf und der Bürgermeister kommt rein. Er ist ganz aufgelöst und schwitzt und will wissen, ob ich mir denn nicht im Klaren bin, dass heut der Martinsumzug stattfinden wird.

»Ich bin grad dabei, einen Mordfall aufzuklären, Bürgermeister«, sag ich, ohne den Blick von meinem Bildschirm zu nehmen.

»Ja, irgendwer muss aber die verdammte Straße absperren, sonst gibt's möglicherweise dort auch noch Tote«, sagt er und wischt sich mit einem Taschentuch über die Stirn.

»Der Franz, der wird heut jedenfalls gar nix absperren«, können wir nun die Susi vernehmen. Sie steht plötzlich wie aus dem Boden gewachsen im Türrahmen und hat die Arme verschränkt.

»Weil?«, will unser Ortsoberhaupt daraufhin wissen.

»Weil es der allererste Umzug ist, wo unser Paulchen seine eigene Laterne halten darf, und da hat der Franz natürlich dabei zu sein und seine väterlichen Pflichten zu erfüllen. Das ist ja wohl logisch, oder?«, sagt sie weiter, wirft ihre Haare in den Nacken und verschwindet dann wieder.

Ich grins in meinen Bildschirm hinein, und im selben Augenblick, da trifft mich beinah der Schlag. Der Besucher vom Rambo, also dieser Kevin Dennis Meerbusch, das ist nämlich ein ehemaliger Kollege, und der hat vor über sieben Jahren den Polizeidienst quittiert. Und zwar auf eigenen Wunsch hin, so wie es ausschaut.

Das ist ja höchst interessant. Ich persönlich hab in all meinen Dienstjahren eigentlich nur einen einzigen Berufsgenossen gekannt, der jemals freiwillig gekündigt hat. Der jedoch hatte von einer Tante zuvor ein paar Millionen vererbt bekommen.

»Aber wer soll denn sonst unsere Straße absperren und unsere Dorfkinder somit vor einem etwaigen Dings … also, Verkehrsunfall, behüten?«, fragt der Bürgermeister nun wieder und nervt mich mittlerweile gewaltig.

»Ja, Himmelherrgott noch mal!«, schrei ich ihn an. »Nehmens die Feuerwehrler meinetwegen. Die haben doch eh kaum was zu tun.«

Jetzt verlässt er wortlos den Raum.

Wie sich hinterher rausstellt, war es schon ziemlich gut, dass bei diesem heurigen Martinsumzug ausgerechnet die Freiwillige Feuerwehr von Niederkaltenkirchen mit dabei gewesen ist.

Weil die Oma nämlich nix hält von diesen neumodischen Lampions, wo greißliche Figuren drauf sind und die mit einer Batterie funktionieren. Nein, höchstpersönlich saust sie hinauf in unseren Speicher und kramt so lang in irgendwelchen Körben und Schachteln herum, bis sie die alten Laternen gefunden hat. Also praktisch die, wo der Leopold und ich seinerzeit schon immer benutzt hatten. Auf meiner ist der Pumuckl drauf und beim Leopold seiner, da sind es die Schlümpfe. Am Ende steckt die Oma in eine jede davon noch eine Kerze hinein, und die Sache ist durch. Und wie wir kurz darauf bei diesem Umzug eintreffen, da sind die anderen Kinder schon ziemlich beeindruckt. Weil halt die Laternen von der Sushi und dem Paul so schön funkeln und flackern in der Dunkelheit und nicht so langweilig sind wie die mit Batterie. Wo aber dann kurz vorm Eintreffen vom heiligen Martin hoch zu Ross zunächst dem Paul seine Laterne in Flammen aufgeht, gleich darauf die von der Sushi und schließlich sogar noch der Schwanz von der Lotta zu brennen anfängt, da ist die Stimmung dann schon ziemlich hinüber. Erst recht, wo die Oma dann noch zu wettern anfängt, kaum, dass die drei endlich gelöscht sind.

»Vierzig Jahr lang haben wir die jetzt gehabt, diese schönen Laternen«, knurrt sie. »Und nie ist was passiert. Und warum ist nix passiert? Weil halt die Kinder von früher noch aufgepasst haben auf ihr Zeug. Aber heutzutag, da ist das ja vollkommen wurst, gell. Da geht man halt einfach los und kauft sich was Neues.«

»Es war doch keine Absicht, Oma«, versuch ich sie zu beruhigen.

»Ja, das wär ja wohl auch noch das Schönere!«, schnaubt sie mich an. »Aber was ist denn da dabei, eine Laterne zu halten, ohne dass die gleich abfackelt. Das hast du doch auch geschafft, und sogar der Leopold. Ein rechter Trampel ist er halt, dein Bub. Noch nicht einmal mit dem Fußball kann er umgehen. Da musst du fei was machen, Franz. So jedenfalls kommt er nicht durchs Leben.«

»Oma, meinst nicht, dass du da jetzt ein bisschen übertreibst?«, frag ich.

»Nein«, sagt die Oma, dreht sich ab und geht Richtung heimatlicher Hof.

Ich schau mal rüber zum Paulchen. Der hält noch immer den Stab seiner Laterne fest in der Hand. Dieses Stück Holz mit ein paar Drähten und angekohlten Papierfetzen.

Kapitel 21

»Was ist ein Trampel?«, fragt der Paul am nächsten Tag am Frühstückstisch und schaut erwartungsvoll in die Runde. Die Oma steht drüben am Herd und macht grad seinen Kaba warm, und der Papa horcht auf und legt die Zeitung beiseite.

»Ein Trampel ist jemand, der sehr ungeschickt ist«, probier ich mal zu erklären und bin froh, dass die Susi nicht hier, sondern schon im Büro ist. Die hat sich nämlich gestern noch tierisch geärgert über diesen Rabatz von der Oma.

»Ich bin nicht ungeschickt«, sagt der Paul und schaut mich mit seinen Kulleraugen an.

»Jeder ist mal ungeschickt«, entgegne ich und steh auf, um mir noch einen frischen Kaffee zu holen. Dabei kippt mein Stuhl nach hinten und knallt auf die Erde, was wohl die Oma erschreckt, jedenfalls fällt ihr nun der Kababecher aus der Hand und zerschellt auf dem Küchenboden.

»Siehst, Paul«, brummt nun der Papa, während die Oma und ich versuchen, das eingetretene Chaos in Grenzen zu halten. »Das sind zwei ganz schöne Trampel.«

»Du bist ein Trampel«, freut sich das Paulchen anschließend, wie ich mit meinem Haferl zum Tisch zurückkomm.

»Und du bist auch ein Trampel«, sagt er kurz darauf auch zur Oma, doch die hört ihn erst gar nicht.

»Magst einen Honig drauf oder lieber Marmelade?«, will sie stattdessen wissen und hält ihm eine Semmel vor die Nase.

»Mar-me-la-de«, antwortet er und zieht jede einzelne Silbe extrem in die Länge.

»Also, Marmelade«, sagt die Oma und freut sich über seine Wahl. Weil die Marmelade nämlich, im Gegensatz zum Honig, von ihr selber gemacht ist.

»Wir müssen neue Laternen kaufen, Oma. Solche, wo die anderen Kinder auch haben. Die wo nicht gefährlich sind. Weil die nämlich nicht verbrennen«, sagt der Paul und beißt dann genussvoll in seine Semmel.

»Die wo wir gehabt haben, die sind auch nicht gefährlich, wenn man sich nicht deppert anstellt«, entgegnet die Oma.

»Aber der Feuerwehrmann, der hat gesagt, dass die schon gefährlich sind. Und er hat noch gesagt, dass man solche Laternen verbieten muss«, sagt das Paulchen weiter, und irgendwie bin ich jetzt stolz auf ihn. Aber nur ganz kurz, weil dann mein Telefon läutet. Es ist der Rudi, der dran ist. Er hat gestern Abend ums Verrecken nicht einschlafen können, sagt er. Und da hat er halt noch einen Spaziergang gemacht, und urplötzlich wär er in einem dieser Casinos gewesen. Er kann es sich selber auch kaum erklären, doch irgendwas hätte ihn ausgerechnet dorthin getrieben. Vermutlich eine höhere Macht oder so.

»Das ist ja sehr interessant, Rudi«, sag ich, wie ich meinen Teller zur Spüle rüberbring. »Aber kommt da jetzt bald die Pointe?«

»Wenn du mich mal ausreden lassen würdest, dann würde tatsächlich auch noch was kommen. Also, pass auf …«, sagt er weiter, während ich nun dem Paul seine Schuhbänder binde. Und allmählich wünsch ich mir echt, dass er es selber bald mal lernt. Auf dem Weg zum Wagen plappert der Rudi unbeirrt weiter. Und ich merke sehr schnell, dass es gar nicht so einfach ist, mit dem Handy am Ohr und einem Kleinkind auf dem Schoß sicher durch die Straßen zu kommen. Erst recht nicht, wo an jeder Ecke irgendjemand steht oder geht, der mir zuwinkt. Letztendlich aber treffen wir dennoch heil bei der Kita ein, und noch ehe der Paul in seine Hausschuhe schlüpft, da bin ich auch schon auf dem allerneuesten Stand, zumindest, was den Rudi betrifft. So hat er gestern bei seiner nächtlichen Tour wohl zufällig unseren Kuglmayer gesehen und ihn dann auch ein Weilchen beobachten können. Wie er dort in diesem Casino auf einen anderen Mann eingeredet hat. Sehr leise, sagt der Rudi. Doch irgendwie auch äußerst bedrohlich. Ein oder zwei Minuten lang hat das Ganze bloß gedauert. Danach ist er wieder weg, der Kuglmayer. Zurückgeblieben aber ist dieser andere Kerl, und den hat er sich dann mal unter die Lupe genommen, der Rudi. Und dabei ist ihm aufgefallen, dass der ein sogenanntes Blumenkohlohr hat, wie es zum Beispiel Ringer oft haben. Genau an dieser Stelle aber geht vorne die Tür von der Kita auf, und der Karpfen kommt rein mitsamt seinem Ansgar.

»Du, Rudi. Wir treffen uns gleich in diesem Café«, sag ich noch knapp, und dann häng ich ein.

»Guten Morgen«, begrüßt uns der Ansgar höflich, und so grüßen wir halt zurück, der Paul und ich. Das Muttertier schweigt.

»Sag mal, Ansgar«, muss ich jetzt loswerden. »Kannst du diesem Proleten hier mal zeigen, wie man Schuhbänder bindet?«

»Natürlich«, antwortet er. »Aber das ist der Paul und kein Prolet.«

»Er spielt Fußball«, sag ich noch so.

»Trotzdem«, entgegnet der Ansgar und verabschiedet sich von seiner Mutter. Auch ich krieg noch ein Bussi vom Paul, und keinen Wimpernschlag später wandern die beiden Buben auch schon Seite an Seite den Korridor hinunter.

Ich trete dann ordentlich aufs Gas und bin kurz darauf bereits im Café, wo ich dann zwei geschlagene Cappuccino lang auf den Rudi warte. Wie er endlich erscheint in seiner ganzen Herrlichkeit, da ist er zunächst mal wieder ein bisschen beleidigt. Einfach weil er es als eine unglaubliche Frechheit empfindet, dass ich ihm das Telefon einhäng. Und das, obwohl er grad mittendrin war, mir äußerst wichtige Informationen zukommen zu lassen. Glücklicherweise ist aber heute sein Mitteilungsbedürfnis größer als sein Frust, und so plappert er auch gleich darauf schon wieder fröhlich drauflos.

»Also gut. Dann eben noch mal. Wie gesagt, da war dieser Typ mit dem Blumenkohlohr«, erzählt er, während er in seiner Tasse rührt. »Und dann hat es bei mir Bingo gemacht.«

Bei mir macht es gar nichts, schon gar nicht Bingo, und drum starr ich ihn jetzt nur an, den Rudi.

»Blumenkohlohr?«, sagt er noch einmal, und dieses Mal ganz besonders eindringlich.

Aber nix. Ich weiß nicht, was er meint.

»Mensch, Franz. Jetzt überleg doch mal. Auf dieser Liste … Du weißt doch, die wo auf dem USB-Stick vom Kuglmayer drauf war, da waren doch lauter so seltsame Namen drauf. Und da war doch auch ein gewisses Warzenohr darunter. Und genau das war dieser Typ.«

»Echt?«

»Ja, echt. Und jetzt pass auf. Den hab ich mir dann gleich mal vorgenommen. Hab ziemlich schnell gemerkt, dass er nicht gut drauf ist, und hab mich dann zu ihm an den Tresen gestellt und auch so getan, als wär bei mir alles scheiße. Wir sind dann ziemlich gut ins Gespräch gekommen, und ich hab ihm ein paar Schnäpse ausgegeben. Und irgendwann ist er sehr redselig geworden.«

Da schau einer an! Der Rudi ist schon ein schlaues Köpfchen. Und großzügig ist er obendrein, weil er seinen Wissensvorsprung nämlich ganz brav mit mir teilt. Und so erfahr ich allerhand. Zum Beispiel, dass dieses Warzenohr in Wirklichkeit Detlev heißt und früher tatsächlich mal ein Ringer war. Irgendwann aber war er damit schon rein gesundheitlich durch und ist stattdessen eher ein Spieler geworden. Hatte bald darauf größere Schulden, und die hat er dann bei seinen Geldgebern abarbeiten müssen. Furchtbare Dinge sind das mitunter gewesen, grade in der letzten Zeit, und mittlerweile kriegt er deswegen fast kein Auge mehr zu. Ein Teufelskreis, in dem er da steckt. Spielen, Schulden machen, abarbeiten und aus reiner Verzweiflung heraus wieder spielen.

»Weißt du, wie dieser Detlev mit Nachnamen heißt?«

»Nein, danach hab ich nicht gefragt. Das wär auch zu auffällig gewesen. Ich hab mich ja eh schon gewundert, dass er überhaupt so viel erzählt.«

»Glaubst du, dass er diesen Molli geworfen hat?«, frag ich, wie der Rudi durch ist mit seinem Monolog.

»Das ist gut denkbar«, antwortet er. »Ich hab ihm geraten, zu den Bullen zu gehen. Ja, sorry, aber so redet man in diesen Kreisen.«

»Rudi, bitte! Das weiß ich selbst. Aber was hat er daraufhin denn gesagt?«

»Er hat gesagt, dass er das nicht überleben würde. Aber zwei oder drei Schnäpse später, da hat er gesagt, dass es ihm eigentlich sowieso scheißegal wär und dass er manchmal eh lieber tot wär.«

»Glaubst du, wir könnten ihn als Kronzeugen kriegen?«, frag ich hier nach.

»Keine Ahnung, Franz. Und das herauszufinden ist auch nicht mein Job, sondern deiner. Ach ja, und danke, lieber Rudi. Du hast mir wirklich sehr weitergeholfen mit deinen Infos«, entgegnet er und steht auf.

»Danke, lieber Rudi«, sag ich und verdreh mal die Augen in alle Richtungen. »Du hast mir wirklich sehr weitergeholfen mit deinen Infos. Aber kannst du mir vielleicht sagen, wo du jetzt hinwillst?«

»Die Theresa hat gleich einen Besichtigungstermin für eine neue Wohnung. Sie will aus dieser WG raus, wo sie grad wohnt. Und sie hat mich gefragt, ob ich sie da nicht begleiten möchte. Und ja, das möchte ich gerne.«

»Gut«, sag ich und wink der Bedienung zum Zahlen. »Und ich fahr derweil zum Moratschek rüber. Mal sehen, was der zum derzeitigen Ermittlungsstand meint.«

Leider kann ich im Gerichtsgebäude dann jedoch nur herausfinden, dass der ehrenwerte Richter den ganzen Vormittag lang in einer mordswichtigen Verhandlung festhängt und erst um halb eins in die Mittagspause geht. Ein Blick auf die Uhr zeigt mir, das sind noch gute zwei Stunden. Und weil mir beim besten Willen nix einfallen will, was ich so lang hier in Landshut drin tun soll, fahr ich kurzerhand nach Niederkaltenkirchen zurück.

In der Metzgerei Simmerl treff ich dann auf den Flötzinger, der heute weder nach Alkohol riecht noch irgendwie gammelig ausschaut, was mich jetzt schon ein bisschen beruhigt. Er bestellt sich zwei Leberkässemmeln mit Senf und ein Fanta. Und grad, wie er in seine erste Semmel reinbeißen will, da kommt die Gisela mit einem silbernen Container von hinten aus dem Schlachthaus raus und quetscht sich damit an ihrem Gatten vorbei.

»Servus, Gisela«, sagt nun der Heizungpfuscher. »Hast du … hast du vielleicht was von der Mary gehört?«

»Logisch hab ich was von der Mary gehört«, antwortet sie, während sie nun ihre Wursttheke auffüllt. »Immerhin telefonieren wir ja regelmäßig.«

»Ja, das ist schön«, sagt er und hängt an der Gisela ihren Lippen, das kann man kaum glauben. »Mit mir will sie ja gar nicht telefonieren, weißt. Geht es ihr gut? Und wie geht es den Kindern?«

»Das könntest du sie alles selber fragen, wenn du dich einfach nur benehmen würdest wie ein anständiger Mensch. Und nicht wie ein besoffenes Arschloch, das ständig irgendwelche Affären hat«, sagt sie und ist äußerst freundlich dabei, was ihre Aussage aber nur umso furchtbarer macht.

»Hat sich eigentlich schon mal irgendjemand über meine Lage Gedanken gemacht?«, fragt der Flötzinger nun und hat inzwischen Tränen in den Augen.

»Ha!«, ruft die Gisela, stellt dann diesen Container ab und stemmt sich ihre Hände in die Hüften. »Ja, so weit kommt's noch, dass ich mir über deine Lage Gedanken mach.«

»Ich werd's dir trotzdem sagen, Gisela. Ob du das nun hören willst oder auch nicht. Weil ich mir mein Leben auch anders vorgestellt habe, weißt. Ich hab nämlich keine Kinder haben wollen, sondern die Mary hat unbedingt welche wollen. Zumindest die ersten beiden. Und was diese Affären angeht, die hätte es erst gar nicht gegeben, wenn mich die Mary einfach mal wieder rangelassen hätte. Ein Haus hätt ich übrigens auch keins gebraucht. Ich war mit der Wohnung zuvor mehr als zufrieden. Jetzt aber kann ich diese depperte Bude abzahlen, von der ich im Grunde nur ein einziges Zimmer bewohne, und kann jeden verdammten Euro, der mir am Ende noch übrig bleibt, zur Mary nach England rüberschicken. Weil Madam nämlich nicht arbeiten gehen will oder kann. Und zum Dank dafür telefoniert sie noch nicht einmal mit mir. Und wenn ich mir dann mal vor lauter Frust über all diese Scheiße die Birne zuknall, dann heißt es gleich wieder: Ja, der Flötzinger, der alte Säufer! Aber ganz ehrlich, Gisela. Dein Alter, der ist manchmal auch ziemlich besoffen. Oder der Franz hier. Doch über die, da hört man so was gar nicht. Ihr braucht's doch bloß ein Bauernopfer, über das man sich ordentlich das Maul zerreißen kann, und ich bin da wohl die erste Wahl. Aber was soll's? So, das war's jetzt. Ach ja, und bevor ich's vergesse, eure Leberkässemmeln, die waren auch schon mal besser«, sagt er, lässt seine Semmeln liegen und geht. Der Simmerl starrt ihm hinterher und hat seinen Mund sperrangelweit offen.

»Arschloch«, knurrt die Gisela noch. »Was hättest denn du gebraucht, Franz?«

»Nix«, sag ich, dreh mich ab und geh dann dem Flötzinger nach. Irgendwas hat mich jetzt tief bewegt bei seinem Monolog von gerade. Obwohl ich selbst nicht recht weiß, was es war.

»Warte, Flötz«, ruf ich, gleich wie ich auf der Straße bin, und prompt bleibt er stehen. »Soll ich dich vielleicht irgendwo hinfahren?«

»Nein, passt schon«, antwortet er, und ich geh ein paar Schritte auf ihn zu.

»Nimm's nicht persönlich. Ich glaube, die Gisela, die hat das sicherlich nicht so gemeint.«

»Hat sie schon, Franz. Und ich vermute auch, dass es genau die Gisela ist, wo die Mary immer so aufhetzt gegen mich. Aber das ist jetzt auch schon wurst, ich wollte ihr einfach nur mal die Meinung geigen. Zu verlieren hab ich eh nix mehr. Weil ich ja auch gar nichts mehr hab, was ich verlieren könnte.«

»Ach ja, du kannst dem Lotto-Otto sein Mofa haben, der Schlüssel liegt unterm Sitz«, sag ich und versuch einen optimistischen Tonfall in meine Stimme zu legen.

»Prima«, entgegnet er relativ tonlos.

»Flötz, vielleicht solltest du einfach das Haus verkaufen«, schlag ich noch so vor, doch er schüttelt den Kopf.

»Nein, das Haus, das muss ich behalten. Weil, wenn die Mary ihre Meinung irgendwann einmal ändert und mit den Kindern zurückkommen will, dann müssen die doch schließlich ein Zuhause haben«, sagt er noch so, haut mir kurz auf die Schulter und wandert danach die Hauptstraße entlang. Und ein Weilchen muss ich ihm jetzt direkt noch hinterherschauen, unserem Gas-Wasser-Heizungspfuscher.

Er hat sich sein Leben anders vorgestellt. Ja, das kann ich gern glauben. Früher, in unserer Jugend, da ist es nämlich ausgerechnet der Flötzinger gewesen, der ständig neue Weiber angeschleppt hat. Weil er sich einfach nix geschissen hat. Während der Simmerl und ich noch pickelig und verklemmt durch Astlöcher und Schlitze von irgendwelchen Umkleidekabinen gespannt haben, da hatte der Flötz schon längst das eine oder andere Rohr verlegt. Und man konnte auch gar nicht so schnell schauen, wie er hinterher die Mädels der Reihe nach wieder und wieder ausgewechselt hat.

Das ist praktisch gelaufen wie am Fließband. Irgendwann aber war dann plötzlich die Mary da. Und die hat ihn völlig aus den Latschen gehauen. Wahrscheinlich allein schon aus dem Grund, weil sie aus England gekommen ist und somit wohl irgendwie exotisch für ihn war. Was weiß ich? Jedenfalls war er ihr vom ersten Tag an tierisch verfallen und ist ja dann auch an ihr hängengeblieben. Doch wie es halt oft ist im Leben, wenn erst einmal alle Träume wie Kinder und Haus zur Wirklichkeit werden und langsam, aber sicher der Alltag einzieht, dann ist eben manchmal auch ziemlich schnell Schluss mit der ganzen Romantik.

»Sie hat das sicher nicht so gemeint, die Gisela«, sagt nun der Simmerl, der auf einmal neben mir steht, und da erst merk ich, dass der Flötzinger längst nicht mehr zu sehen ist.

»Doch, ich glaub, das hat sie schon. Weißt du eigentlich, dass genau solche Leute, wie du und die Gisela, oder der Flötz mit seiner Mary, dass genau die dran schuld sind, dass ich ums Verrecken nicht heiraten mag?«

»Was keine schlechte Entscheidung ist«, entgegnet er.

»Ist was?«, ruft nun die Gisela aus der offenen Metzgertür zu uns raus.

»Ruf die Mary an und sag ihr gefälligst, dass sie sich bei ihrem Gatten melden soll. Und zwar hurtig«, ruf ich retour.

»Sonst noch was?«, fragt sie, und aus den Augenwinkeln heraus kann ich sehen, dass der Simmerl nun seinen Blick im Asphalt versenkt.

»Sonst erzähl ich der Mooshammer Liesl, dass du was mit deinem Tangolehrer hast.«

»Sag mal, spinnst du, oder was?«, sagt sie nun und eilt zu uns auf die Straße hinaus. »Das ist eine astreine Lüge.«

»Ja, das weißt du und das weiß ich. Und dein Alter hier, der weiß es wohl am allerbesten. Aber die Mooshammerin, die weiß es halt nicht. Und du kannst dir sicherlich vorstellen, wie schnell solche Geschichten die Runde machen. Völlig wurst, ob sie stimmen oder auch nicht. Und jetzt, servus miteinander«, sag ich noch so und kann mir ein Grinsen nicht verkneifen.

Kapitel 22

Pünktlich um halb eins hock ich dann vor der Tür von diesem Verhandlungsraum und warte darauf, dass sich die endlich öffnen möge und somit die Mittagspause eingeläutet wird. Und kurz darauf ist es dann auch schon so weit, einige Menschen verlassen wild diskutierend den Gerichtssaal, und so trete ich ein und schreite prompt zum Richterpult. Der Moratschek ist grad noch mordsbeschäftigt damit, ein paar Dokumente zu sortieren, bevor er mich schließlich wahrnimmt.

»Ah, Eberhofer«, sagt er und schließt seinen Aktenkoffer. »Sie gammeln ja immer noch in Ihren alten Klamotten umeinander.«

»Ja, so schaut's aus. Können wir vielleicht kurz irgendwo reden? Ich bin da auf ein paar Sachen gestoßen, die nicht uninteressant sein dürften.«

»Kommens mit in mein Büro«, sagt er und geht dann vor mir her. »Wir haben eine halbe Stunde.«

Und so sitzen wir gleich darauf an seinem Schreibtisch. Dort holt er dann aus einer Box zwei Äpfel hervor sowie jeweils eine Orange und Banane und legt alles säuberlich vor sich auf die auf Hochglanz polierte Tischplatte hin.

»Mein Mittagessen«, sagt er relativ freudlos, und ich liege wohl richtig, wenn ich annehme, dass sein Eheweib dafür die Verantwortung trägt. »Wollens was abhaben?«

»Nein, danke«, sag ich und schüttle den Kopf.

»Also, schießens los. Was haben wir denn?«, will er nun wissen, während er relativ freudlos seine Banane schält. Und so informier ich ihn nun halt bis hin zum letzten Früchtchen über alle Neuigkeiten, die in den letzten Stunden so aufgelaufen sind.

»Allerhand«, sagt er am Ende und holt seinen Schnupftabak aus der Schublade hervor. »Zumindest der Nachtisch ist genießbar. Sagens einmal, dieser Kevin Dennis Meerbusch, Grundgütiger, allein dieser Name! Von was lebt der denn eigentlich so? Ich mein, seitdem er nicht mehr bei der Polizei ist?«

»Ja, das wüsst ich auch selber gern«, entgegne ich, während er sich jetzt genüsslich seine kleine Prise gönnt.

»Also gut. Fassen wir noch mal kurz zusammen. Dieser Welzl, der den Feistl Oscar zusammengeschlagen hat, der hockt ja eh schon ein. Den Auftrag dazu hat er wohl aber von diesem Meerbusch erhalten, korrekt?«

»Korrekt«, antworte ich und hoffe inständig, dass ich damit auch recht hab.

»Gut, dann schauen Sie sich den Kuglmayer an und auch den Meerbusch. Und natürlich diesen Detlev von dem Casino. Einen Nachnamen haben wir da nicht?«, will er wissen und unterschreibt mir schon mal die nötigen Unterlagen dazu.

»Leider noch nicht, nein«, sag ich wahrheitsgemäß.

»Macht nix, Eberhofer. Ich würd vorschlagen, am besten fangens mit dem Kuglmayer an, weil immerhin haben wir von dem ja schon was schwarz auf weiß.«

»Ich würd mir lieber erst diesen Detlev anschauen. Allein schon deshalb, damit er aus dem Schussfeld ist.«

»Auch recht. Und jetzt raus hier, ich muss noch ein paar

Minuten lang einen Powernap machen, ehe dieser ganze Wahnsinn dann weitergeht.«

»Danke, Moratschek«, sag ich und steh auf. »Übrigens auch für die telefonische Unterstützung von gestern.«

»Abflug«, sagt er noch, lehnt sich in seinem Bürostuhl ganz weit nach hinten, legt die Füße auf den Schreibtisch und schließt seine Augen.

Vom Gerichtsgebäude aus fahr ich direkt in die PI rein, in der Hoffnung, den Stopfer Karl dort anzutreffen. Und ja, nun hab ich Glück. Ich kann ihn in seinem Büro finden, und obendrein ist er auch noch alleine. Das ist prima. So lass ich auch ihm nun alle Informationen zukommen, weil erstens auf ihn einfach Verlass ist und ich zweitens seine Unterstützung brauche. Und das sag ich ihm auch.

»Karl«, sag ich. »Pass auf, ich brauch dringend deine Hilfe. Ich muss unbedingt den Dienstplan vom Kuglmayer haben, und kannst du für mich auch noch rausfinden, wo ein gewisser Kevin Dennis Meerbusch wohnhaft ist? Kriegst du das hin?«

»Logisch«, sagt er erwartungsgemäß und notiert sich dabei gleich den Namen.

»Perfekt«, sag ich noch so und dreh mich wieder ab. »Danke, Karl. Du, ich muss los. Ruf einfach kurz durch, sobald du was hast.«

»Mach ich, servus«, ruft er mir noch hinterher, doch da wähl ich schon die Nummer vom Birkenberger Rudi.

»Rudi«, sag ich, grad wie ich die Treppen runtersaus. »Jetzt geht endlich was vorwärts. Du, ich brauch den Nachnamen von diesem Detlev. Kannst du vielleicht gleich noch mal in dieses Casino …«

»Nein, Franz. Das kann ich nicht«, unterbricht er mich prompt. »Ich bin nämlich mit der Theresa grad im Baumarkt, weil sie sich eine Wandfarbe aussucht für ihre neue Wohnung.«

»Hab ich dich jetzt rein akustisch schon richtig verstanden, Rudi? Du sagst, du bist mit der Theresa im Baumarkt, weil sich die grad eine Wandfarbe aussucht für die neue Wohnung?«

»Ja, vollkommen richtig, Franz«, sagt er noch so, und dann häng ich ein.

Weil, was sollte ich da auch sonst noch groß sagen? Der Rudi und ich, wir klären seit zehn Jahren Mordfälle auf und haben dabei eine Aufklärungsrate von hundert Prozent. Und jetzt, sozusagen ausgerechnet bei unserem »Jubiläumsfall«, da steht er im Baumarkt und sucht eine Wandfarbe aus. Und zwar für ein Mädchen, das er grad mal ein paar Tage lang kennt. Ja, da fällt mir echt nix mehr ein.

Aber gut, selbst ist der Mann. Dann muss der Eberhofer Franz da halt dieses Mal wohl alleine durch. Es hilft alles nix.

Kaum sitz ich im Rathaus in meinem Büro, da wird auch schon die Tür aufgerissen und der Bürgermeister erscheint. Er ist ziemlich mürrisch, wie ich schon auf den ersten Blick glasklar ausmachen kann, und er fragt mich, ob wir denn eigentlich noch alle Latten am Zaun haben, meine depperte Verwandtschaft und ich. Er sagt das wortwörtlich so, drum tu ich das auch. Bleibt mir eigentlich gar nix erspart? Und aus zweierlei Gründen heraus verlass ich nun vorläufig mal das Büro. Weil mir zum einen eh grad irgendwie nach frischem Kaffee ist und ich die bürgermeisterliche Empörung auch erst mal ein bisschen abklingen lassen will.

»Bleibens gefälligst stehen, wenn ich mit Ihnen rede«, keift er hinter mir her.

»Bürgermeister«, sag ich, während ich mein Kaffeehaferl

auffüll. »Solange Sie Schaum vor dem Mund haben, red ich eh überhaupt gar nicht mit Ihnen.«

»Sie … Sie hätten mit Ihren blöden, antiquarischen Laternen gestern ja beinah das ganze Dorf abgefackelt«, knurrt er und trommelt dabei mit seinem Zeigefinger auf meiner Brust rum.

»Obacht, Bürgermeister. Nicht trommeln«, sag ich und meine das durchaus sehr ernst.

»Entschuldige bitte«, mischt sich nun auch noch die Susi ein. »Aber da muss ich dem Bürgermeister schon leider recht geben. Das war ja wohl echt lebensgefährlich, Franz. Für die Sushi, für das Paulchen und auch für all die anderen Kinder. Von der armen Lotta, da mag ich gar nicht erst reden. Die hat ja kein einziges Haar mehr am Schwanz. Das kann ja wohl wirklich nicht sein, oder? Und das alles nur, weil die Oma aus irgendeiner sentimentalen Stimmung heraus ihren Dickkopf durchsetzen musste und auf diese uralten Teile bestanden hat. Statt einfach loszugehen und neue und sichere Laternen zu kaufen. Ja, und hinterher, da waren dann sogar auch noch die Kinder dran schuld.«

Wenigstens hat der Bürgermeister inzwischen zu trommeln aufgehört, und nun wandert sein gespannter Blick von der Susi ihrer Person auf die meine.

»Ja, und was genau erwartet ihr nun von mir?«, frag ich, weil ich es wirklich nicht weiß. »Der Umzug von gestern, der ist doch inzwischen Geschichte. Und die alten Laternen sind nun ja ohnehin schon verbrannt, also wird's nächstes Jahr wohl eh neue geben müssen. Die sind dann auch ganz bestimmt mit Batteriebetrieb und somit wohl sicher. Und jetzt Ende der Durchsage, ich hab was zu tun«, entgegne ich noch und will grad in mein Büro zurückkehren, wie ich einen älteren Herrn in unserem Korridor bemerke. Er starrt auf das schwarze Brett dort an der Wand, doch wie er mich sieht, dreht er sich um und schreitet mir prompt entgegen.

»Kommissar Eberhofer?«, fragt er ein bisschen schüchtern. Und am liebsten würde ich nun nein sagen, tu es aber nicht.

Stattdessen nicke ich, wenn auch wenig begeistert, dafür freut sich mein Visavis umso mehr. Er stellt sich kurz vor, und zwar als Hausbesitzer vom Lottoladen, und will dann gleich wissen, wann er denn nun endlich mit den Sanierungsarbeiten anfangen kann. Momentan, da wär das Haus ja komplett versiegelt, aber natürlich möchte er den Schaden so schnell wie möglich beheben, damit der Laden halt auch bald wieder aufsperren kann.

»Sie wollen da wirklich noch mal einen Lottoladen reinmachen?«, frag ich hier nach.

»Ja, natürlich«, antwortet er. »Der Lotto-Otto, der muss doch sein Geschäft wiederkriegen. Erst recht, wo er doch schon seine Mutter verloren hat. Ich hab das ja alles schon geplant, und zwar bis ins kleinste Detail rein. Besonders im Erdgeschoss hab ich mir viel Mühe gegeben. Das wird alles völlig anders werden und viel moderner. Und dadurch wird der Lotto-Otto auch durch nichts an diese schrecklichen Vorkommnisse erinnert werden.«

»Na ja, so schnell wird er den Laden nicht brauchen«, sag ich in Anbetracht des aktuellen Aufenthaltsortes.

»Ja, ich hab's schon gehört. Aber er wird ja wohl nicht ewig einsitzen. Auf alle Fälle soll er wissen, wo er hingehört, sobald er entlassen wird. Das sehen übrigens alle im Dorf so.«

Jetzt bin ich ehrlich gesagt ein bisschen gerührt.

»Na ja, die Spurensicherung ist durch. Meiner Meinung

nach spricht da nichts dagegen, die Versiegelung wieder zu entfernen«, sag ich noch und merk gleich, wie erleichtert er ist.

»Wunderbar«, sagt er, und ein Lächeln huscht ihm über die Lippen. »Würden Sie dann bitte dafür Sorge tragen, dass es bald erledigt wird.«

»Mach ich«, sag ich noch so, lächle kurz retour und begeb mich dann in mein Büro zurück.

Der Lotto-Otto wird sich freuen, wenn er das hört. Und sollte seine Strafe nicht zu lang ausfallen, wovon eh kaum auszugehen ist, dann hat er wenigstens wieder ein eigenes Einkommen. Weil sagen wir mal so, grad als Vorbestrafter, da hast du es ja sowieso nicht so leicht an der Jobbörse, ganz klar.

Der Anruf vom Stopfer Karl reißt mich aus meinen Gedanken heraus. Er sagt, er schickt mir die gewünschte Adresse vom Meerbusch gleich mal per Mail sowie auch den Dienstplan vom Kuglmayer. Hab ich nicht gesagt, dass man sich auf ihn verlassen kann wie auf kaum einen zweiten? Und grad denk ich mir noch so, dass sich der Rudi mal eine Scheibe davon abschneiden könnte, wie mir auffällt, dass ich diesen Gedanken eigentlich des Öfteren habe. Und ausgerechnet jetzt krieg ich eine SMS von ihm.

Der Detlev heißt Wagner und ist aktuell im Casino, kann ich nun hocherfreut zur Kenntnis nehmen.

Das hast du aber prima gemacht, Rudi. Bist du auch dort?, schreib ich retour.

Ja.

Gut, dann bleib, wo du bist. Ich komme.

Und schon mach ich mich auf den Weg nach Landshut rein und geb dabei ordentlich Gas.

Das Casino ist kaum besucht, was an einem Nachmittag wohl ohnehin eher normal sein dürfte. Und dort am Tresen kann ich den Rudi zwar nur von hinten, aber dennoch gleich erkennen. Neben ihm steht ein Mann mit sehr breiten Schultern und so einer dicken Nackenwurst, und so geh ich mal hin.

»Scheiße, ein Bulle«, sagt der Kerl gleich, kaum dass er mich sieht, und macht dabei auch schon so eine Bewegung, die gut in sein altes Berufsbild passen tät. Aber natürlich bin ich auf alle Eventualitäten vorbereitet und lass mich hier nicht zu Boden ringen.

»Ganz vorsichtig«, sag ich mit dem Finger am Abzug meiner Dienstwaffe. Und im selben Augenblick beruhigt er sich auch wieder und nimmt brav seine Hände hinter die verkrüppelten Ohren. »Wir gehen jetzt ganz langsam nach draußen. Dort steht ein Streifenwagen, und da wirst du dich dann artig auf die Rückbank setzen. Und dein neuer Spezl hier, der setzt sich daneben und passt auf dich auf. Also, wenn du alles verstanden hast, dann darfst du jetzt nicken.«

Er nickt kurz, und einen Atemzug später verlassen wir drei im Gleichschritt dieses Casino.

Zurück im Büro setz ich zunächst noch selber frischen Kaffee auf, weil die Verwaltungsschnepfen bereits im Feierabend sind. Und wie ich kurz darauf mit den Haferln retour bin, da hockt der Rudi mit meiner Waffe in meinem Bürostuhl und lässt meinen Verdächtigen nicht aus den Augen. Obwohl der im Moment nicht den leisesten Eindruck erweckt, als würde er uns hier gleich türmen oder so. Ganz im Gegenteil. Dankbar nimmt er den Kaffeebecher entgegen, macht einen sehr großen Schluck, schließt kurz seine Augen und schnauft dann ziemlich tief durch. Anschließend beginnt er dann zu erzählen. Und mit jedem Satz, den er nun von sich gibt, ist seine Erleichterung fast schon körperlich spürbar. Einiges davon ist mir ja bereits vom Rudi her bekannt. Aber eben nicht alles.

»Herr Wagner«, sag ich irgendwann, weil mir diese Frage wie nichts anderes unter den Fingernägeln brennt. »Wer hat diesen Molotowcocktail in den Lottoladen geworfen? Sind Sie das gewesen?«

»Ja«, sagt er kaum hörbar und nickt. »Aber wenn ich es nicht gewesen wäre, dann hätten sie halt einfach einen anderen geholt. Schließlich bin ich ja nicht ihr einziger Lakai. Doch ich hatte halt einfach wieder mal ganz ordentlich Schulden, und die hab ich dadurch praktisch abarbeiten können. Trotzdem müssen Sie mir glauben, ich hatte nicht die leiseste Ahnung, dass sich dort in diesem Laden ... dass sich dort noch ein Mensch drin befindet. Davon ... davon hab ich dann ja erst aus der Zeitung erfahren.«

»Was soll das heißen, Sie sind nicht der einzige Lakai? Wer hängt da denn noch mit drin?«, frag ich hier nach.

»Ha! Da hängt ein ganzer Rattenschwanz hinten dran. Was glauben Sie denn? Das geht weit bis über die tschechische Grenze rüber. Drogen, Geldwäsche und Kredite, das waren die Eckpfeiler. Doch ich glaub, ein paar Nutten haben die auch noch irgendwo laufen.«

»Wer genau sind die?«, will nun der Rudi wissen.

»Bist du eigentlich auch ein Bulle, oder was?«, fragt nun der Wagner.

»Nein, bin ich nicht«, entgegnet der Rudi und schüttelt den Kopf.

»Dann hat mich meine Menschenkenntnis also doch nicht getäuscht. Hab dich echt gemocht, dort am Tresen«, sagt er nun weiter, aber so mehr zu sich selber.

»Also, wer sind diese Rädelsführer, und wie viele sind es überhaupt?«, helf ich ihm zurück ins Geschehen.

»Da steckt eine gewisse Hierarchie dahinter, so ganz den Durchblick hab ich da auch nicht. Aber die zwei obersten Köpfe, das sind ausgerechnet Bullen. Allerdings ist der eine davon schon a. D. könnte man sagen.«

»Ich brauch Namen«, sag ich.

»Und ich brauch einen Rechtsanwalt«, sagt er und verschränkt nun seine Arme vor der Brust.

»Ja, und den werden Sie auch kriegen. Also, die Namen«, sag ich, öffne meine Schublade und kram das Anwaltsverzeichnis hervor. Das werf ich ihm nun über den Schreibtisch hinweg zu, und er fängt es geschickt.

»Kuglmayer und Meerbusch«, sagt er, während er nun zu blättern anfängt.

»Gut«, sag ich und schalte mein Diktiergerät aus.

Kapitel 23

Es ist schon mitten in der Nacht, wie der Strafverteidiger endlich wieder weg ist, der Rudi zurück in Landshut und der Wagner in die JVA gebracht. Auch er hat aus Sicherheitsgründen heraus zunächst mal ein Einzelzimmer abgekriegt, und dieses Mal hat der Gefängnisdirektor deswegen gar kein großes Fass aufgemacht. Ich bin ziemlich erledigt, wie ich endlich in unserer Küche aufschlag, und unendlich dankbar, dass mir die Oma noch was vom Abendessen aufgehoben hat. So steht sie jetzt in ihrem Morgenmantel am Herd und macht mir den Tafelspitz schnell noch mal warm. Sie hat Wuggerl in den Haaren, und das ist eher selten.

»Ist morgen was Besonderes?«, frag ich deswegen und deute auf ihren Kopf, wie sie schließlich mit meinem Teller anrückt.

»Ja, der Bürgermeister, der hat doch morgen Geburtstag«, antwortet sie und setzt sich zu mir her. »Ich hab auch schon einen Guglhupf gebacken.«

»Ui, schneid mir ein Stückerl runter«, sag ich, doch sie schüttelt den Kopf.

»Nix, wie schaut denn das aus, wenn da ein Stück fehlt«, brummt sie, steht wieder auf, geht zum Kühlschrank und holt ein Bier raus. Dann schenkt sie sich ein Limoglaserl voll und schiebt mir die restliche Flasche über den Tisch. Ich nehm einen Schluck. Ja, das tut gut.

»Stellst den Teller dann rüber in die Spüle«, sagt sie, nachdem sie ihr Glas in einem einzigen Zug ausgeleert hat. »Ich bin zum Umfallen müd, Bub.«

»Passt schon. Gut Nacht, Oma.«

»Gut Nacht, Franz«, sagt sie noch, und schon ist sie verschwunden.

Wie ich kurz darauf in den Saustall komm, da läuft der Maffay, und die Susi steht am Bügelbrett und singt lautstark mit. Erst hört sie mich gar nicht, weil sie wahrscheinlich so vertieft ist in ›Tiefer‹. Sie singt wirklich ganz furchtbar und trifft keinen einzigen Ton. Trotzdem oder vielleicht auch genau deshalb könnte ich sie grad fressen. Ich schau mal nach dem Paulchen. Doch der schläft wie ein Toter, was in Anbetracht der Akustik schon beinah an ein Wunder grenzt. Die Lotta liegt unten an seinen Füßen, jedoch hat sie beide Pfoten über den Ohren. Gut, Hunde haben ja ohnehin ein relativ empfindliches Gehör. So geh ich in den Wohnraum zurück und mach die Tür hinter mir zu. Dann dreh ich die Musik einmal leiser. Jetzt nimmt sie mich endlich zur Kenntnis, die Susi.

»Franz, da bist du ja endlich«, sagt sie und hängt eine Bluse über den Bügel. »Wo warst denn heute so lang?«

Und so klär ich sie halt kurz über mein straffes Arbeitspensum auf und zieh mir derweil die Klamotten aus. Doch auch sie kann aus dem Vollen schöpfen, was grad so rein beschäftigungsmäßig bei ihr abgeht. Weil sie halt zu ihren ganz alltäglichen Pflichten nämlich noch ein Mordstrara wegen dem depperten Geburtstag von unserem werten Bürgermeister am Hals hat. Von wegen Blumen und Häppchen und sogar ein Lied hätten sie einstudiert in der Gemeindeverwaltung. Und zwar heimlich natürlich, damit er nix mitkriegt.

»Und du singst da auch mit, oder was?«, muss ich hier nachfragen.

»Ja, freilich. Die zweite Stimme.«

»Die zweite … Stimme. Verstehe«, sag ich und muss grinsen. Mittlerweile sitz ich splitterfasernackt auf dem Kanapee. »Wie lange willst du noch bügeln?«

»Wieso?«, fragt sie und schaut in den Wäschekorb.

»Weil ich saumüd bin, aber vor dem Einschlafen gern noch ein bisschen schnackseln würd.«

Jetzt schmunzelt sie, überlegt einen kleinen Moment und schaltet dann das Bügeleisen aus.

»Gebügelte Blusen werden sowieso völlig überbewertet«, entgegnet sie, während sie nun auf mich zukommt und ihren Pulli auszieht.

»Meine Worte, Susimaus.«

»Der Flötzinger war heut übrigens im Rathaus und hat dich gesucht. Er war mit einem Mofa da, und irgendwie war er ganz aus dem Häuschen.«

»Weißt du, was er wollte?«, frag ich, wie ich ihren BH aufmach.

»Er hat gesagt, dass er mit der Mary telefoniert hat. Aber worüber die geredet haben, das hat er nicht gesagt«, kriegt sie grad noch so über die Lippen, dann haben die jedoch ein ganz anderes Einsatzgebiet.

Wie ich am nächsten Morgen aus der Dusche steig, da steht das Paulchen vor mir und hat seine Schuhe in der Hand. Voller Stolz verkündet er mir, dass er nun Schuhbänder binden kann, und um den Beweis anzutreten, macht er es gleich einmal vor. Und ja, ich muss sagen, ich bin ziemlich begeistert. Er bindet geschickt, relativ schnell und auch erstaunlich fest. Da sieht man mal wieder, dass irgendwie ein jeder eine Daseinsberechtigung hat. Sogar so ein kleiner Klugscheißer, wie es dieser Ansgar ist. Inzwischen steht die Susi vor dem total beschlagenen Spiegel und schimpft, dass ich wieder mal viel zu heiß geduscht habe. Sie würd sich jetzt nämlich gerne schminken, kann aber ums Verrecken nix sehen und versucht mit einem Handtuch rubbelnderweise irgendwie, diese verdammte Scheibe trocken zu bekommen.

Wie ich später vorm Rathaus anroll, da hockt der Flötzinger bereits davor. Genau genommen sitzt er dort im Nebel auf seinem Mofasitz, und ganz offenbar wartet er auf meine Wenigkeit.

»Franz, gut, dass du endlich kommst«, sagt er nämlich schon, da bin ich noch kaum aus dem Wagen gestiegen. »Ich muss dir unbedingt was erzählen.«

»Und warum rufst du mich dann nicht einfach an?«, frag ich, während ich die Autotür abschließ.

»Das geht nicht. Ich kann nicht einfach so rumtelefonieren. Weil, es könnte ja sein, dass ausgerechnet in diesem Moment die Mary anruft, und dann wär belegt«, sagt er, und jetzt muss ich ihn ernsthaft mal anschauen. Hat der noch alle Latten am Zaun, oder was? Wahrscheinlich kann er meine Gedanken lesen, jedenfalls beginnt er jetzt gleich zu erklären. Gestern nämlich, da hat er einen Anruf von der Mary erhalten. Und im ersten Augenblick, da war er praktisch völlig von der Rolle und hat gleich gar nicht gewusst, was er eigentlich sagen soll. Erst nachdem sie ihm aber nur wieder sämtliche altbekannten Vorhaltungen gemacht hat, die er ohnehin schon alle längst in- und auswendig kennt, da ist ihm dann irgendwann der Kragen geplatzt. Und dadurch hat er ihr endlich einmal so ziemlich alles an den Kopf geschmissen, was ihm überhaupt eingefallen ist. Und zwar annähernd genau so, wie er es neulich auch bei der Gisela in der Metzgerei drin gemacht hat. Im Grunde genommen war er von sich selbst überrascht. Aber das war wohl längst überfällig, jedenfalls ist einfach irgendwie alles nur so aus ihm herausgesprudelt. Praktisch komplett ohne Punkt und Komma. Und wie er schließlich durch war mit seinem Vortrag, da ist es ganz still gewesen in der Leitung, und gleich hat er gemeint, die Mary hätt irgendwann einfach aufgelegt. Vielleicht weil ihr die ganzen Vorhaltungen doch irgendwann zu viel geworden sind. Aber kurz bevor er beschlossen hat, nun selber aufzulegen, da hat sie wieder was gesagt. Wir müssen reden, Ignatz. Ja, das hat sie gesagt. Ganz ruhig und ohne ein einziges Widerwort.

»Was sagst du dazu, Franz?«, fragt er am Ende, und da sitzen wir schon längst bei mir im Büro.

»Herzlichen Glückwunsch«, sag ich und merke, dass ich ihn noch nie so erlebt hab. Er ist ganz aufgeregt, hat rote Wangen und benimmt sich im Grunde wie ein frischverliebter Primaner. Irgendwie echt niedlich, unser Flötz. Aus den Augenwinkeln heraus und durchs Fenster hindurch seh ich jetzt unsern Ortsvorstand anradeln. Er steigt ab, lehnt seinen Drahtesel dann an die Hauswand, und schon eilt er die rathäuslichen Treppen empor. Und keine zwei Atemzüge später, da können wir aus dem Verwaltungsschnepfenzimmer das Geburtstagsständchen hören.

»Das ist ja grauenvoll«, sagt der Flötzinger.

»Als könntest du das beurteilen«, entgegne ich und steh auf.

»Ich hab Ohren, Franz.«

»Du, Flötz, ich muss los«, sag ich, wie nun das Lied zu Ende ist und ich somit ganz genau weiß, dass es nicht mehr allzu lang dauern kann, ehe der Bürgermeister hier im Türrahmen steht. Und weil mir zum einen überhaupt nicht der Sinn danach steht, ihm meine Glückwünsche entgegenzubringen, und ich zum anderen immerhin noch zwei dringend Verdächtige auseinandernehmen muss, drum brech ich hier ab.

»Eberhofer«, kann ich den Bürgermeister noch vernehmen, grad wie ich in meine Kiste steig. »Ja, wo wollens denn jetzt hin? Ich hab fei heut Geburtstag. Wollens da nicht wenigstens gratulieren. Ich mein, das verlangt doch allein schon der Anstand.«

»Gratuliere«, ruf ich anständigerweise retour, und dann bin ich weg. Auf dem Weg nach Landshut rein informier ich den Moratschek kurz über den gestrigen Verlauf, und er ist äußerst zufrieden mit mir. Er sagt, wenn uns der Wagner einen Kronzeugen macht, dann kann er auf alle Fälle mit einer ordentlichen Haftverkürzung rechnen. Das ist schön.

Bevor ich dann zum Haus der Familie Kuglmayer fahre, ordere ich dafür noch Verstärkung an sowie ein zweites Team, das sich parallel den Wohnsitz vom Meerbusch vornehmen soll. Eine zeitgleiche Haussuchung erscheint mir in diesem Fall als äußerst sinnvoll, nicht dass der Meerbusch durch wen auch immer Informationen erhält und dann möglicherweise das eine oder andere Beweismittel auf Nimmerwiedersehen verschwinden lässt. Aus dem Dienstplan vom Kuglmayer hab ich entnehmen können, dass der am heutigen Vormittag frei hat, was die Sache angenehmer macht, als wenn ich ihn in der PI drin verhaften hätte müssen. Er ist es auch höchstpersönlich, der mir die Haustür aufmacht, und obendrein ist er noch im Pyjama, was ihn schon nicht mehr so nach »man in black« aussehen lässt wie neulich am Friedhof. Ich halte ihm den Haftbefehl unter die Nase, doch er liest ihn noch nicht mal. Überhaupt hab ich den seltsamen Eindruck, als hätte er mich erwartet.

»Kann ich mich noch kurz umziehen?«, ist das Einzige, was er wissen will. Und ja freilich, das kann er. Ich gebe ihm noch einen jungen und eher zierlichen Kollegen mit an die Seite, nicht dass er uns letztendlich doch noch türmt, so kampflos, wie er sich grad verhalten hat. Dann gehen die beiden ins Obergeschoss. Inzwischen hat die Spusi das ganze Haus belagert, selbstverständlich auch die Küche. Und dort kann ich jetzt die Frau Kuglmayer entdecken, die da am Fenster steht und völlig unbewegt ins Freie rausschaut.

»Sie können sich die ganze Mühe sparen«, sagt sie fast tonlos und dreht sich dabei zu mir um.

»Wie meinen Sie das?«, muss ich hier nachfragen.

»Ich meine, Sie können Ihre Hampelmänner zurückrufen. Sie müssen nicht das ganze Haus zerlegen, mein Gott. Alles, was für Sie interessant sein dürfte, das ist in der Garage, und zwar in einem Tresor. Der Code ist zwanzig elf neunundsiebzig. Mein Geburtsdatum.«

Dann dreht sie sich wieder zum Fenster und schaut in den Nebel hinaus.

Ein Weilchen später aber ist es dann ihr Gatte, der bei mir im Büro sitzt, und auch hier zeigt er sich erstaunlich kooperativ.

»Wissen Sie was, Eberhofer«, sagt er und nimmt einen Schluck Kaffee, den uns die Susi freundlicherweise grad noch reingebracht hat. »Ich werde Ihnen jetzt einfach alles der Reihe nach erzählen. Unter einer einzigen Voraussetzung.«

»Die da wäre?«

»Dass ich nicht in die JVA Landshut komme. Die Hälfte der Insassen dort, die sind nämlich schon mal durch meine Hände gegangen. Und da können Sie sich ja wohl sicherlich vorstellen ...«

»Ja, das kann ich. Gut, keine JVA Landshut. Das kriegen wir hin.«

»Schön. Wissen Sie, für meine Frau und mich, da war diese ganze Sache von Anfang an klar. Wir haben uns immer gesagt, es geht nur gut, solange es eben gut geht. Sobald aber mal jemand mit einem Haftbefehl vor unserer Haustüre steht, da wird gestanden. Sofort und alles. Das war von jeher unsere Maxime.«

»Na gut. Dann gestehen wir nun halt einfach mal fröhlich drauflos«, sag ich noch so und schalt mein Diktiergerät ein.

Reingerutscht in diese ganze Misere ist der Kuglmayer, nachdem er diesen Meerbusch kennengelernt hatte. Auf dem G7-Treffen auf Schloss Elmau ist das gewesen. Bei jenem Spektakel sind damals ohnehin alle verfügbaren Polizeibeamten aus der ganzen Republik zusammengescharrt worden. Um die Politiker vor den Bürgern zu schützen oder eher umgekehrt, das wird mir wohl für immer ein Rätsel bleiben. Aber wurst. Jedenfalls sind die beiden dort eben gemeinsam eingeteilt worden. Und der Kuglmayer hat ziemlich schnell begriffen, dass der Meerbusch einen Lebensstandard hat, der deutlich über dem eines Beamten mit A-10-Besoldung liegen dürfte. Allein schon seine Armbanduhr ist im fünfstelligen Euro-Bereich gelegen. Er selber dagegen war zu diesem Zeitpunkt mit dem ganzen Hausbau und seinen drei anspruchsvollen Mädels ziemlich hoch verschuldet gewesen. Doch nachdem sich die zwei

Männer besser kennengelernt und schließlich sogar angefreundet hatten, ist der Meerbusch irgendwann schon herausgerückt mit der Sprache. Hat sozusagen ein bisschen aus dem Nähkästchen geplaudert und von seinem lukrativen Nebenerwerb geschwärmt. Von seinen Drähten rüber in die Tschechei. Wie einfach es ist, an Drogen zu kommen und sie dann mit entsprechendem Gewinn weiterzuverkaufen. Und welch hohe Zinsen Spielsüchtige bereit sind zu zahlen, nur um eben wieder weiterspielen zu können. Die ganze Sache war so dermaßen einfach, dass es schon beinah haarsträubend war. Und hat obendrein so viel Geld abgeworfen, dass der Meerbusch sogar einfach irgendwann seinen Job hingeschmissen hat. Das aber wollte der Kuglmayer nie. Und zwar aus zweierlei Gründen heraus. Zum einen, weil er einfach den Schein eines berufstätigen Polizisten nach außen hin durchaus wahren wollte. Zum anderen aber war er eben in genau dieser Position auch immer auf dem Stand der neuesten Ermittlungen und wusste somit, wo er sein Unwesen unbemerkt treiben konnte oder wo besser grad nicht. Zumindest, was Landshut betrifft.

»Wissen Sie, eigentlich haben wir eh immer befürchtet, dass die Bombe irgendwann platzt«, sagt er am Ende, und sein Blick haftet am Boden. »In unserem letzten Urlaub zum Beispiel, da bin ich mit meiner Frau beim Sonnenuntergang am Strand gesessen, und wir haben einen Cocktail getrunken. Wir sind einfach nur dagesessen, haben die Flut beobachtet und auf die Mädels gewartet, die mit einer Reitergruppe zu einem Strandritt unterwegs gewesen waren. Und irgendwann hat sie ihren Kopf an meine Schulter gelegt und hat gesagt: ›Genieß es, Michael. Vielleicht ist das alles bald vorbei.‹ Und sie hat recht gehabt.«

Jetzt klopft es kurz an der Tür, und der junge Kollege von vorher streckt sein Köpflein herein.

»Kann ich Sie kurz …?«, fragt er in meine Richtung. Und so steh ich halt auf und geh zu ihm hinaus.

»Was gibt's?«, frag ich, wie ich im Korridor angelangt bin.

»Dieser Meerbusch, der war nicht daheim. Die Kollegen haben das ganze Haus auseinandergenommen. Und sie haben auch einen Tresor finden können, allerdings war da nur Kleinkram drin. Ein paar Hunderter und billiger Schmuck. Aber nichts, was auf ein Kapitalverbrechen in dieser Größenordnung hinweisen würde. Ich mein, bei den Kuglmayers, da waren ja über zweihunderttausend Euro im Safe.«

»Wo war dieser Tresor?«, muss ich hier noch kurz wissen.

»In der Empfangshalle hinter einem großen Bild«, antwortet er.

»Da ist noch ein zweiter, jede Wette. Lassen Sie im Keller suchen, in der Garage, im Badezimmer. Meinetwegen auch im Pool. Aber ich bin ganz sicher, da ist noch ein zweiter.«

»Gut, dann fahren wir halt noch mal hin«, sagt er und will sich grad abdrehen.

»Nein, Sie geben das jetzt weiter. Ich brauch Sie momentan noch hier, weil Sie den Kuglmayer gleich in die JVA Straubing rüberfahren werden«, sag ich noch so, und er nickt.

»Und schreiben Sie den Meerbusch zur Fahndung aus.«

»Ist schon passiert.«

»Gute Arbeit«, antworte ich und dreh mich wieder ab.

Wie ich in mein Büro zurückkomm, sitzt der Kuglmayer immer noch genauso artig auf seinem Stuhl, wie ich ihn grad verlassen hab. So kann ich getrost noch schnell nach vorne gehen und unsere Kaffeebecher auffüllen.

»Danke«, sagt er, wie ich ihm den seinigen überreich, und nimmt gleich einen kräftigen Schluck.

Derweil greif ich nach meinem Telefon und ruf den Moratschek an. Erklär ihm den gegenwärtigen Sachverhalt und bitte ihn um eine Unterbringung in der Haftanstalt Straubing, was für ihn gar kein Problem darstellt.

»Dieser Meerbusch«, sag ich, nachdem das richterliche Telefonat wieder beendet ist. »Hat der eigentlich noch irgendwo einen Zweitwohnsitz? Ein Haus am See vielleicht oder so was in der Art?«

»Er nicht, aber seine Lebensgefährtin. Es läuft sowieso alles auf seine Lebensgefährtin. Er ist ja so arm wie eine Kirchenmaus«, antwortet er zynisch.

»Und wo wär das?«

»Da ist eine Finca auf Ibiza und ein ehemaliges Jagdhäuschen im Bayrischen Wald. Wir sind da ja einige Male mit der ganzen Familie gewesen. Eine Adresse dazu hab ich leider grad nicht im Kopf. Aber meine Frau, die müsste da sicherlich noch irgendwo was abgespeichert haben.«

»Gut«, sag ich und steh auf.

»Eberhofer, Sie … Sie sollten wirklich vorsichtig sein, was den Meerbusch betrifft. Ich meine das ernst, denn ich kenne ihn gut. Er wird sich nicht so wehrlos verhalten, wie ich das gerade getan hab. Ich war doch im Grunde nur sein Handlanger. Er aber ist der König und wird sich nicht kampflos von seinem Thron stürzen lassen. Sie müssen aufpassen, verstehen Sie? Er ist hochkriminell und brandgefährlich. Und er hat obendrein an all dem einen riesigen Spaß.«

»Danke«, sag ich, verharr einen kleinen nachdenklichen Moment lang und geh dann nach draußen, weil ich jetzt dem jungen Kollegen noch kurz Bescheid geben muss. Und gleich darauf wird der Kuglmayer auch schon in den Streifenwagen verfrachtet, um möglichst schnell seinen neuen Heimatort kennenzulernen.

Kapitel 24

Während ich dann die Nummer vom Rudi wähl, geh ich noch mal nach vorn, um mir bei den Verwaltungsschnepfen ein Stückerl vom bürgermeisterlichen Guglhupf zu stibitzen. Immerhin ist davor noch keine Gelegenheit gewesen, weil man ja bei so einem polizeilichen Verhör schlecht einen Kuchen essen kann. Nein, ein bisschen Manieren muss man schon einhalten, auch wenn es einen noch so hart ankommt.

»Hast du Zeit, Rudi?«, frag ich, gleich wie er abhebt. »Oder musst du heute wieder irgendwas Mordswichtiges für die Wohnung von der Theresa organisieren?«

»Nein, einwandfrei«, antwortet er prompt. »Wieso, was steht an?«

»Ich bin in zwanzig Minuten am Bahnhof, dann wirst du es erfahren«, sag ich noch, und dann leg ich auf.

»Was suchst du denn in Gottes Namen?«, fragt mich die Jessy und hat ihre Kopfhörer abgenommen.

»Den Kuchen, verdammt«, sag ich und such derweil unbeirrt weiter. »Da ist doch davor der Guglhupf noch gestanden. Den, wo die Oma gemacht hat. Wo ist der denn hin?«

»Ja, das war davor. Jetzt ist er weg. Wer zu spät kommt, den bestraft das Leben. So ist das nun mal. Aber ganz ehrlich, Franz: Er war ein Gedicht«, antwortet sie grinsend und setzt dann ihren dämlichen Kopfhörer wieder auf.

Das ist doch zum Kotzen, oder nicht? Immerhin ist es schon das zweite Mal in kürzester Zeit, dass die Oma ihren göttlichen Guglhupf gebacken hat. Und der, wo ihn am allermeisten liebt, der kriegt wieder nix ab. Nämlich ich.

Gut, da muss ich jetzt durch. Ich mach noch einen kurzen Anruf bei der Frau Kuglmayer und bitte sie, mir die Adressen von diesem Meerbusch zu schicken. Und zwar übers Handy und am besten gleich. Eine weitergehende Kooperation würde sich hundertprozentig auf das Strafmaß ihres Gatten niederschlagen, sag ich noch so, und das kapiert sie sofort.

Kaum, dass ich aufgelegt hab, da läutet mein Telefon, und ein Kollege ist dran. Er soll mich informieren, dass im Hause Meerbusch nun tatsächlich ein weiterer Tresor gefunden wurde. Und zwar unter der Sitzbank in einer Sauna, die wohl weniger der Wellness, sondern eher als Versteck gedient haben dürfte. Ja, da muss man auch erst mal draufkommen, gell. Und eben exakt in diesem zweiten Tresor, da war so allerhand drin, was das kriminelle Konto von unserm Herrn Meerbusch ordentlich nach oben schnalzen lässt. Drogen in nicht unbeachtlicher Menge. Ein paar kleinkalibrige Waffen und Bargeld in der Höhe von sage und schreibe einer knappen Million Euro. Mittlerweile ist natürlich das komplette Sortiment fotografiert, nummeriert und sichergestellt worden. Und so müsste man jetzt im Grunde nur noch dessen Besitzer finden. Letztendlich bedank ich mich noch recht artig und leg wieder auf.

Der Rudi, der steht mittlerweile dort vor dem Bahnhofsgebäude, wie bestellt und nicht abgeholt, doch er steigt hurtig in den Wagen, gleich wie ich ankomm. Genau im selben Moment vibriert kurz mein Handy, und wie ich sehe, krieg ich auch schon die gewünschten Infos von der Frau Kuglmayer. Sehr braves Mädchen, wirklich! Und so informier ich den Rudi erst mal aufs Ausführlichste, damit halt auch er auf dem Laufenden ist.

»Das ist ja vielleicht aufregend. Endlich ist mal wieder was los, Franz. Und wo genau ist dieses Jagdhäuschen, von dem du erzählt hast?«, fragt er schließlich, und so schau ich jetzt halt mal nach.

»Im Bayrischen Wald, warte ... Hier, ein kleines Stück hinter Roding«, antworte ich.

»Gut, dann fahren wir da jetzt hin. Da brauchen wir ungefähr eine Stunde, würd ich mal sagen. Was ist, worauf wartest du, Franz? Gib endlich Gas«, sagt er, und so geb ich halt Gas. Das letzte Stück zu diesem Häuschen führt tief durch einen stockdunklen Wald, und nach einer Weile befürchten wir beide, dass wir es am Ende vor lauter Bäumen gar nicht erst finden können. Plötzlich aber tut sich eine Lichtung vor uns auf, und einige Meter später können wir einen kleinen Hügel entdecken. Und genau dort im herrlichsten Sonnenschein steht ein kleines Häuschen mit Balkon und einem Hirschgeweih über der Haustür. Und pfeilgrad, das muss es wohl sein.

Einen Moment lang bleiben wir noch wie angewurzelt sitzen und sehen uns mal die Umgebung etwas genauer an. Auf der rechten Seite zum Beispiel, da steht eine Art Schuppen mit jeder Menge Brennholz davor, wobei es drüben an der anderen linken Hauswand ziemlich steil bergab geht, in eine Schlucht. Hinter dem Haus ist wieder nur Wald und Wald und dahinter wohl noch viel mehr Wald. Wer weiß?

»Okay, wie wollen wir vorgehen?«, fragt der Rudi irgendwann.

»Ich werde jetzt aussteigen und einfach mal läuten«, entgegne ich und taste dabei sicherheitshalber nach meiner Waffe.

»Aber du hast gesagt, er ist brandgefährlich, dieser Meerbusch«, sagt der Rudi und starrt auf das Haus.

»Ja, das hab ich gesagt. Und jetzt? Willst du wieder umdrehen, oder was?«

»Nein, aber vielleicht das SEK rufen?«

»Bitte, mach dich nicht lächerlich, Rudi. Haben wir jemals das SEK gebraucht oder sonst eine Hilfe? Nein. In den ganzen Jahren nicht und drum auch heute nicht. Wenn der Typ hier ist, dann, weil er sich hier versteckt. Und wenn sich jemand versteckt, dann hat er die Hosen voll. Also, auf geht's«, sag ich noch, dann steig ich aus.

»Ja, die hab ich auch voll, und ich bin unbewaffnet«, ruft er hinter mir her.

»Dann bau dir halt eine Steinschleuder.«

Ich geh die zwei Stufen empor, such nach dem Klingelknopf und werde auch fündig. Klingele einmal und zweimal. Aber nix. Jetzt steigt auch der Rudi aus dem Wagen. Hat die Hände tief in den Hosentaschen vergraben, tritt von einem Bein aufs andere und schaut sich ständig um.

»Hast du das gehört?«, frag ich den Rudi, weil ich schwören könnte, von drinnen Geräusche zu vernehmen.

»Nein«, antwortet er.

»Aber da ist was, Rudi.«

»Franz«, zischt er dann. »Lass uns lieber wieder fahren. Vielleicht ist er ja doch gar nicht hier, sondern in Spanien.«

»Das werden wir erst wissen, wenn wir da drin gewesen sind«, sag ich, geh die Stufen wieder runter und fang an, um das Haus rumzulaufen. Der Rudi läuft neben mir her wie ein Hund. Ich rüttle an jedem einzelnen Fenster im Erdgeschoss, aber alle sind fest verschlossen und quasi wie zubetoniert. Auf dem Rückweg zur Haustür beschließ ich einfach, diese verdammte Tür aufzubrechen. Und grad will ich meinen Kofferraum öffnen, um eben das dafür nötige Werkzeug zu organisieren, da geht oben die Balkontür auf und ein Mann erscheint.

»Herr Meerbusch?«, ruf ich nach oben und halte mir dabei die Hand über die Augen gegen das grelle Sonnenlicht.

»Abflug!«, ruft er retour.

»Franz«, flüstert der Rudi, der nur zwei Schritte neben mir steht. »Ist das eine Kalaschnikow, die er da in der Hand hält?«

»Niemals«, sag ich grad noch, doch dann schmettert auch schon die erste Salve in den Himmel.

»Meerbusch, sind Sie wahnsinnig?«, schrei ich und schau mich kurz um, wo man in Deckung gehen könnte. Der Weg zum Schuppen ist viel zu weit, der Wagen nicht sicher genug, und auf der anderen Seite, da ist diese Schlucht. Himmelherrgott noch mal: es bleibt nur der Weg zur Haustür zurück.

»Haut ab von hier«, kommt es nun wieder von oben. »Sonst seid ihr tot, ihr zwei Hanswursten. Ich meine das ernst. Und ich geb euch noch exakt eine Minute.«

Jetzt hol ich mein Handy hervor, weil es mir mittlerweile als unumgänglich erscheint, doch noch Verstärkung zu ordern. Ja, sag ich in den Hörer, wir brauchen tatsächlich das SEK. Und zwar dringend und sofort. Nein, es ist wirklich kein Spaß. Doch erst als erneute Schüsse ertönen, scheint mein Gesprächspartner in der Einsatzzentrale langsam, aber sicher den Ernst der Lage zu erkennen.

»Mein Gott«, sagt er nun nämlich. »Bringen Sie sich in

Sicherheit und legen Sie jetzt einfach auf. Wir werden Ihren Standort durch Handyortung finden.«

Gut, das können wir aussitzen, denk ich mir. Und grad wie ich mich umdreh, da fällt mir auf, dass der Rudi noch immer wie angewurzelt da draußen rumsteht und sich keinen Millimeter wegbewegt hat. Er steht einfach vor diesem Haus und starrt es an, als hätte er grad eine Fata Morgana gesehen, oder so was.

»Zehn, neun, acht«, kommt es nun wieder von oben.

»Rudi«, schrei ich jetzt aus Leibeskräften heraus, doch er scheint wie hypnotisiert und rührt noch nicht einmal seinen kleinen Finger. Erst wie er ein paar Atemzüge später einen Schuss abbekommt, da scheint er endlich wieder in der Erdumlaufbahn angelangt zu sein. Da nämlich fängt er wie am Spieß an zu plärren in einer Lautstärke, wie ich sie noch nie vorher gehört hab. Er schreit sich quasi die Seele aus dem Leib und hält sich dabei seinen verwundeten Arm, der wie verrückt blutet.

Völlig von Sinnen renn ich nun aus meiner Deckung zu ihm hinaus und somit genau in das Schussfeld, welches auch umgehend erneut aktiviert wird. Geistesgegenwärtig wie ich nun mal bin, schlag ich jetzt sofort einen Zickzackkurs ein, hak anschließend den hysterischen Rudi unter und renn mit ihm auf die gleiche Weise zur Haustür zurück. Dort steht er nun, der Rudi, direkt vor mir, hat Augen und Mund sperrangelweit aufgerissen und hört nicht auf zu brüllen.

»Du musst mir die Wunde verbinden«, brüllt er. »Zieh dein T-Shirt aus und verbind die verdammte Wunde, Franz!«

Aber ich zieh nicht mein T-Shirt aus, sondern das seine, weil das eh schon total im Arsch ist. Und das bind ich ihm nun so straff es geht um die klaffende Wunde, und dennoch hört er nicht auf, wie ein Irrer zu brüllen.

»Es ist nur ein Streifschuss, Rudi. Du kannst dich beruhigen«, sag ich, während ich mich erschöpft gegen die Haustür fallen lass, und merke dabei gleich, dass sie wohl gar nicht richtig abgeschlossen ist. Ich drück noch mal ein bisschen fester dagegen, und siehe da, Simsalabim, geht sie auf.

»Brüll weiter, Rudi. Brüll so laut du nur kannst«, sag ich jetzt und schau ihn ganz eindringlich an. Doch er macht ohnehin keinerlei Anstalten, seinem lautstarken Klagen endlich ein Ende zu bereiten. So überlass ich ihn deswegen erst mal seinem Schicksal, mach die Tür vorsichtig auf und gleich wieder hinter mir zu. Orientiere mich noch kurz und steig dann auf möglichst leisen Sohlen die knarzenden Stufen zum Obergeschoss empor. Doch ehrlich gesagt, macht der Rudi momentan ohnehin alle weiteren Geräuschkulissen völlig zunichte. Oben angekommen hab ich auch ziemlich schnell den perfekten Überblick. Dieser Balkon nämlich liegt nun direkt vor mir, darauf steht der Meerbusch samt seiner Knarre, und zwar in Shorts und mit freiem Oberkörper. Im Grunde sieht er aus wie so ein Fighter aus einem dieser amerikanischen Actionfilme oder so. Jetzt bemerk ich auch, dass er ein Tattoo auf seiner rechten Wade trägt. ACAB steht da drauf, und zwar ziemlich fett. Das kenn ich gut, das tragen auch sehr viele Knackis irgendwo auf ihrem Körper hin tätowiert, und es bedeutet: All Cops Are Bastards. Zu Deutsch eben, dass alle Bullen Bastarde sind.

Na gut, dann wollen wir unserem Ruf doch auch mal ordentlich gerecht werden, nicht wahr? Und so ziele ich nun eben exakt auf diese Buchstaben da vor mir auf diesem Balkon. Genauer auf das zweite A, weil mir das so rein vom

Einschusswinkel her von allen vieren am besten erscheint. Jetzt drücke ich ab. Und Schuss, Treffer, Ziel Mitte, könnte man sagen. Denn wie auf Kommando lässt der Meerbusch nun seine Waffe fallen und greift stattdessen zu seinem Bein hinunter, präziser gesagt, an das Einschussloch. Zwar blutet er gleich wie ein abgestochenes Schwein, doch ganz im Gegensatz zum Rudi schreit er hier nicht rum und verzieht auch sonst keine Miene. Er dreht sich nur ganz allmählich zu mir um und starrt mich mit zusammengekniffenen Augen an. Dann murmelt er etwas, es könnte gut »Fuck!« sein. Doch noch bevor er wieder nach seiner Waffe greifen kann, bin ich auch schon an seiner Seite und halt ihm stattdessen die meinige an seine Schläfe.

»Aufstehen und Hände nach oben«, sag ich.

»Ja, können vor Lachen. Du Wichser, du hast mir mein Schienbein zertrümmert«, entgegnet er, ich seh mir das an, und da hat er wohl recht. So schnapp ich mir kurzerhand noch seine Knarre und muss feststellen, dass es sich hierbei tatsächlich um eine Kalaschnikow handelt. Unglaublich, wirklich. Danach such ich das Badezimmer auf, einfach um dort ein Handtuch zu holen.

»Da, zum Abbinden«, sag ich, als ich wieder zurück bin, und werf es ihm entgegen. Und er tut prompt, wie ihm geheißen, wenn auch fluchend. Jede Wette, dass er kein einziges Schimpfwort auslässt, das ich jemals gehört habe. Und während er nun so vor sich hin dampfend seine Wunde fürs Erste versorgt, ruf ich ein weiteres Mal in der Einsatzzentrale an und geb Bescheid, dass wir das SEK nun doch nicht mehr brauchen. Dafür aber wären zwei Sankas echt super. Sowie selbstverständlich auch die Spusi und ein weiterer Streifenwagen.

Und wie kurz darauf schließlich der Notarzt hier

eintrifft, ist der Rudi schon vollkommen heiser, und obendrein besteht er drauf, dass zunächst er selber behandelt und angeschaut wird. Und das, obwohl wirklich einem jeden auf den allerersten Blick klar ist, dass die Verletzungen vom Meerbusch deutlich schwerer sein dürften, als es die vom Rudi sind.

»Können Sie meinen Arm retten, Herr Doktor? Sagen Sie doch, können Sie meinen Arm noch retten?«, fragt er ohne Unterbrechung.

»Das ist nur ein Streifschuss, Herr Birkenberger«, sagt der Arzt wieder und wieder und mit einer Gleichmütigkeit, die beinah beeindruckend ist. »Und wissen Sie, bei einem Streifschuss, da müssen in aller Regel ohnehin keine Gliedmaßen amputiert werden.«

Beim Meerbusch dagegen ist die Angelegenheit dann schon deutlich ernster, wie man dem Herrn Doktor anmerken kann.

»Das gefällt mir nicht«, sagt er nämlich bei dessen Untersuchung. »Nein, das gefällt mir gar nicht.«

»Franz«, ruft der Rudi irgendwann, und mittlerweile hat er kaum noch eine Stimme.

»Ja, Rudi«, sag ich und geh mal in die Hocke, damit ich ihn besser hören kann.

»Franz, siehst du … Ich würde dich niemals im Stich lassen. Selbst unter größter Lebensgefahr bin ich immer und überall an deiner Seite«, sagt er weiter und hat dabei Tränen in den Augen. Ob eher vor Rührung oder Schmerzen kann ich leider nicht ausmachen.

»Ich weiß, Rudi. So wie ich an deiner, gell.«

»Du wärst auch immer an meiner Seite, gell?«

»Sag ich doch grade, Rudi.«

»Wir sind eben ein echtes Dreamteam, nicht wahr, Franz?

Und das haben wir grad wieder mal deutlich unter Beweis gestellt, oder nicht?«

»Doch, das haben wir, Rudi. Glasklar. Immerhin hab ich dir grade das Leben gerettet.«

»Hast du das?«

»Ja, sicher. Wenn ich dem Typen nicht ins Bein geschossen hätte, dann wärst du vermutlich jetzt tot«, kann ich grad noch sagen, dann wird er von mir weg und in den Sanka getragen.

»Kommst du nicht mit, Franz?«, krächzt er noch in meine Richtung.

»Nein, Rudi. Ich kann nicht. Ich muss ja hier auf den Meerbusch aufpassen«, ruf ich noch retour. Dann werden die Türen geschlossen.

Kapitel 25

Am nächsten Tag in der Früh führt mich mein allererster Weg zum Richter Moratschek. Immerhin haben wir nun einen fetten Kriminalfall gelöst, und da hätte ich schon gern, dass er mir gratuliert und auf meine dienstlichen Schultern klopft. Wie ich zu ihm ins Büro reinkomm, ist nicht nur der Hausherr selber anwesend. Nein, es ist auch ein Staatsanwalt da, und der steckt in einem Nadelstreifenanzug.

»Entschuldigung, Moratschek. Dann komm ich später wieder«, sag ich und will mich gleich wieder abdrehen.

»Nein, bleibens da, Eberhofer«, sagt nun der Richter aber. »Es geht eh grad um Ihre Person.«

»Aha«, entgegne ich und tret an seinen Schreibtisch heran.

»Ja, ja, der Herr Staatsanwalt hier, der hätt ein paar Fragen«, sagt der Richter weiter.

»Exakt. Was haben Sie sich eigentlich dabei gedacht, von hinten auf eine verdächtige Person zu schießen«, fragt nun der Staatsanwalt ohne jegliches Grußwort.

»Na ja, was man sich halt so denkt, wenn jemand mit einer Kalaschnikow vor dir steht. Knall ihn ab, sonst tut er es«, antworte ich wahrheitsgemäß.

»Aber er konnte sich doch noch nicht einmal wehren, weil er mit dem Rücken zu Ihnen auf diesem Balkon stand und Sie ja praktisch aus dem Hinterhalt heraus einfach so auf ihn geschossen haben.«

»Und das war auch gut so, weil er sonst aus dem Hinterhalt heraus auf den Rudi geschossen hätte.«

»Und wer bitteschön ist dieser Rudi?«, fragt der Anwalt nun und schaut zwischen dem Richter und mir hin und her.

»Der Rudi ist der Birkenberger, und das ist ein ehemaliger Kollege von mir. Und der ist direkt unter diesem Balkon gesessen, hatte bereits einen Streifschuss abbekommen und war völlig bewegungsunfähig, weil er unter Schock gestanden ist.«

»Und was hatte dieser Rudi bei dieser Aktion überhaupt zu suchen?«

»Das verstehen Sie nicht«, mischt sich nun der Richter ein und holt sich seinen Schnupftabak hervor. »Aber das hat schon seine Richtigkeit. Fakt ist jedenfalls, dass der Schusswaffengebrauch rechtmäßig war, Punkt. Und obendrein hat der Kommissar Eberhofer hier eine Bande von Verbrechern auffliegen lassen, deren Reichweite und Gesamtzahl bis dato noch gar nicht abzusehen ist. Und wenn er dann, wie in diesem Fall, jemanden dabei ausschalten muss, dann hat er sich da sicherlich zuvor Gedanken darüber gemacht und nicht leichtfertig gehandelt. Da leg ich meine Hand ins Feuer.«

»Dass Sie sich die mal nicht verbrennen, Moratschek«, sagt der Nadelstreif nun und geht Richtung Türe. »Aber wie dem auch sei, dieser Meerbusch, der möchte Sie jedenfalls auf Schmerzensgeld verklagen, Eberhofer. Nur, dass Sie Bescheid wissen.«

»Das wird sich ja dann gut gegenrechnen«, sag ich noch so. »Weil der Rudi nämlich den Meerbusch auf Schmerzensgeld verklagen möchte.«

»Das ist ja lächerlich«, sagt nun der Moratschek. »Dieser Meerbusch, der sollte den Ball mal schön flach halten, sonst hockt der bis zum Nimmerleinstag.«

»Ja, wie dem auch sei, habe die Ehre, meine Herrschaften«, sagt der Anwalt noch knapp.

Dann sind sie auch schon weg, die Streifen mitsamt dem Besitzer. Der ehrenwerte Richter hat mittlerweile seine ganze juristische Nase voll Tabak, und das sag ich ihm auch.

»Nehmens ein Taschentuch, Moratschek. Sie haben überall Krümel um den Zinken herum.«

»Danke«, sagt er und zieht sich ein Tempo hervor. »So, und jetzt hocken Sie sich her und erzählen mir alles ganz haargenau. Das war ja wohl schon ziemlich Wilder Westen, was da gestern abgegangen ist, oder?«

Ja, sag ich. Das war's. Und dann erzähl ich ihm alle Einzelheiten, bis ins kleinste Detail hinein, und er hört ganz gespannt zu.

»Gratuliere, Eberhofer«, sagt er am Ende und scheint sehr zufrieden. »Aber ich glaube, Ihnen ist gar nicht bewusst, was für fette Fische Sie da mal wieder geangelt haben.«

»Wie meinen Sie das?«

»Gestern haben sich ein paar Kollegen vom LKA die Sache einmal angeschaut. Die sind nämlich schon längere Zeit am Ermitteln, grad, was die Kriminalität so zwischen Bayern und der Tschechei betrifft. Und die haben natürlich auch schon so einiges dabei aufklären können, gar keine Frage. Aber an diese Bande, da sind sie halt irgendwie noch nicht richtig rangekommen. Einfach, weil ihnen dieser Kuglmayer schon rein von seinem Job her immer eine Nasenlänge voraus war.«

»Aha«, sag ich, weil mir weiter nix einfällt.

»Nie im Leben hätte ich mir so was vorstellen können. Nie im Leben«, sagt er weiter mit hängenden Schultern und schüttelt dabei den Kopf. »Hier bei uns! Ein Skandal! Wem soll man da denn überhaupt noch über den Weg trauen? Aber wie gesagt, gestern haben diese Leute vom LKA eben den Kuglmayer, den Feistl und auch den Wagner noch einmal verhört. Und dabei sind sie auf sage und schreibe achtzehn weitere Mittäter gestoßen. Und heut früh, da hat's dann eine Großrazzia gegeben, und vierzehn von diesen Schlawinern sitzen inzwischen nun ebenfalls ein. Ein Jackpot, Eberhofer. Ja, ein Jackpot, den Sie da geknackt haben dürften. Ach ja, wie geht's eigentlich dem Birkenberger?«

Großer Gott! Keine Ahnung.

»Moratschek, ich muss los«, sag ich noch so.

»Richtens ihm meine Glückwünsche aus. Und gute Besserung«, ruft er mir noch hinterher.

»Mach ich«, ruf ich retour. Und während ich nun die Stufen runtersaus, wähl ich auch schon die Nummer vom Rudi.

Ich kann ihn bei der Theresa erreichen. Die ist zwar grad nicht da, sondern zu Besuch beim Lotto-Otto im Gefängnis. Aber bis sie gerade das Haus verlassen hat, da hätte sie sich ganz rührend und aufopferungsvoll um den Rudi gekümmert, krächzt er mir in den Hörer. Doch irgendwie versteht er grad die Welt nicht mehr. Denn obwohl ihm mittlerweile mehrere Ärzte und auch völlig unabhängig voneinander bestätigt haben, dass es wirklich nur ein Streifschuss war, trotzdem hätte er Schmerzen. Und zwar solche von der übelsten Sorte. Es gibt Augenblicke, wo er denkt, er muss sich jetzt den Arm abhacken, so weh tut ihm das.

»Meinst du nicht, dass sich der kleine Rudi das alles vielleicht nur einbildet«, muss ich hier nachfragen.

»Nein, das bildet sich der kleine Rudi nicht alles ein, verdammt. Aber heute Nachmittag, da hab ich schon einen Termin ausgemacht. Bei einem Schamanen. Der soll sich das einmal anschauen.«

»Bei einem Schamanen, soso. Du, Rudi, by the way, du solltest den Meerbusch auf jeden Fall auf Schmerzensgeld verklagen. Ich mein, bei diesen Höllenqualen, die du da durchleidest.«

»Auf Schmerzensgeld? Aha. Ja, da bin ich noch gar nicht drauf gekommen. Du bist ja vielleicht ausgekocht. Wie viel kann man denn da so verlangen?«

»Das kann ich dir wirklich nicht sagen. Aber was ich dir sagen kann, ich komm grad vom Moratschek. Und was mir der erzählt hat, das ist echt schier unglaublich.«

»Lass hören«, sagt er, und ich merke, dass seine Stimme jetzt schon nicht mehr ganz so weinerlich ist wie noch eben. Und so berichte ich ihm halt von unserem fundamentalen Erfolg in der deutsch-tschechischen Kriminalgeschichte.

Zwei Tage später kann ich die Geschichte dann vorwärts, rückwärts und auswendig erzählen, weil mich halt ein jeder, den ich treffe, danach fragt. So erzähl ich sie beim Simmerl, im Büro und natürlich auch beim Wolfi. Und daheim muss ich sie sowieso gleich einige Male erzählen, weil immer irgendwer fehlt. Wie es dann aber endlich in den Zeitungen steht, da bin ich glücklicherweise durch mit dieser Nummer. Übrigens treff ich den Flötzinger noch, und zwar ganz zufällig bei der Moni. Weil morgen dieses dämliche Dienstjubiläum ist, das unserem Bürgermeister so wichtig erscheint, und da hat die Susi gemeint, ein Frisörbesuch kann ja nicht schaden. Also geh ich halt hin. Und dort hockt er dann eben, der Flötzinger, und zunächst einmal erkenn ich ihn gar nicht gleich. Er trägt nämlich grad eine von diesen durchlöcherten Plastikmützen auf dem Kopf. Und die Jacqueline, also das Lehrmädel von der Moni, die zupft ihm mit einer Häkelnadel eine Haarsträhne nach der anderen durch die Löcher hindurch.

»Servus, Franz«, kann ich aber urplötzlich vernehmen, und so schau ich ihn an.

»Ach, du bist es, Flötzinger. Habe die Ehre«, sag ich und setz mich auf den Drehstuhl daneben. »Was wird das, wenn's fertig ist?«

»Strähnchen. Das werden blonde Strähnchen«, antwortet er, und nun muss ich ihn mir mal genauer ansehen. Er wirkt heute irgendwie anders, und das liegt nicht nur allein an dieser dämlichen Haube. Nein, auch sein komplettes Outfit erscheint viel gepflegter als sonst, seine Fingernägel sind sauber und die Schuhe geputzt. Jetzt aber kommt auch die Chefin persönlich durch einen Fadenvorhang, und zwar erwartungsgemäß in ihren legendären Kniestrümpfen und einer schweinsfarbenen Schürze.

»Waschen, schneiden, föhnen?«, fragt sie mich, doch ich schüttle den Kopf.

»Nur schneiden, ich hab daheim schon gewaschen«, entgegne ich, und sie zuckt mit den Schultern.

»Auch recht«, sagt sie, während sie zu Kamm und Schere greift.

»Hab ich irgendwas verpasst, Flötz?«, frag ich, und wir sehen uns im Spiegel an.

»Ich flieg doch morgen früh zur Mary und den Kindern«, sagt er unter seiner Haube hervor. »Und da will ich halt ein bisschen Eindruck schinden. Mann, ich kann dir gar nicht sagen, wie aufgeregt ich bin, Franz. Beinah so, als hätte ich mein allerererstes Date.«

»Alter«, sagt nun die Jacqueline und macht eine riesige Blase mit ihrem Kaugummi. »Ich hatte meinen allerersten Date, da war ich acht Jahre alt oder so. Jedenfalls hatte ich noch nicht mal meine Tage.«

»Jacqueline«, schimpft die Moni und wirft ihr einen bitterbösen Blick zu. »Wie oft hab ich dir schon gesagt, dass es mein Date heißt und nicht meinen.«

»Ja, sorry, Mann. Aber das ist auch echt voll krass nicht immer so easy mit diese ganzen ausländischen Worte und so. Ich bin jetzt durch mit die ganze Strähnen rauspulen, soll ich jetzt die Farbe da selber draufmachen, oder so?«

»Nein, untersteh dich, um Himmels willen. Ich mach das selber, bin ja hier auch gleich fertig«, entgegnet die Moni, und ich merke, dass sie Gas gibt, was meinen eigenen Haarschnitt betrifft.

»Du, Moni«, sag ich deswegen und bin ein bisschen besorgt. »Jetzt bloß nicht hudeln, gell. Ich will ja hinterher nicht ausschauen, als wär ich in einen Reißwolf gekommen.«

»Mann, das ist krass witzig, das mit einem Reißwolf«, kichert die Azubine jetzt und haut dem Flötzinger dabei auf die Schultern, dass gleich der ganze Drehstuhl wackelt.

»Eberhofer, ich mach das jetzt schon fast fuchzig Jahre lang. Was denkst du, wie lang brauch ich für einen simplen Herrenhaarschnitt?«, fragt die Moni und fuchtelt mit ihrer Schere so dermaßen vor meinen Augen rum, dass ich mir gar nicht mehr antworten trau. Kurz darauf aber bin ich dann jedoch unverletzt und fertig geschoren, und es schaut ganz einwandfrei aus. So bezahl ich noch kurz, verabschiede mich und wünsch dem Flötzinger auf alle Fälle schon mal ein fettes Toi, Toi, Toi für sein anstehendes Familientreffen.

Wie ich heimkomm, da ist die Bude voll, das kann man kaum glauben. Weil neben uns Wohnhaften, die halt immer hier leben, auch noch der Leopold anwesend ist mit seiner kompletten Bagage und auch die Mooshammerin mit ihrer Anwesenheit glänzt. Die Kinder hocken drüben im Wohnzimmer im Schneidersitz auf dem Fußboden und schauen einen Zeichentrickfilm, der wohl unglaublich lustig sein muss, jedenfalls wird laut gekichert und gelacht. Und Panida sitzt auf der Couch dahinter und stillt ihren Sohn. Wie lange sie das tatsächlich noch tun will, ist mir ein Rätsel. Ich hoff jedoch schon für ihn selber, dass die Prozedur vor seiner Einschulung abgeschlossen ist. Aber wurst. Alle anderen jedenfalls sitzen in der Küche um den Esstisch herum.

»Schau, was der Leopold mitgebracht hat«, sagt die Susi gleich, wie ich reinkomm, und drückt mir eine Laterne in die Hand.

»Eine Laterne, aha«, sag ich.

»Ja, aber eine ganz moderne«, entgegnet die Susi weiter, und der Leopold hockt mit verschränkten Armen und ziemlich siegessicher dort auf der Eckbank.

»Eine Laterne mit einem Frosch drauf«, sag ich wenig beeindruckt.

»Eine Laterne mit einem Frosch drauf und Glitzer und einem echt tollen Leuchtstab. Doch was am wichtigsten ist, es ist eine Laterne mit Batterie. Unbrennbar und aus Recycling-Papier. Hab ich brandneu im Sortiment meiner Buchhandlung«, erklärt der Leopold nun selbstgefällig.

»Zu unserer Zeit, da ist noch nie eine Laterne abgebrannt«, knurrt die Oma vom Herd rüber.

»Doch«, kontert die Mooshammerin prompt. »Mir ist die meinige gleich zweimal abgebrannt. Achtundvierzig ist das gewesen. Und ich glaub, einundfuchzig. Nach dem zweiten Mal da hat der Pfarrer Rössl, der seinerzeit den heiligen Martin gemacht hat, mit meinem Vater geredet. Und der hat dann hinterher zur Mama gesagt, dass das dotscherte Kind jetzt keine Laterne mehr kriegt, und aus. Und bei den nächsten Umzügen, da hab ich dann immer eine Taschenlampe gekriegt. Aber das war mir eh viel lieber.«

»Ja, weil du halt auch ein Trampel bist«, knurrt die Oma. »So, und jetzt raus aus meiner Küch, und zwar alle, ich brauch Platz.«

»Ja, aber was gibt's denn zum Essen?«, muss ich hier nachfragen.

»Nix. Jedenfalls nicht von mir. Weil ich schließlich einen Guglhupf backen muss für morgen. Also, wenn ich dann bitten dürfte«, erklärt sie noch, und mich persönlich hat sie damit auch komplett überzeugt.

»Ja, dann gehen wir halt zum Heimatwinkel rüber«, schlägt der Papa nun vor. »Der Leopold ist uns eh noch eine Einladung schuldig.«

»Wegen was?«, fragt der Leopold und schaut leicht irritiert.

»Ja, was weiß ich?«, sagt der Papa und erhebt sich schon mal. »Vielleicht wegen deiner Sortimentserweiterung, oder so. Keine Ahnung. Jedenfalls bist du der Einzige von uns hier, der das von der Steuer absetzen kann. Also, auf geht's.«

Der Heimatwinkel ist gut besucht, und wir ergattern den letzten freien Tisch im Lokal. Leider steht er total mittig und somit nicht an der Wand, was ich persönlich gar nicht haben kann. Es ist einfach nicht besonders lauschig, wenn hinter dir pausenlos Kellner rumrennen oder Gäste. Ich hab eben immer gern irgendeine Begrenzung zum restlichen Umfeld. Grad, wenn man so gemütlich beim Essen ist. Aber da hab ich heut eben Pech. Eine Weile lang sind alle anderen mordsmäßig mit ihren Speisekarten beschäftigt. Ich selber nicht, weil ich schon bei der Hinfahrt ganz genau gewusst hab, nach was mir heute der Sinn steht. Und er steht mir nach Schlachtschüssel. Während die anderen noch studieren und schmökern, geh ich mal kurz aufs Klo. Und genau dort treff ich dann ausgerechnet diesen Hausbesitzer von neulich wieder, und er erkennt mich sofort.

»Ach, Kommissar Eberhofer«, sagt er von seinem Pissoir aus zu dem meinigen rüber. »Jetzt habens den Fall ja aufklären können. Ein Riesending ist das ja gewesen, ich hab's schon in der Zeitung gelesen.«

»Ja, ja, alles aufgeklärt«, sag ich knapp, weil ich mich beim Bieseln nicht sehr gern unterhalte.

»Wunderbar, wunderbar. Wir haben auch mit den Renovierungsarbeiten schon begonnen. Na ja, erst einmal alles ausgeräumt. Da war ja nichts mehr zu verwenden, gell«, sagt er, während er nun abschüttelt.

»Aha«, entgegne ich und komm allmählich auch zu einem Ende.

»Jetzt wollt ich doch neulich den Lotto-Otto besuchen, aber da hat es geheißen, der ist schon weit über seinem Besucherlimit. Könnens da vielleicht was machen?«, fragt er und wäscht sich die Hände dabei.

»Nein, da kann ich nix machen«, sag ich noch so. Einfach schon, weil ich mit Sicherheit weiß, dass dem Lotto-Otto ein Besuch von der Theresa tausendmal wichtiger ist, als es wohl jeder andere ist. »Aber meinetwegen kann ich ihm was ausrichten lassen.«

»Ja, das wär schön. Dann sagens ihm doch bitte, dass wann immer er entlassen wird, er kann und soll sich bitteschön unbedingt gleich an mich wenden. Und den Laden, den halt ich ihm auch frei, selbst wenn's hundert Jahre dauert. Wissens, irgendwie fühl ich mich verantwortlich für den Buben. Ich hab ja selber keine Kinder nicht, und jetzt … wo praktisch seine Mutter … na ja.«

»Ich werd's ihm zukommen lassen«, sag ich noch so, dann verabschieden wir uns.

Schön, dass es in dieser furchtbaren Welt da draußen noch solchene Leut gibt. Grad heutzutag, wo jeder nur an sich selber denkt und mit ausgestreckten Ellbogen alles und jeden über den Haufen schiebt, um seinen eigenen Hals vollzukriegen. Und auch schön, dass der Lotto-Otto weiß, dass da draußen jemand auf ihn wartet. Denn auch die Theresa wartet auf ihn. Da haben sich ja vielleicht zwei Gestalten gefunden. Mein lieber Schwan! Ja, das sind so die Gedanken, die mir durch den Kopf gehen, wie ich zu unserem mittigen Tisch zurückkehr.

»Die Kindergartenschwester hat sich über den Paul beschwert«, sagt die Susi dann beim Essen.

»Aha«, sag ich und schieb mir ein Stückerl Blutwurst in den Mund. »Wegen was beschwert sie sich denn?«

»Sie hat gesagt, dass unser Paulchen zu jedem, der irgendwie ungeschickt ist, ständig ›Trampel‹ sagt. Und das findet sie nicht gut.«

»Paul«, sag ich in Richtung Hochstuhl, und prompt schaut er mich mit seinem Tomatensoßengesicht ganz aufmerksam an. »Paul, findest du es schön, wenn jemand Trampel zu dir sagt?«

»Nein«, sagt er sofort und schüttelt wie wild seinen Kopf.

»Siehst du. Und andere finden das auch nicht schön. Also sag das bitte nicht mehr«, versuch ich zu erklären.

»Aber, die Oma …«

»Die Oma ist schon sehr alt, Paul. Und manchmal ist sie ein bisschen verwirrt. Aber du bist doch nicht verwirrt, oder?«

»Nein«, sagt er und schiebt sich ein paar Nudeln auf den Löffel.

»Eben«, antworte ich und zwinkere ihm zu.

Kapitel 26

Nach dem Abendessen, da hab ich irgendwie noch das dringende Bedürfnis nach Wolfi und Bier. Und zwar aus verschiedenen Gründen heraus. Zum einen, weil grad die meiste Zeit über bloß von diesen dämlichen Laternen gesprochen worden ist, die der Leopold da heute angeschleppt hat. Und ich mich ehrlich gesagt schon etwas darüber wundern muss, warum der Erwerb solcher Teile deutlich höher im Kurs steht als die Inhaftierung einer kriminellen Vereinigung in nicht unerheblichem Umfang. Ich zweitens nullkommanull Lust habe, das Paulchen ins Bett zu bringen, heut aber damit dran wär. Was jedoch momentan unglaublich nervt, weil er grad mitten in einer »Warum?-Phase« steckt. Das bedeutet, du liest ihm eine Geschichte vor, und nach jedem Satz kommt ein »Warum?«. Also beispielsweise: Warum speit der Drache Feuer? Oder: Warum hat die Prinzessin eine Krone? So was in der Art halt. Und da kann sich dann so ein Märchen schon ziehen, frag nicht! Und weil mir obendrein noch irgendwie der Durst hochkommt, drum eben Wolfi. So hock ich nun also am Tresen, ein frisch Gezapftes direkt vor mir, und beobachte den Wirt beim Gläserpolieren. Zumindest ein Weilchen lang, weil: dann geht die Tür auf und der Flötzinger erscheint. Er zieht seine Jacke aus, setzt sich gleich zu mir und erzählt, dass er vor lauter Aufregung ums Verrecken nicht einschlafen kann. Dann bestellt er ebenfalls Bier. Seine blonden Strähnen, die schauen noch viel furchtbarer aus, als ich es überhaupt für möglich gehalten hätte, doch das sag ich ihm nicht. Einfach, weil er momentan einen so munteren, aufgekratzten und zufriedenen Eindruck macht und ich dieses Bild auf keinen Fall zerstören mag. Denn immerhin ist die Ausstrahlung eines Menschen Minimum genauso wichtig, wie es sein Aussehen ist. Und wenn ich ihm jetzt sagen tät, dass er aussieht wie ein Arschloch, dann fühlt er sich vermutlich auch wie eins. Und wem würde damit geholfen sein? Nein, nein. Wenn er mit dieser depperten Neunzigerjahre-Frisur weiterhin so souverän bleibt, wie er es im Augenblick ist, dann hat er die Mary im Handumdrehen wieder erobert. Jede Wette.

»Ich hab gesehen, dass die den Lottoladen grade entrümpeln«, sagt er, wie uns der Wolfi die zweite Halbe zapft. »Da sind doch sicherlich auch die Bäder kaputt, oder? Und die Heizung womöglich auch.«

»Da ist alles kaputt, Flötz. Wirklich alles.«

»Weißt du denn zufällig, wer der Besitzer ist?«

»Logisch weiß ich, wer der Besitzer ist«, antworte ich und nehm einen Schluck Bier.

»Dann kannst du mir da ja vielleicht einen Kontakt herstellen, Franz? Das wär echt super.«

»Wer zahlt heute?«, muss ich hier nachfragen, und er kapiert es sofort.

»Ich zahl heute«, grinst er, und wir stoßen an.

»Wann geht dein Flug?«, will ich jetzt wissen.

»Siebzehn Uhr fünfunddreißig. Muss aber zuvor noch kurz nach Landshut rein. Zum Zweiraddoktor. Das Mofa, das hat nämlich einen Kolbenfresser, und im ganzen Landkreis findest du echt keinen, der das reparieren kann.«

»Unglaublich«, sag ich.

»Ja, das ist wirklich unglaublich. Früher, da hat ein jeder Tankwart selbstverständlich auch einen jeden Motor reparieren können. Das war so logisch wie sonst nix auf der Welt. Und heut? Heut wissen die meisten nicht mal, wo das Wischwasser für die Scheibenwaschanlage reinkommt.«

»Dafür gibt's aber heute elektrische Laternen«, sag ich, heb mein leeres Glas in die Höh und bestell somit ein weiteres Bier. Hinten am Stammtisch, dort hocken die Kartler und watten. Und das ist halt scheiße. Weil die nämlich ums Verrecken keine laute Musik abkönnen. AC/DC schon gar nicht.

»Hey«, ruf ich deswegen mal nach hinten. »Bleibt's ihr noch länger hocken, oder was?«

»Eberhofer, wie oft denn noch?«, kommt es prompt retour. »Das ist keine Disco da herinnen, sondern ein Wirtshaus. Haben wir uns verstanden?«

Gut, im Grunde hab ich nix anderes erwartet. Aber was soll's. Doch kein halbes Stündchen später scheint sich das Blatt plötzlich für mich zu wenden. Denn das Quartett macht einen folgenschweren Fehler, indem es zum Kollektiv-Bieseln geht. Wodurch ihr Tisch nun komplett verwaist ist. Die Karten aber, die liegen freilich noch dort. Und so lass ich nun kurzerhand einfach den König verschwinden, was ihnen zunächst noch nicht einmal auffällt. Erst an die drei oder vier Spiele später, da kommt einer von ihnen zu uns an den Tresen.

»Hast du unseren König, Eberhofer?«, fragt er und schaut mich ganz eindringlich an.

»Ich würd mich der Sünden fürchten«, sag ich und schau genauso eindringlich zurück.

»Hast du noch ein neues Packerl Karten da, Wolfi?«, will

er vom Wirt nun wissen, dem ich prompt einen unmissverständlichen Blick übern Tresen zuwerf.

»Nein, sorry«, entgegnet der artig, nachdem er scheinbar zur Kontrolle kurz eine Schublade öffnet und wieder schließt. Der Kartler zieht nun bedeutungsvoll eine seiner Augenbrauen nach oben und kommt ganz dicht an mich ran. Und einen Moment lang überleg ich ernsthaft, ob ich nun aufstehen soll oder doch eher nicht. Weil ich im Sitzen eben einen ganzen Kopf kleiner bin, als es mein Kontrahent ist, was ich echt nicht haben kann. Doch noch ehe ich überhaupt einen Entschluss fassen kann, sind seine drei Mitspieler schon in der Höh, legen ein paar Geldscheine auf den Tresen und verabschieden sich mürrisch. Die Augenbraue tut es ihnen nun gleich, und keine zwei Wimpernschläge später, da läuft ›TNT‹ auch schon in Höllenlautstärke.

Ob mein dröhnender Schädel am nächsten Morgen davon herrührt oder doch eher vom Jacky, das kann ich wirklich nicht sagen. Und es ist mir auch wurst. Was mir dagegen nicht wurst ist, ist die Tatsache, dass es kein Frühstück gibt. Außerdem scheint hier ohnehin alles irgendwie ausgeflogen zu sein. Die Susi ist jedenfalls weg mitsamt dem Paulchen, obwohl es noch gar nicht Kita-Zeit ist. Und auch die Oma und der Papa scheinen wie vom Erdboden verschluckt. Nur die Lotta liegt dort in der Küche in ihrem Körbchen. Doch auch ihr scheint meine morgendliche Anwesenheit vollkommen scheißegal zu sein. Sie öffnet ja noch nicht mal ihre Augen. So schmeiß ich mir halt nur schnell zwei Aspirin in die Gurgel und mach mich dann auf den Weg zum Simmerl, um zumindest meinen knurrenden Magen zum Schweigen zu bringen.

Vorübergehend geschlossen, steht dort an der metzgereigenen Eingangstür. Was ist denn heute los? Ist Niederkaltenkirchen evakuiert worden, während ich meinen Promillen gefrönt hab, oder was? Irgendwie scheint keiner an dem Ort zu sein, wo er sich ansonsten um diese Uhrzeit aufhält. Gut, es hilft ja nix. Dann muss ich mich halt hungrig ins Büro begeben. Doch noch nicht mal das will mir heute gelingen. Einfach, weil ich vor dem Rathaus und auch drum herum keinen einzigen verdammten Parkplatz abkriegen kann. Alles ist rappelvoll, bis zum Gehtnichtmehr, das kann man kaum glauben. Freilich würd ich mich auch jederzeit vor einen der anderen Wagen hinstellen. Oder dahinter. Aber selbst da sind sämtliche Plätze besetzt. Sogar die Feuerwehranfahrtszone ist voll. Zwar von der Feuerwehr selber, doch das gilt trotzdem. So muss ich wohl notgedrungen meine eigene Kiste zwei Straßen weiter abstellen und latsche dann letztendlich fluchend, darbend und mit brummendem Schädel Richtung Gemeindehaus. Da ist ein Remmidemmi im Hof und mittendrin, also quasi zentral um den Birkenberger Rudi. Ich kann meinen Augen kaum trauen, und trotzdem ist es eindeutig wahr. Er sitzt dort in einem Rollstuhl, und zwar mit nacktem Oberkörper in eisiger Kälte, trägt eine Jogginghose und weiße Hotelbadelatschen. Und ganz offensichtlich ist er grad äußerst beschäftigt, allen um sich herum die wohl lebensgefährlichste Schusswunde aller Zeiten zu präsentieren. Eine Zeitlang schau ich mir das Spektakel so an und kann nicht aufhören, mich zu wundern. Über den Rudi. Über die ganzen Leute hier. Und auch über mich. Doch irgendwann, da hör ich auf, mich zu wundern. Ja, plötzlich wundere ich mich über nichts mehr. Auch nicht darüber, warum kein einziger Mensch hier von mir Notiz nimmt. Nein, ich steh nur da und schau zu, wie einer nach dem anderen an diesen blöden Rollstuhl herantritt, ein paar Worte mit dem Rudi wechselt, auf seine Schulter klopft oder gar ein dämliches Selfie mit ihm macht. Und er … er hockt in diesem Rollstuhl und lässt sich ordentlich feiern. Doch grad, wie ich so allmählich wieder aus meiner Erstarrung erwache und ein paar Schritte auf ihn zugehen will, da gellt kurz ein spitzer Schrei durch die Menge, und Augenblicke später ertönt ›Highway to Hell‹. Und zwar aus der hintersten Ecke heraus. Dort schau ich nun hin und kann unsere hiesige Feuerwehrkapelle erkennen, die wie verrückt an Tasten, Saiten und Mundstücken werkelt, als würd es kein Morgen mehr geben. Vierzehn Mann sind es an Stärke, ich zähl das kurz durch. Sechs Mädels, acht Burschen und jede Menge Hardrock.

»Eberhofer«, kommt plötzlich der Bürgermeister brüllenderweise und mit ausgestreckten Armen auf mich zu. »Da sind Sie ja endlich. Aber duschen hättens fei schon können, an Ihrem Ehrentag.«

An meinem Ehrentag? Ja, genau, da war doch was. Ich hab doch gewusst, dass da noch was sein muss …

Während die Musiker sich nun um Kopf und Kragen spielen und ich ernsthaft erwäge, einen nach dem anderen abzuknallen, da werden oben im ersten Stock zwei Fenster geöffnet. In dem einen erscheint die Susi und grinst runter in die Menge, im anderen ist es die Jessy. Und einen Moment später lassen sie ein riesiges Banner runterrollen, wo eine goldene Zehn drauf ist, und es wird heftig applaudiert. Dann ist endlich das Lied zu Ende. Ich schnauf einmal tief durch. Besser wird's allerdings auch nicht, weil nun nämlich der Bürgermeister auf ein leeres umgedrehtes Biertragl steigt und einen Zettel aus seiner Jackentasche zieht. Vermutlich will er eine Rede halten. Der Rudi rollt nun zu mir her, trägt inzwischen aber wenigstens wieder einen Pulli und seine Jacke.

»Hast was an den Haxen?«, muss ich zunächst einmal fragen.

»Mein Schamane, der hat gesagt, ich soll mich auf meine Beine konzentrieren, dann hören die Schmerzen am Arm auf. Und was soll ich sagen, es funktioniert«, sagt er und scheint vollkommen zufrieden. Plötzlich kann ich den Moratschek in der Menschenmenge entdecken, der sich grad einen Weg durch die selbige bahnt, und auch er macht heute einen besonders munteren Eindruck.

»Habe die Ehre, Herrschaften«, sagt er, wie er dann neben uns steht, und haut uns beiden auf die Schulter. Wir grüßen artig zurück, und ich merke, dass uns der Bürgermeister einen bösen Blick zuwirft, weil er sich wohl in seiner Rede gestört fühlt. Er spricht sich grade förmlich in Ekstase, und zwar schwärmt er von den herausragenden Verdiensten der letzten zehn Jahre, von heimtückischen Morden und klugen Ermittlungen. Von unkonventionellen Methoden und einer überragenden Aufklärungsrate. Wahrscheinlich meint er damit den Rudi und mich. Jedenfalls strahlt der Rudi übers ganze Gesicht und nickt bei jeder einzelnen Silbe ausgesprochen selbstgefällig. Nach der Ansprache vom Bürgermeister kommt erneut die Feuerwehr zu ihrem fragwürdigen Einsatz. Dieses Mal quälen sie mich mit ›Touch Too Much‹. Der Paul dagegen scheint die musikalische Untermalung ganz prima zu finden. Jedenfalls tanzt er, was das Zeug hält, und um ihn herum bildet sich ein frenetisch applaudierender Kreis von Fans: an vorderster Front freilich die Oma und die Susi. Und nachdem dann auch dieser musikalische Kelch irgendwann an mir vorübergegangen ist, steigt der Moratschek auf das improvisierte Podest und lässt nun seinerseits unfassbare Lobeshymnen unter die Leute. Doch in seinem Fall gefällt mir das Finale besser, weil er nämlich noch eine Überraschung in petto hat.

»So, meine Herrschaften, Birkenberger und Eberhofer«, sagt er und macht dann eine bedeutungsschwangere Pause, in der er abwechselnd in unsere beiden Gesichter blickt. »Das Polizeipräsidium Niederbayern hat eine Belobigung ausgesetzt. Für herausragende Polizeiarbeit. Eine Prämie in Höhe von fünftausend Euro.«

Jetzt geht ein Raunen durch die Menge, und einen Moment lang befürchte ich wirklich, der Moratschek wird hier gleich von seinem Biertragl gerissen und ausgeraubt. Aber nein, er kann unbeirrt weiterreden, und das tut er dann auch. Er sagt, er käm heute stellvertretend für den Polizeipräsidenten, der es unglücklicherweise momentan ganz arg mit den Bandscheiben hätte. Und so wär es ihm im gleichen Maße eine Ehre sowohl als Freund, aber auch in seiner richterlichen Befugnis, mir diese Anerkennung und Hochachtung zukommen zu lassen. Leider kann der Rudi auf solch eine Auszeichnung nicht hoffen, weil er ja kein Polizist mehr ist.

»Das ist nicht fair«, sagt der nun, und alle können es hören.

»Das seh ich genauso«, entgegnet der Richter. »Deshalb appelliere ich nun an Ihr Gewissen, Eberhofer. Sie und der Birkenberger, Sie sind doch ein Team. Ein Dreamteam sozusagen. Sie haben all Ihre Fälle gemeinsam gelöst. Und zwar Seite an Seite. Und keiner von euch zweien hat mehr dafür geleistet als der andere. Oder weniger. Immer fifty-fifty. Da wäre es meiner Meinung nach doch selbstverständlich, dass man auch die Lorbeeren gleichmäßig verteilt, oder nicht?«

Jetzt weiß ich gar nicht, was ich sagen soll. Fünftausend Euro, das ist eine echt fette Summe, besonders so vor Weihnachten. Zweitausendfünfhundert grad mal die Hälfte davon. Nun aber boxt mich der Rudi aus meinen Überlegungen heraus in die Hüfte. Und zwar ausgerechnet mit seinem ach so kaputten Arm. Es scheint wohl, dass die Anweisungen seines Schamanen ganz offenbar Wirkung zeigen.

»Ja, nein«, stottere ich so vor mich hin und spür plötzlich tausend Augenpaare auf mich gerichtet. »Passt schon. Wir teilen.«

Die letzten Worte gehen unter in einem frenetischen Jubel, und gleich darauf erklärt der Moratschek das Büfett für eröffnet.

Es gibt Essen? Das ist ja unglaublich! Und hebt meine Stimmung ganz immens. Besonders, wo es im Inneren vom Rathaus aufgebaut ist, also genauer im Rathaussaal, und mir schon langsam, aber sicher die Füße einfrieren. Und so gehen wir halt rein. Also praktisch wir anderen alle. Der Rudi nicht. Der wird getragen, weil wir in unseren gemeindeinternen Mauern leider noch keine Rampen auf den Treppen haben. Der Simmerl steht samt Gattin und Sohnemann bei der Essensausgabe und verteilt Schmankerl vom Feinsten, und zwar wie am Fließband. So viele Leute hab ich hier noch niemals gesehen, und alle miteinander scheinen bester Laune, wenn auch hungrig wie im Krieg. Ich persönlich esse deswegen so schnell ich nur kann, weil Futterneid irgendwie in meinen Genen steckt.

Wie ich schließlich satt bin bis zum Speien, da erscheint plötzlich die Oma und bringt einen gigantischen Guglhupf. Verdammt: ich krieg nix mehr runter. Nicht ums

Verrecken. Kurz darauf erscheinen dann die Mooshammerin und die Jessy ebenso, und auch sie bringen prachtvolle Guglhupfe mit. Und die zwei sind nicht die letzten.

Am Ende des Tages kommen sage und schreibe sechzehn Stück, und es ist mir ein Rätsel, wie sich meine Leidenschaft dafür so hat rumsprechen können. Um mich herum herrscht quasi das reinste Guglhupfgeschwader – und ich bring keinen einzigen Bissen mehr runter. Ein Jammer, wirklich.

Freilich gibt es auch Bier und Sekt in rauen Mengen, doch auch davon lass ich die Finger, weil mir von gestern Abend noch ziemlich schlecht ist. Da trink ich lieber eine Apfelsaftschorle mit dem Paulchen und schau zu, wie sich die anderen alle besaufen.

»Das war eine echt schöne Geste, dass du deine Belobigung mit mir teilst«, sagt der Rudi zur späteren Stunde. Er lallt schon ein bisschen und hockt relativ schief in seinem Rollstuhl.

»Ja, das finde ich auch«, sag ich und schau auf ihn runter.

»Aber ein Weilchen hast du schon nachdenken müssen, gell?«

»Rudi, ich hab grad zweitausendfünfhundert Euro verschenkt. Das ist ja wohl klar, dass man sich das überlegt.«

»Papperlapapp«, können wir nun den Bürgermeister vernehmen, der plötzlich neben uns steht, und auch er dürfte schon das eine oder andere Glaserl geleert haben. Er hat ein Kuvert in der Hand und fuchtelt damit umeinander, als würde er Scheißhausfliegen verscheuchen. »Hier drin«, sagt er weiter und strahlt übers ganze Gesicht. »Hier drin ist ein Teil von unserem Dings, also von dieser Prämie. Beziehungsweise vom diesjährigen Überschuss der Gemeinde Niederkaltenkirchen. Ich hab mir lang überlegt, was wir mit dem Geld anfangen können. Aber wir haben ja praktisch schon alles.«

»Wie wär's mit einer Rampe für die Treppen?«, fragt der Rudi völlig überflüssigerweise.

»Die ist schon im Dings ... also beauftragt. Und trotzdem bleibt noch jede Menge übrig. Da hab ich mir halt gedacht ... Ach was, nehmens das jetzt einfach und betrachten es vielleicht als eine Art der Danksagung für zehn Jahre aufopf... opf... Ja, Sie wissen schon, was ich meine«, sagt er noch, drückt mir das Kuvert in die Hand und eilt dann Richtung Klo. Vermutlich ist ihm schlecht. Ich lug mal in den Umschlag und zähl nach. Es sind dreitausend Euro, die da drin sind.

»Wie viel ist es?«, will der Rudi gleich wissen.

»Fünfhundert«, sag ich.

»Na ja, Kleinvieh macht auch Mist«, sagt er weiter und schaut in die Menge. Entdeckt dann den Moratschek drüben an der Bar und rollt auch schon prompt auf ihn zu.

Die Feuerwehrler haben inzwischen das Genre gewechselt. Statt Hardrock spielen sie nun Schenkelwetzer vom Feinsten. Was keinen Deut besser ist, doch wenigstens ist es nicht mehr so laut. Einen Moment lang beobachte ich das muntere Treiben hier noch. Die vielen Menschen, die tanzen, lachen oder sich zuprosten. Dann zieh ich mich in mein Büro zurück, hock mich an den Schreibtisch und blättere die Geldscheine so vor mich hin. Achttausend Euro, mein lieber Schwan! Das ist jede Menge Kohle. Ich mach zwei gleiche Haufen und steck dann jeweils viertausend in zweierlei Umschläge. Und wie auf Kommando rollt nun der Rudi in den Türrahmen rein.

»Ach, gut dass du da bist, Rudi«, sag ich, steh auf und geh auf ihn zu.

»Den Satz hätte ich gern öfters mal gehört«, grinst er müde. Ich halt ihm in jeder Hand ein Kuvert unter die Nase.

»Such dir eins aus«, sag ich, und er überlegt einen kurzen Augenblick, ehe er seine Entscheidung trifft.

»Da ist jemand, der mit dir sprechen will«, sagt er, während er nun seine Prämie in der Jackentasche versenkt. Ich schau mal über seine Schulter hinweg, und tatsächlich, da steht jemand.

»Servus, Franz«, sagt dieser, und ich befürchte, dass es der Flötzinger ist.

»Ich lass euch mal alleine«, sagt der Rudi noch knapp, und dann rollt er auch schon wieder weg.

»Flötzinger?«, frag ich ganz ungläubig. Und nicht nur, weil er bereits längst am Flughafen sein müsste. Nein, er hat auch keine blonden Strähnen mehr. Im Grunde genommen hat er nämlich gar keine Haare mehr. Er ist kahlrasiert bis runter zum Hals. Und freilich merkt er meine Verwunderung darüber und streift sich einmal kurz über den nackigen Schädel.

»Was … was ist passiert, Flötz?«, frag ich nun erst mal fast tonlos.

»Ich schaff das nicht, Franz«, antwortet er und schaut in den Boden. »Es ist mir gestern Nacht klargeworden. Wie ich heimgekommen bin, da war ich ziemlich betrunken, wie du wohl weißt. Und hab dann in diesem Zustand unsere ganzen alten Fotos angeschaut. Wo die Mary drauf ist und die Kinder. Und plötzlich ist mir klargeworden, dass das alles eine Farce ist. Und eine Illusion. Da helfen auch keine blonden Strähnen, weißt.«

»Und … und was hast du jetzt vor?«, muss ich hier nachfragen.

»Jedenfalls nicht nach England fliegen. Was soll ich dort

auch? Ich kann die Sprache nicht, ich kenn meine Schwiegereltern kaum. Ich mag das Essen dort nicht. Es wäre alles falsch, verlogen und verkrampft. Ich werde ihr einen Brief schreiben, der Mary. Ganz offen und ehrlich. Es kann nur funktionieren, wenn wir es hier noch mal miteinander versuchen. Wenn sie dazu nicht bereit ist, dann hat alles andere eh keinen Zweck.«

Jetzt bin ich ehrlich gesagt ein bisschen überrascht. Nicht nur wegen der fehlenden Haare oder etwa dem, was er grad alles gesagt hat. Sondern vielmehr darüber, wie er es gesagt hat und dass es sehr erwachsen klingt. Ich klopf ihm auf die Schulter.

»Wird schon, Flötz«, sag ich, weil mir weiter nix einfällt. »Magst ein Bier?«

»Nein, Franz. Kein Bier, keinen Jacky und kein AC. Ich geh jetzt heim und werde den wohl wichtigsten Brief meines ganzen Lebens schreiben.«

Ich nick ihm noch kurz zu, dann dreht er sich ab, hebt kurz die Hand zum Gruße, und so kahlköpfig, wie er ist, verschwindet er dann in der Menge. Es ist die Susi, die mich ein paar Minuten später aus meiner aktuellen Verwirrung reißt. Sie kommt zu mir ins Büro, scheint bestens gelaunt und hat den Paul auf dem Arm.

»Schatz, es ist spät«, sagt sie mit ganz roten Wangen. »Wir gehen jetzt heim. Das Paulchen ist müd, und ich bring ihn nun lieber mal in die Heia.«

»Nix«, sag ich, steh auf und schnapp mir die Jacke von der Stuhllehne. »Ich bring heut den Paul in die Heia.«

»Aber es ist doch dein Fest, Franz«, entgegnet sie und deutet mit dem Kinn Richtung Party. Doch ich nehm ihr den Buben ab, dreh mich um und geh vor ihr her. Zurr dem Paul seinen Schal etwas enger, weil es draußen saukalt ist.

»Wir kuscheln uns jetzt daheim gemütlich unter die warme Decke, und der Papa erzählt dir dann ein ganz schönes Märchen«, sag ich, während wir die rampenlose Treppe runtersausen.

»Warum?«, fragt das Paulchen und legt seinen Kopf auf meine Schulter.

Glossar

Dietzel Der Dietzel ist ein Schnuller.

Dotschert Ungeschickt, zwei linke Hände haben oder einfach ein Trampel sein.

Dschopperl Hat im Grunde die gleiche Bedeutung. Somit ist ein Dotschn dotschert, und ein Dschopperl ist es ebenfalls.

In die Froas fallen Wenn früher jemand in die Froas gefallen ist, dann hat er Krämpfe oder Zuckungen gehabt. Bei einem epileptischen Anfall meinetwegen. Heutzutage ist der Ausdruck eher eine Seltenheit und bedeutet, dass jemand gleich ausflippt. Übrigens können auch Babys froaseln. Das ist dann aber völlig anders zu verstehen, nämlich wenn sie noch sehr klein sind und das erste Mal ein Grinsen im Gesicht haben.

Gremess Die Gremess ist ein Leichenschmaus. Also praktisch wo sich die Trauergemeinde nach der Beerdigung und vorzugsweise in einem Wirtshaus versammelt. Dort wird dann getrauert, gegessen, getrunken und geratscht. Und man freut sich einfach des Lebens und dass man noch über der Erde ist und nicht schon darunter.

Grindig Eklig, ekelhaft oder unappetitlich. Eine Jeans allerdings ist in den seltensten Fällen grindig. Wenn die grindig ausschaut, dann nennt man das used.

Gscheitschmatzer Ein Gscheitschmatzer definiert sich, indem man die Wörter gscheit (gescheit) und Schmatzer (in diesem Fall Redner) aneinander fügt. Ein Klugscheißer halt.

Haftlmacher Einer, der aufpasst wie ein Haftlmacher, der hat alles im Blick und ist äußerst gewissenhaft. Was jetzt beim Bürgermeister weiter kein großes Ding ist, weil er ja eh sonst kaum was zu tun hat.

Kudern Das könnte man mit kichern oder lachen übersetzen und dann doch auch wieder nicht. Im Grunde kudern nur Mädels. Männer kudern nicht. Weil es ein unglaublich albernes Gelächter ist und ein bisschen ins Hysterische reinschrammt.

Tschechei Im grenznahen Bereich wird doch tatsächlich immer noch »Tschechei« gesagt, auch wenn ein jeder weiß, dass man das ja wirklich nicht mehr sagen sollte …!

Watschenbaum Der Watschenbaum ist natürlich kein Baum mit Früchten, die Watschen heißen. Vielmehr ist es eine Art Drohung. Also, wenn der Watschenbaum umfällt, dann erntet halt jemand kein Obst, sondern ein paar saftige Watschen, also quasi Ohrfeigen. Will heißen, wenn beispielsweise jemand am Watschenbaum schüttelt, dann bettelt er ja schon fast drum, verdroschen zu werden. Und das hat ja schon direkt was Provokatives, frag nicht!

Watten Das ist ein Kartenspiel, wo die Kartler (also die Kartenspieler) ganz scharf drauf sind, einen Spitz, einen Belle oder gar einen Max zu ergattern. Im Idealfall alle drei. Meistens spielt man zu viert zu jeweils zwei Paaren und versucht, durch Mucken und Bluffen das gegnerische Duo zu besiegen. Wobei nicht alle der 32 Karten ausgeteilt werden, was die ganze Sache zu einem illegalen Glücksspiel macht. Trotzdem erfreut es sich größter Beliebtheit und oft wird statt Geld lieber ein Bier oder Schnapserl ausgespielt.

Wuggerl Lockenwickler. Mittlerweile braucht's die ja eigentlich weniger, weil's inzwischen Glätteisen und Lockenstäbe gibt, wo das ganze Trara um das Haar einfach viel schneller geht und praktischer ist.

Zwiderwurz Ein Zwiderwurz ist ein übelgelaunter Mitbürger. Einer halt, dem die eine oder andere Laus über die Leber gelaufen ist. Bei den einen Zeitgenossen, da kann es eine Kleinigkeit sein, was die auf die Palme bringt. Andere wiederum haben einen Langmut, das kann man kaum glauben, und es dauert eine schiere Ewigkeit, bis die zwider, grantig oder übellaunig werden. Dafür hält es bei denen dann hinterher meistens recht lang an, und sie neigen dazu, relativ nachtragend zu sein. Also quasi lange Zündschnur, Riesenexplosion, von den Aufräumarbeiten mag ich gar nicht erst reden.

Aus dem Kochbuch von der Oma, anno 1937

Guglhupf

220 Gramm Butter mit 120 Gramm Puderzucker, 1 Päckchen Vanillezucker und dem Abrieb einer Zitronenschale (Bio) vermischen und schaumig rühren. 4 Eier trennen. 4 Dotter nach und nach einrühren. 220 Gramm Mehl sieben und mit 2 TL Backpulver und 1/8 Liter Milch langsam unterrühren. Die 4 Eiklar mit 100 Gramm Zucker steif schlagen und anschließend vorsichtig unter die Masse heben. Alles in eine Guglhupfform gießen und bei 180° etwa 50 Min. backen. Nach dem Abkühlen mit (Puder-)Zucker bestreuen.

Vermutlich gibt es Hunderte von Guglhupf-Rezepten. Aber das hier ist das beste. Wenn vor mir so ein Guglhupf steht, da brauch ich gar nix Weiteres mehr. Keinen Kaffee und ein Bier erst recht nicht. Und selbst die Susi ist mir da praktisch vollkommen wurst. Da kann sie einen Schmollmund machen, solange sie will.

Hirschgulasch

1 kg Gulaschstücke in Butterschmalz portionsweise scharf anbraten und wieder aus dem Bräter nehmen.

3 Zwiebeln, 1 Möhre und 1 Stück vom Knollensellerie würfeln und anbraten. Saisonal kann man Steinpilze mitbraten. 1 EL Tomatenmark im Gemüse anschwitzen und nach und nach mit 200 ml Rotwein und 400 ml Wildfond ablöschen. Nun das Fleisch wieder hinzugeben. 6 Wacholderbeeren sowie 3 Nelken zerdrücken und etwas Thymian zufügen. Nun 1 EL Balsamico und 3 EL Preiselbeerkompott zugeben. Bei geschlossenem Deckel etwa 2 ½–3 Stunden schmoren und gelegentlich umrühren. Mit Salz, Pfeffer, Zucker und Rotwein abschmecken. Wem die Soße zu dunkel ist, der kann einen Spritzer Sahne reinmachen. Dazu schmecken Semmelknödel am besten.

Also wenn du mich fragst, dann kann die Soße gar nicht dunkel genug sein. Am besten fast schwarz. Und dann den weißen Semmelknödel eintunken, das ist ja schon für die Augen ein Genuss. Und wie wir wissen, das Auge isst mit. Beim Paul, da isst nicht nur das Auge mit, sondern das ganze Gesicht. Weil, wenn der eine Soße kriegt, dann schaut der hinterher aus, als hätt er grad ein Vollbad drin genommen.

Reiberdatschi

1 kg Kartoffeln und 1 Zwiebel schälen und mit der Küchenreibe sehr fein reiben. 1 bis 2 Eier untermengen und 1 TL Salz sowie 1 EL gesiebtes Mehl hinzufügen und gut verrühren. Öl in eine Pfanne geben und aus der Masse etwa jeweils 10 cm große Kleckse machen. Von beiden Seiten schön goldbraun braten. Mit Apfelmus oder Zwetschgenkompott servieren.

Freilich ist hier die Mengenangabe wieder vollkommen falsch und eher was für Singles. Die Oma macht gern die drei- bis vierfache Menge, weil ich die Datschis auch kalt sehr gern mag. Wenn ich da nämlich mitten in der Nacht einen rechten Hunger krieg, dann saus ich einfach kurz zum Kühlschrank hinüber, hol mir ein paar Datschis raus, mach ordentlich Zucker drauf und alles ist gut. Oder fast alles. Meistens ist mir hinterher schlecht, mein Magen tut weh und ich kann nicht schlafen. Aber das kann man dann auch nicht mehr ändern.

Tafelspitz

2 Liter Wasser mit 1 EL gekörnter Rinderbrühe zum Kochen bringen. In der Zwischenzeit 3 Karotten, 2 Zwiebeln (nicht schälen!) und ¼ bis ½ Sellerieknolle waschen bzw. bürsten und in größere Stücke schneiden. 1 kg Tafelspitz und 1 Stück Rinderknochen (in der Metzgerei verlangen) zusammen mit dem Gemüse, 2 Lorbeerblättern und 2 bis 3 Nelken in das kochende Wasser geben. Das Fleisch sollte dabei die ganze Zeit über komplett im Sud liegen. Nun etwa drei Stunden lang auf kleiner Flamme köcheln lassen. Etwa 20 Minuten vor dem Garende 1 Stange Lauch waschen, in Streifen schneiden und mitköcheln lassen. Nun die Suppe abgießen und entweder gleich oder am nächsten Tag verzehren (mit Suppennudeln, Grießnockerl, Pfannkuchenstreifen …). Das Fleisch serviert man in Scheiben geschnitten mit Rahmgemüse und/oder Salzkartoffeln. Gerne auch mit Meerrettich.

Das Fleisch ist butterweich und das Rahmgemüse ohnehin göttlich. Immer schön vorausgesetzt, es ist auch genug Rahm drin, gell. Was aber alles in den Schatten stellt und ich direkt aus dem Tiegel saufen könnt, das ist die Suppe. Und da spielt es gar keine Rolle, ob mit Nudeln, Nockerl oder Pfannkuchenstreifen. Nicht die geringste.

Zigeunerbraten

1 kg Rinderbraten mit scharfem Senf einreiben, salzen und pfeffern. Eine große Zwiebel, 2 bis 3 Knoblauchzehen kleinhacken und gemeinsam mit dem Fleisch scharf in Öl oder Fett anbraten.

2 rote Paprikaschoten, 1 Stück Sellerie, 2 Karotten und 1 Stange Lauch schneiden und in den Bräter geben. ½ Liter Rinderbrühe und ¼ Liter Rotwein auffüllen. Der Braten sollte mindestens bis zur Hälfte bedeckt sein.

Auf kleiner Stufe etwa zweieinhalb bis drei Stunden köcheln lassen und gegebenenfalls etwas Flüssigkeit nachfüllen.

Den Braten aus dem Topf nehmen und das zerkochte Gemüse mit einem Stabmixer pürieren oder durch ein Sieb drücken. Anschließend nach Belieben noch mit etwas Brühe, Salz, Pfeffer oder Cayenne abschmecken. Wer mag, gibt einen Spritzer Sahne dazu.

Dazu reicht man Kartoffeln, Nudeln oder Reis und einen kleinen Salat.

Wichtig ist der Cayenne. Und damit spart die Oma des Öfteren mal. Sie mag's halt nicht so gern zu scharf, und vermutlich verträgt sie es nicht mehr so gut. Aber weshalb dann überhaupt einen Zigeunerbraten machen? Nein, ein Zigeunerbraten, der muss so scharf sein, dass dir die Augen tränen und du einen Schweißausbruch kriegst. Erst dann ist er richtig. Drum warte ich immer, bis die Oma aus der Küche raus ist, und dann würze ich nach. Und sie versteht hinterher die Welt nicht mehr, warum ihr das Essen schon wieder viel zu scharf geworden ist. Irgendwann kommt sie mir drauf, jede Wette.

Liebe Eberhofer-Gemeinde,

ich hab es ja schon ein paar Mal gemacht, aber dieses Buch hier ist noch mal etwas ganz Besonderes: Es ist unser zehntes gemeinsames Buch. Unser Jubiläumsbuch, quasi. Und deshalb finde ich es unumgänglich, mich bei euch allen, meinen Weggefährten, aufs Allerherzlichste zu bedanken. Ein dringendes Bedürfnis ist es mir ohnehin. Ihr alle seid mir unglaublich wichtig, und diese ganze Geschichte rund um Niederkaltenkirchen ist wie ein Geschenk für mich – und manchmal könnt' ich schwören: auch ein Teil von jedem Einzelnen von euch. Danke, dass ihr diesen verrückten Weg gemeinsam mit mir beschritten habt. Danke vielmals!

Ich möchte mich gern in alphabetischer Reihenfolge bedanken, weil es niemanden gibt, der es mehr oder weniger weit nach vorne oder hinten verdient hat:

Mein Dank gilt:

Allen Eberhofer-Fans da draußen (ups, jetzt habt ihr es doch ganz nach vorne geschafft!)

Dem **A**udio-Verlag

Dem **B**ayerischen Rundfunk

Sebastian **B**ezzel, Lisa-Maria-Pothoff und Simon Schwarz stellvertretend für das ganze Schauspieler-Ensemble der Eberhofer-Filme, und natürlich der wunderbaren Crew, ohne die unsere Filme nicht entstanden wären

Dieter **B**rumshagen, dtv

Petra Büscher, dtv

Den Buchhändlern

Constanze Chory, dtv

Dem Circus Krone und allen anderen Veranstaltern

Constantin-Film, allen voran Torsten Koch,
Oliver Koppert und Judith Niemeyer

Dani

Dem Deutschen Taschenbuch Verlag und
all seinen Mitarbeitern

Bianca Dombrowa, dtv

Gaby Fischer, dtv

Amadeus Gerlach, Audio-Verlag

Tina Golonka, dtv

Vanessa Gutenkunst, copywrite

Bea Habersaat, dtv

Heinke Hager, Graf & Graf

Andrea Hailer, soulkino

Carina Hempel, dtv, sowie ihrer Vorgängerin Konstanze Renner

Ed Herzog, Regisseur der Eberhofer-Filme

Lisa Höfner, dtv

Dora Höppner, dtv

Den **K**inobetreibern

Monika **K**öhler, dtv

Meinen »**K**ollegen«, allen voran der PP München und vom LKA Bayern

Der **M**arktgemeinde Frontenhausen/Niederkaltenkirchen

Gabriele **M**ertl, dtv

Patrick

Alfred **R**iepertinger

Robert

Felix **R**udloff, copywrite

Stefanie **S**chill, dtv

Silvia **S**chmid, dtv

Kerstin **S**chmidbauer, Produzentin der Eberhofer-Filme

Georg **S**imader, copywrite

Sabine **T**homas und dem leider viel zu früh verstorbenen Andy Hoh, Krimifestival München

Christian **T**ramitz, Sprecher der Hörbücher

Florian **W**agner, Moderation

Danke!

Eure Rita Falk

www.rita-falk.de
www.franz-eberhofer.de